무림독서생 新무협 판타지 소설
FANTASTIC ORIENTAL HEROES

戰鬼
전귀

전귀 2

무림독서생 新무협 판타지 소설

초판 1쇄 찍은 날 § 2008년 3월 6일
초판 1쇄 펴낸 날 § 2008년 3월 10일

지은이 § 무림독서생
펴낸이 § 서경석

편집장 § 문혜영
편집책임 § 심재영

펴낸곳 § 도서출판 청어람
등록번호 § 제1081-1-89호
등록일자 § 1999. 5. 31
어람번호 § 제2-1437호

주소 § 경기도 부천시 원미구 심곡1동 350-1 남성B/D 3F (우) 420-011
전화 § 032-656-4452 팩스 § 032-656-4453
http://www.chungeoram.com
E-mail § eoram99@chollian.net

ⓒ 무림독서생, 2008

ISBN 978-89-251-1218-3 04810
ISBN 978-89-251-1216-9 (세트)

무림독서생 新무협 판타지 소설
FANTASTIC ORIENTAL HEROES

戰鬼
전귀

2

[무림공적 남궁가휘]

도서출판 청어람

目次

第一章
말도 안 되는 계획과 색마 이무기

戰鬼
전귀

1

중원의 북서부에 위치한 감숙성의 기련산(祁連山).

아미산(蛾眉山) 산맥과 연결되어 그 산맥 마디마디에는 마치 손가락을 세운 듯한 봉우리들이 구름을 뚫고 하늘을 떠받들고 있으며, 깎아지른 벼랑은 병풍을 연상케 하였다.

중원에서 가장 험하기로 유명한 산으로 손꼽히는 곳을 냉막한 인상의 사내가 숨을 헐떡거리면서 손에 든 작은 쪽지를 보며 말했다.

"헉… 헉… 이런, 젠장! 이건 너무하잖아."

사내의 이름은 이무기(李務技)였다. '대보름의 색마', 또는 '음란서생(淫亂書生)'이라고 불리는 자였다.

　조금 냉막한 인상에 찢어진 눈매와 곰보가 가득한 매부리
코, 그리고 환각제를 다량 복용한 듯한 비실거리는 몸을 가지
고 있었다.

　더욱이 그렇게 못생긴 얼굴로 '색마' 니 '음란서생' 으로 불
린다는 사실이 조금 역설적으로 느껴졌고, 약한 몸을 가진 인
물이 험하기로 소문난 기련산의 깊은 곳을 헤매고 있다는 사
실이 무척이나 이상하게 느껴졌다. 뿐만 아니라 짐승에게 습
격이라도 당한 듯 입고 있는 백색의 장삼은 온통 찢어지고 튿
어져 있었고, 군데군데에서 피가 배어 나와 붉은색을 띠고 있
었다.

　'제길, 난 계획을 세워준 대로 했을 뿐인데… 이건 너무 심
하잖아!'

　사실 이무기가 이곳 기련산을 헤매고 있는 데는 이유가 있
었다.

　이무기의 이름이 무림에 알려진 것은 불과 두 달여가 채 되
지 않았다.

　그가 중원에서 활동한 것은 약 일 년 정도로 알려져 있었는
데, 짧은 기간 동안 해놓은 일들은 중원을 발칵 뒤집어놓기에
충분했다.

　거의 이백여 명에 달하는 여인을 강간하고, 일부는 채음보
양을 한 후 간살(干殺)한 지독한 색마. 그의 변태적인 성행위
는 사고를 당한 여인들에 의해서 은밀하게 퍼져 듣는 이로 하

여금 망측함에 얼굴을 감싸 쥐게 했다.

그 때문에 관부에 의해서 현상수배자 명단에 그 이름을 당당히 내걸고, 굵직한 현상금까지 책정되어 강호의 유수한 현상금 사냥꾼들의 군침을 돌게 했다.

그런 사실까지는 괜찮았다. 하지만 그가 주목을 받게 된 이유는 따로 있었다.

얼마 전 세외의 패자 북해빙궁에서 중원으로 나들이 나온 북해빙궁주 설한빙의 셋째 딸인 설약벽(雪蒻碧)을 최음제를 사용하여 강간해 버린 일이 있었다. 물론 이무기는 그녀가 북해빙궁주의 셋째 딸이라는 사실을 몰랐고, 알았을 때는 이미 돌이킬 수가 없었다고 한다.

그 사실을 알게 된 북해빙궁주는 길길이 날뛰면서 그가 가진 최고의 무력 단체인 빙검현옥대(氷劍現鈺隊) 무인 사백여 명을 파견해 중원을 이 잡듯이 뒤졌고, 이를 피해서 가까스로 도주한 지 벌써 한 달여.

겨우겨우 도망치는 중에 새로운 소문이 나면서 무림의 수많은 단체와 현상금 사냥꾼뿐 아니라 낭인 무사들까지 그를 잡기 위해 중원을 이 잡듯 뒤지기 시작했고, 무림맹은 비밀리에 북해빙궁에서 모종의 임무를 수행하고 있던 멸마단 삼대와 조사단을 파견하여 그를 뒤쫓고 있다고 한다.

새로운 소문이라는 것은 바로 그가 수십 년 전에 정도무림에 의해 사라진 혈교 초대 교주인 혈마자의 비동에 대한 장보도를 가지고 있다는 것이었다. 말도 안 되는 소문이었지만, 실제로 그가 사용하는 일부 무공이 혈교의 것임이 그가 간살한 여인들의 시체에서 밝혀져 무림맹의 비응단과 천룡단의 두 개 대뿐 아니라 욕심에 눈이 먼 수많은 무인들의 참가까지 가져오는 효과를 낳아버렸다.

"도대체 이런 무지막지한 설정이 어디 있냐구요! 내가 최음제로 강간을 했다니! 지가 옷 벗고 들어와서는 갑자기 '강간범'이라고 하더니, 하필이면 북해빙궁이 뭐야, 북해빙궁이! 북해빙궁의 설약벽을 강간한 범인으로도 충분히 힘든데 혈교주의 장보도라니!"

그랬다. 그는 바로 멸마단 이대에 의해 이무기라는 가상의 색마로 만들어진 남궁가휘였다.

더구나 방금 전 장영으로부터 '작전 계획 하달'이라는 웃기지도 않는 제목으로 날아온 한 장의 쪽지에는 이렇게 적혀 있었다.

꼬맹아, 혈교의 무공을 익힌 일반적인 색마로는 힘들겠다.
일단 네가 초대 혈교주의 장보도를 가지고 있다는 소문을
추가로 퍼뜨린다. 잘 피해 다녀라.

이대주 장영.

남궁가휘는 손을 부들부들 떨면서 전서구를 와락 구겨 버

렸다. 바라본 하늘에는 하얀 구름이 둥쳐서 만들어진 장영의 얼굴이 남궁가휘를 내려다보면서 큭큭대며 웃는 듯했다. '찌질아, 고생 좀 해라' 라고 말하면서…….

"이런 망할 대주야! 이건 너무 심하잖아! 날 죽일 셈이야! 크흑!"

사건의 전말은 곤륜산 기슭에서 있었던 음마 취조 사건이 있던 시간으로 거슬러 올라간다.

＊　　　＊　　　＊

"예? 제가 왜 미끼입니까?"

남궁가휘는 '무슨 그런 말도 안 되는…….' 이라는 생각을 하면서 대주와 대원들의 얼굴을 쳐다보았지만, 모두들 당연하다는 듯한 얼굴이었다.

"네가 제일 약하니까."

장영은 귀찮다는 듯한 표정으로 남궁가휘에게 말했다. 혈교에 잠입해서 목숨을 잃을지도 모르는데다가 무림 자체를 뒤흔들어 놓을 계획을 세워 그 계획에 미끼 역할을 하라고 하면서 대수롭지 않게 말하는 장영을 향해서 남궁가휘는 욕이라도 한마디 하고 싶은 마음을 꾹꾹 눌러 참았다.

"무슨 말도 안 되는 소립니까? 그런 건 당연히 제일 강하거나, 아니면 잠입술에 뛰어난 사람을 보내야 하는 것 아닙니까? 매일 꼬맹이니 찌질이니 약골이니 하시면서 저를 보내려 하는 것은 또 무슨 경우입니까? 못합니다. 절대요. 어린 나이에 단명(短命)하고 싶지는 않습니다. 더구나 무림맹에 알리지도 않은 작전이고, 전 중원을 뒤흔들어 놓을 거라면서…….”

남궁가휘는 장담하듯이 입을 댓 발이나 내놓으면서 고개를 홱 돌려 버렸다.

그런 남궁가휘를 천천히 지켜보던 장영은 나지막이 한숨을 내쉬면서 주먹을 살짝 말아 쥐고는 일어섰다.

“그럼 맞고 할래?”

‘커억!’

장영이 일어나자 금세 얼굴이 굳고 시커멓게 변해가면서도 남궁가휘는 굳은 다짐을 흔들리지 않으리라 맹세했다.

“절대 안 됩니다.”

남궁가휘는 장영의 걸음이 한 걸음 걸어나올 때마다 같은 속도로 뒷걸음치면서 말했다. 말과는 전혀 다른 행동.

“휴우, 좋다. 할지 안 할지는 몇 대 맞고 이야기해 보자.”

‘이런, 씨! 사람을 설득을 해야지 뻑하면 주먹으로 위협해. 이게 무슨 대주냐!’

남궁가휘의 시커멓던 얼굴이 점점 울상으로 변해갔다.

“안 한다구요! 때려죽여도 싫어요! 차라리 절 때리세요!”

그렇게 장영과 남궁가휘가 옥신각신하는 사이, 남궁가휘

의 곁으로 한백이 천천히 다가갔다. 누구도 예상하지 못한 한백의 동작.

짜악!

살과 살이 맞닿는 소리가 나면서 남궁가휘의 얼굴이 우측으로 급격히 돌아갔다. 한백이 서슬 퍼런 인상으로 남궁가휘의 뺨을 때린 것이었다. 한백의 갑작스러운 행동에 다가서던 장영과 사마수동을 비롯한 나머지 대원들은 깜짝 놀랐다. 발갛게 변하면서 손자국이 남아 있는 얼굴로 남궁가휘가 '왜?'라는 표정으로 한백을 어이 없다는 듯 바라보았다.

"멍청한 놈! 가휘! 애처럼 굴지 마랏!"

한백이 남궁가휘를 노려보면서 호통을 쳤다.

"에? 저 자식, 무슨 소리를?"

"그러게?"

모두가 한백의 말과 행동에 의문을 가지기 시작했다. 남궁가휘 역시 영문을 몰라 한백의 얼굴만 바라볼 뿐이었다.

"남궁가휘, 네 녀석이 맹에 들어온 이유가 뭐냐? 정파인으로서 협의를 추구하고 무림 정의를 도모함이 아니더냐! 더구나 너는 대(大)남궁세가의 유일한 적자가 아니냐! 당금의 썩어 빠진 무림의 개혁을 위함이고, 무림의 대적(大敵)인 혈교를 잡기 위함이다. 어찌 하지 않는다는 말만 하는 거냐!"

남궁가휘를 꾸짖어대면서 한백이 말했다.

"하지만… 아무리 그래도… 첩자는……."

“갈! 멍청한 놈! 이번의 사안이 얼마나 중요한지를 모른단 말이냐! 넌 정도무림의 평화를 위해 지금 대주님으로부터 선택되어진 것이다. 모두들 얼마나 원하고 있는 일인지 모른단 말이냐!”

“그래도… 제가 제일 약한데……..”

“못난 놈! 우리는 하기 싫어서 안 하는 것이 아니다. 나 역시도 무척이나 하고 싶다는 말이다.”

한백의 말에 남궁가휘는 아차 하는 마음이 들었다. 자신이 꿈꾸어오던 무림 평화를 위해 희생하는 무인의 모습. 차후에 대주인 것을 알게 되었지만, 과거 노호광창의 이야기를 읽으면서 얼마나 원했던 모습이던가? 이제 그런 기회가 왔건만 자신은 거부하려고만 생각하다니. 남궁가휘의 울상을 짓던 표정이 서서히 정상으로 되돌아가기 시작했다.

‘한백이 놈! 저런 사기술을! 역시 대단한 놈이다.’

‘멸마단 내에서 정보 조작에서는 최고라는 게 괜한 소리가 아니었어.’

‘크흑… 한백, 역시 넌 무서운 놈이야.’

한백이 남궁가휘에게 호통을 치는 이야기를 들으면서 나머지 대원들은 경탄(?)을 금치 못했다. 그렇게 하기 싫다고 버티던 남궁가휘가 벌써 넘어가는 듯한 표정이었다.

“그런… 그런데 의문이 하나 있습니다.”

한백의 말을 들으면서 잠시 자신의 생각을 반성하는 듯하던 남궁가휘는 의문이 섞인 음성으로 물었다.

"그래, 무엇이냐? 말해라."

"다들 무척이나 하고 싶다면서 어째서 저에게 시키시는 건지?"

남궁가휘가 한백의 말에서 오류를 찾아내 정곡을 찌르는 질문에 나머지 대원들의 얼굴이 난처하게 굳어가면서 한백의 얼굴을 쳐다봤다.

한백은 그 질문에 전혀 당황한 기색조차 보이지 않으면서 말했다.

"좋은 질문이다. 그래, 우리가 할 수도 있겠지. 하지만 우리는 과거 혈교의 잔당들과 싸운 적이 있다. 그때 혈교에서 사용한 혈마향(血魔香)이라는 독에 당한 적이 있지. 그 독은 평생 지워지지 않는 향기를 남긴다. 아마도 우리가 잠입하게 되면 그 향 때문에 혈교 놈들에게 금방 발각이 될 것이다. 크흑."

한백은 짐짓 그때 당한 것 때문에 가지 못해 억울하다는 표정을 지었다.

'엥? 혈교랑 우리가 싸웠어? 언제?'

'혈교는 우리가 태어나기 전에 없어진 거 아니었어?'

'혈마향은 또 뭐야? 신종 독인가? 마로야, 아는 거냐?'

'그런 독이 어디 있습니까? 한백이 형님이 지어내신 거겠죠.'

'저런 유치하고 앞뒤 안 맞는 이야기에 꼬맹이가 속을까?'

'그치? 저 꼬맹이, 생각보다 얍삽하던데?'

적환을 비롯한 나머지 대원들이 한백의 꾸며대는 말에 수군거렸지만, 오직 남궁가휘만이 고개를 끄덕이면서 심각한 표정으로 수긍하고 있었다.

'내가 어리석었어. 항상 말도 안 되는 행동을 하고 있지만, 임무 수행할 때만은 어떤 무인보다 정의롭고 강한 이들이 아닌가. 역시 이들도 무림의 평화를 생각하는 사람들이야. 내가 오해한 거야. 아마도 내가 약해서라고 말하는 대주님도 실제로는 자신이 가지 못하기 때문에 나한테 떠넘기기 부끄러워서 그랬을 거야. 그래, 난 대남궁세가의 적자다. 당연하게 내가 해야 하는 거야.'

남궁가휘는 다른 대원들의 생각은 전혀 알지도 못한 채 결연한 의지를 다지면서 장영을 향해 몸을 돌리며 말했다.

"대주님!"

결의에 찬 듯 강한 어조의 목소리로 남궁가휘가 자신을 부르자 한백의 하는 짓을 어이없어하면서 쳐다보고 있던 장영은 어물쩍거리면서 대답했다.

"어? 아, 왜?"

"제가 하겠습니다. 제가 혈교로 잠입하겠습니다."

남궁가휘는 장영을 바라보며 말했다. 그의 두 눈에는 결연한 의지가 돋보이며 광채가 쏟아져 나오듯 빛이 났다. 그런 남궁가휘를 보면서 나머지 대원들은 할 말을 잃었다.

'넘… 어갔다.'

'단순한 놈!'

모두들 그런 남궁가휘를 어이없다는 듯 쳐다보면서 한백을 바라보았고, 한백은 남궁가휘의 등 뒤에 서서 승리의 미소를 지으면서 손가락 두 개를 펼쳐 'V' ㅈ 형태의 모양을 만들었다.

남궁가휘는 이로써 알고 당한 것 한 번, 처음 당한 것 한 번을 합쳐 두 번이나 한백에게 속아버렸다.

'무서운 놈!'

적환은 그런 생각을 하면서 왠지 불쌍한 남궁가휘의 어깨를 힘없이 두어 번 두드려 주었다. 물론 남궁가휘는 적환이 자신을 격려해 준다고 생각하였지만 말이다.

*　　　*　　　*

얼마 전에 있었던 일을 잠시 생각하면서 이무기의 모습으로 변장한 남궁가휘는 머리를 감싸 쥐면서 한숨을 내쉬었다.

"제기랄, 거기까지는 좋았었지. 그런데 제기랄! 거기서부터가 문제였어. 역시나 괜히 한다고 한 것 같단 말이야."

한백에게 두 번이나 사기를 당했지만, 그런 사실을 아직 알지 못하는 남궁가휘는 그 이후에 일어난 일에 대해서 아직도 후회하고 있었다.

남궁가휘가 잠시 회상하면서 쉬고 있을 때, 그의 곁으로 누군가가 조심스럽게 다가왔다.

슈아악!

뒤로부터 빛살과도 같은 속도로 그어진 날카로운 칼이 남궁가휘의 몸을 두 동강 내었다. 아니, 그렇게 보이는 순간, 남궁가휘의 몸이 흩어지면서 사라졌다.

"응? 피한 건가?"

조심스럽게 남궁가휘의 등 뒤로 다가와 칼을 휘두른 인영은 갑자기 사라진 남궁가휘의 모습에 어리둥절해했다.

나타난 인영은 세 명. 모두가 짐승의 가죽을 엮어 만든 옷을 입고 있는 텁석부리의 장한들이었다. 무의식중에 격공보를 펼쳐 상대의 칼을 피한 남궁가휘는 그들을 보면서 골치가 아픈 듯이 머리를 감싸 쥐면서 말했다.

"으휴… 또냐? 모양새를 보아하니 현상금 사냥꾼인 것 같은데……."

이무기로 변장한 뒤 성대를 변환시켰기 때문에 남궁가휘의 목소리는 조금 느끼하면서도 힘 빠진 듯한 목소리였다. 그런 남궁가휘의 목소리를 듣고 한 장한이 불쾌한 얼굴로 말했다.

"쯧쯧, 하는 짓하고 똑같이 재수없는 목소리구나. 놈! 우리는 중원 최고의 현상금 사냥꾼 기련삼웅이다. 그중 말씀하고 계시는 본인은 왕일이다. 자, 나의 오라를 받아라!"

무척이나 자랑스러워하면서 갈하는 기련삼웅의 첫째인 왕일의 말에 남궁가휘는 머리에 드통이 생기는 듯했다. 하고많은 무림명 중에 기련삼웅이라니. 말하자면 '기련산에 사는 세 마리 곰 새끼' 라는 뜻이 아닌가.

더구나 첫째인 이름이 왕일이라니……. 이제는 별 시답지 않은 것들까지 자신을 잡기 위해 나타난다는 생각을 하며 남궁가휘가 말했다.

"정말 궁금해서 그런데, 혹시 그 옆에 있는 사람이 차례대로 왕이, 왕삼은 아니겠지?"

정말 아니기를 바라면서 말하는 남궁가휘의 말에 그의 기대를 완전히 무너뜨리면서 왕일이 말했다.

"크하하하! 역시 우리의 위명을 들어본 모양이구나!"

"크흑! 제기랄!"

어이가 없어서 내뱉은 말에 왕일과 그의 형제들은 남궁가휘가 자신들이 나타난 사실에 무척이나 당혹해한다고 생각했다. 그런 모습에 남궁가휘는 이제 완전히 포기한 듯한 표정으로 허탈해하면서 재차 물었다.

"그래, 니들은 어디서 누구를 잡았냐?"

"크하하하! 듣고 놀라지나 말거라. 우리는 그 이름도 유명한 사악한 마두 혈광살귀대주인 구양수를 잡은 사람들이다!"

'그래, 니들 잘났다. 구양수 같은 소리 하고 있네. 이름 정

도는 제대로 알고 다니라고!'

남궁가휘는 더 이상 할 말이 없었다.

"에휴, 그래, 나도 바쁘니까 빨리 끝내자!"

어이없음에 고개를 숙인 남궁가휘의 몸이 비틀거리듯이 흔들림과 동시에 왕일을 비롯한 세 명의 앞에 순식간에 나타났다.

퍽! 퍽! 퍽!

한 번의 타격음이 있었지만, 세 명 모두 복부를 잡고 그대로 기절해 버렸다. 상대가 알아채지도 못한 표정으로 너무도 쉽게 기련삼웅을 쓰러뜨려 버린 남궁가휘는 양 손바닥을 탁탁 털면서 하늘을 바라봤다.

"어설프기는……. 아직 강한 놈들이 안 나온 게 분명해. 지난번 빙궁 사람들을 만났을 때는 대원들이 구해줘서 겨우 빠져나온 거고, 이제 맹의 무사들까지 가담한다면 어렵겠는걸? 더구나 맹의 본대는 아직인 것 같고……. 하기야 이런 놈들도 너무 많이 모이면 문제가 되니까. 에고, 빨리 계획대로 서장으로 들어가야 하는데."

남궁가휘는 지난 한 달여 동안 수많은 무인들의 포위망에 걸려 도주해 왔지만 벗어나는 것에 힘들지 않았다. 지금의 몸에 새겨진 상처는 일부러 상대가 마음을 놓게 하기 위해 사마수동이 만들어준 것이었다.

사실 남궁가휘 그 자신은 모르겠지만, 남궁가휘를 공격한 무인 중에는 꽤 강한 무공 실력을 가진 이들이 많았다. 구룡의 일 인인 검룡이 혼자서 감당하기 벅찰 정도로. 물론 일 대일이었다면 가능했겠지만, 많게는 수십 명과도 한 번에 겨루었다.

하지만 그런 사실을 남궁가휘는 알 수 없었다.

지금까지 남궁가휘가 겪은 무인들은 전중원에서 이름만 대도 알 수 있는 고강한 무인들.

초절정의 살수인 음마에 마교에서도 최상위에 속하는 혈광살귀대주 혈도위와도 싸웠고, 그 가진바 무공 실력을 측정할 수도 없는 장영, 더구나 중원의 오대권사 안에 들어가는 사마수동에게 심심할 때면 맞아가면서 비무를 해왔다. 그로 인해 무공을 보는 눈이 급격히 늘어났고, 격공보에 무공을 섞는 것이 무의식중에도 가능할 만큼 익숙해졌다.

하지만 항상 멸마단 이대라는 괴둘들 틈바구니에 있어 항상 '자신이 약하다' 라고 생각하고 있던 남궁가휘였기에 지금 자신의 무공 실력이 무림 내에서 어느 정도인지 인지하지 못할 뿐이었다.

단지 어렴풋이 느끼는 것은 지난 한 달여 동안 혈교에 잠입하기 위해 무지막지한 훈련을 받아 구공이 조금 성장했을지도 모른다는 것이었다.

피유우우우웅— 펑!

남궁가휘가 기련삼웅을 때려잡으던서 자리를 벗어나려 할

때 그의 머리 위로 붉은색 연막 화탄 한 발이 솟아오르면서
터졌다.

"제길! 또 시작이군! 붉은색이면 개방인가?"

남궁가휘는 연막탄의 색깔을 보면서 순식간에 그 자리를
벗어났다.

第二章

마교의 교주 독고진악

戰鬼 전귀

1

청해성의 남쪽.

가을의 바람이 조금 쌀쌀함을 느끼게 해주는 날씨인데 그런 날씨와는 전혀 상관없는 듯이 가벼운 경장 차림을 한 한 중년 무인과 그의 종복으로 보이는 남자가 격이목에서 서장을 이어주는 관도를 따라 천천히 걷고 있었다.

가벼운 걸음으로 발길을 옮기면서 중년인이 옆에 선 남자에게 물었다.

"천악, 그냥 잠시 나들이 나온 것인데 너무 많이 끌고 왔구나."

중년인의 말에 천악이라 불린 남자는 황송한 듯이 고개를 숙였다.

"주군, 주군의 몸은 주군만의 것이 아닙니다. 이만 한 인원으로만 호위를 나선 것도 주군의 성정 때문임을 알아주십시오."

중년인의 행동이 마음에 들지 않는다는 투로 천악이 투덜댔다.

"하하, 녀석. 너는 여전히 나를 질책하는구나. 하긴 교에서 나에게 그리 말할 수 있는 것도 너뿐이지."

중년인은 천악의 투덜거림이 매우 마음에 든 듯이 흡족한 웃음을 흘렸다.

기실 천악이라 불리는 사내처럼 중년인에게 말할 수 있는 사람은 무림에 한 사람도 없었다. 만약 그런 말을 할 수 있다면 정신 나간 광인이거나 아니면 간이 배 밖으로 나온 사람일 것이다.

"하긴, 너의 이런 성격 때문에 내가 널 좋아하는지도 모르지. 하하!"

중년인은 기분 좋은 웃음을 흘리면서 걸음을 옮겼고, 천악은 약간 죄송한 얼굴로 중년인을 뒤따랐다.

중년인과 천악의 발걸음이 이어지는 관도의 좌우로 검은색 장포를 휘날리는 무인들이 호위하듯이 길게 늘어서서 그들을 뒤따랐다.

"그런데 천악, 어째 아까부터 정파 놈들의 모습이 많이 눈에 띄는구나.”

“예, 주군. 아마도 요즘 무림을 시끄럽게 하고 있는 색마 때문인 듯싶습니다.”

“흠, 그 혈마자의 비동에 관련된 장보도를 가지고 있다는 놈 말인가?”

중년인이 호기심 어린 듯 말하자 천악은 대답 대신 고개를 숙였다.

“재미있군. 고작 혈마자의 무공 때둔에 이 난리인가? 하여간 정파 놈들이란 열심히 수련할 생각은 안 하고 말이지. 그나저나 그놈 한번 보고 싶군. 어떤 놈이기에 이 정도로 무림을 뒤흔드는지 말이야. 후후.”

교를 나온 이후 제법 말이 많아진 중년인의 말에 천악은 미소를 지으면서 말했다.

“주군께서 관심을 두실 놈은·아니지만, 일단 그쪽으로 진로를 잡겠습니다.”

천악은 주위에서 호위를 하며 따르고 있는 한 무인에게 손짓해 무언가를 지시했다.

“그래, 어차피 그 녀석을 만나러 나온 길. 시간은 넉넉하니까 말이야. 교에 내가 없다고 안 돌아가는 것도 아니니 유람 삼아 들러보도록 하지.”

중년인은 천악이 듣든 말든 미소를 지으면서 나직하게 말하고 걸음을 옮겼다.

날이 어둑어둑해질 무렵.

기련산에서 개방의 추격을 받으면서 도주한 남궁가휘는 이 무렵 청해성 근교까지 이동했다. 이동하는 내내 개방의 거지들이 무리 지어 숨어 있었기 때문에 남궁가휘는 들키지 않기 위해서 조심스럽게 경공을 펼쳐 산을 넘고 인적이 드문 곳을 골라서 다녔다.

처음에 위치를 발각당한 후 개방의 거지들이 다소 실력이 떨어짐을 알게 된 남궁가휘는 거지들이 모여 있더라도 강행 돌파를 했었는데, 때려눕히는 족족 새로운 거지들이 쓰러진 놈들의 자리를 메우자 혀를 내두르면서 그곳을 신속하게 벗어났다. 아무리 약한 무인이라도 수가 많으면 혼자 싸우는 자신으로서는 내공이 달리기 때문이었다.

또한 벗어나는 것도 쉽지 않았다. 실력이 약하다고 생각해서 격공보를 써가면서 순식간에 엄청난 거리를 도약하며 도주했지만, 계속해서 사용할 수 있을 만큼 내공이 충만하지 않은 남궁가휘는 추격대의 시야에서 벗어날 때마다 잠시 공력을 회복하기 위해 쉬었고, 그때마다 언제 종적을 찾아내었는지 거지들이 나타나서 공격해 왔다. 더구나 개방이 매번 연막탄을 쏘아 올려 자신들의 위치를 표하는 바람에 추격하는 자들의 수도 점점 늘어만 갔다.

"제기랄, 도대체 개방 거지들이 다 해서 몇 명인 거야!"

잠시도 쉬지 못하고 도주하는 바람에 남궁가휘의 내공이 거의 바닥을 보이고 있었다.

또다시 몰려드는 개방의 거지들.

"이런 젠장! 저놈들은 지치지도 않나? 내가 무슨 무림공적도 아니고… 색마 하나 잡겠다고 이 난리야, 이 난리가!"

남궁가휘는 추격당하는 시간이 늘면서 자신의 내공이 거의 비어감을 느끼자 서서히 울상이 되어갔다.

"안 되겠다. 이렇게 되면 어쩔 수 없이 그걸 사용할 수밖에 없다."

남궁가휘는 두 팔로 무릎을 지탱해 숨을 고르면서 개방도와 수많은 무인들이 자신을 포위하는 것을 기다렸다.

"이 색마 녀석! 헉! 헉! 드디어 네놈의 굇자리를 찾았구나!"

지금 개방의 추격대를 이끌고 있는 것은 구비개(狗鼻丐)였다. 구비개는 개방에서도 추격에 있어서는 입지전적인 인물로 추적술과 뛰어난 경공 덕분에 개방의 정보특별조인 오결정보개(五結情報丐)의 수장 직을 같고 있는 개방의 아홉 장로 중 하나였다. 마치 개만큼이나 뛰어나다고 해서 일명 '개코거지' 라는 무림명으로 불렸다.

남궁가휘는 이무기의 모습으로 그들이 조심스레 다가오기를 기다렸고, 삼 보 정도까지 다가왔을 때 품속에 손을 넣더니 무언가를 꺼내 바닥에 던졌다.

펑!

조그마한 화탄이 작은 폭음을 내면서 터지는가 싶더니 엄청난 양의 연기가 피어올라 사방 이십여 장에 걸쳐 순식간에 퍼졌다.

"응? 이게 뭐지?"

갑자기 터져 나오듯이 생긴 연기를 보며 남궁가휘를 향해 다가온 무인들이 이상하게 생각할 때쯤에 누군가 경악하면서 소리쳤다.

"앗! 독이다!"

"헛! 내공이……!"

남궁가휘를 향해 둘러싸고 있던 수십의 무인들은 순식간에 내공이 사라지는 기이한 경험을 했다.

남궁가휘가 터뜨린 것은 산공독(散功毒)의 일종이었다.

멸마단에서 독술이라면 의술만큼이나 조예가 깊은 을지마로와 화탄의 전문가인 남학기가 공동으로 제작하여 준 수많은 것들 중 '포위망 탈출용품'의 한 가지였다.

최초에 을지마로와 남학기는 한 번에 수십 명을 죽일 수 있고 휴대가 간편한 극독과 엄청난 위력의 화탄을 주장했지만, 남궁가휘가 '어찌 제 손으로 정파인을' 이라며 극구 반박해 버티는 바람에 만들어진 화탄형 연막독이었다.

크기가 작고 생명 말살적인 효과는 없었지만, 연기를 마시면 장영 같은 초극강의 무인이 아니고서야 일 다향 동안 순식간에 내공이 사라지게 하는 효력을 가지고 있었고, 남궁가휘에게 있어서는 추격자를 따돌리는 데 있어서 사용하기에 안성맞춤인 독이었다.

파곽!

사방을 가득 메운 엄청난 연기 속에서 수많은 무인들이 독에 당했다면서 우왕좌왕하고 있을 때 무언가 지면을 박차는 소리가 들리더니 엄청난 속도로 쏘아지면서 그곳을 벗어났다.

바로 남궁가휘였다.

순간적으로 거의 반 이상의 내공을 뿜어내면서 수십 장의 거리를 도약해 버린 남궁가휘는 또다시 개방도가 쫓아올까 싶어 도주를 감행했다. 다행스럽게도 연막독의 효과를 알지 못한 추격대는 더 이상 쫓아오지 않는 듯했다.

"헥! 헥! 이젠 나도 죽겠다. 더 이상 못 뛰겠어."

남궁가휘는 엄청난 거리를 도주해서 과거 음마를 잡았던 합택산과 곤륜산이 마주 닿는 곳까지 도망쳐 왔다. 그가 있던 기련산에서부터 거의 백 리 정도 되는 길을 숨 한 번 안 쉬고 달려왔기 때문에 더 이상은 도주할 힘도, 능력도 없었다.

내공도 바닥이 난데다 다리가 완전히 끊어져 버릴 것만 같았다.

"일단 쉴 곳을 찾아야 해."

달도 뜨지 않는 그믐밤이 되어 온 사방이 완전히 시커멓게 변해 주위의 사물이 분간이 안 되는 상황이었기에 남궁가휘는 힘든 몸으로 자신의 봇짐에 싸둔 흑의 무복으로 갈아입었다. 흑색 복면에 장갑까지 끼자 마치 은신술이라도 펼친 것처럼 주위의 어둠과 동화되어 내공이 초극에 달해 밤도 낮처럼 볼 정도의 무인이 아니라면 어둠 속에서 찾아내기가 무척이나 어려운 모습이었다.

일단 옷을 갈아입은 남궁가휘는 불빛이 없고 은신이 가능한 산길을 통해 기척을 지운 채로 천천히 걸었다.

쉴 곳을 찾기 위해 이곳저곳을 뒤졌지만, 동굴은커녕 뱀 굴도 안 보였다.

결국 합택산의 서쪽 기슭의 바위가 걸쳐진 절벽 면 근처에 좌우를 막고는 불을 피웠다.

얼마 전에 태성욱이 가르쳐 준 '야간에 들키지 않게 불 피우는 법' 대로 불을 피우고 빛이 새어 나가지 않게 설기가 많은 나뭇가지를 꺾어 막고, 생솔 가지로 연기를 흩뜨렸다. 가을의 중반인 시월의 초입이 지나고 있는 시기였기에 조금은 쌀쌀함이 감돌았다.

자신이 쉴 자리를 만들어놓은 남궁가휘는 봇짐에서 검은색의 가는 실을 꺼내 흑색의 방울을 끝에 달고는 자신이 은신처로 택한 곳의 이쪽저쪽을 돌아다니면서 설치하기 시작했다. 아마도 누군가 다가서는 것을 대비한 경보 장치인 모양이다.

자신의 자리로 돌아오던 남궁가휘는 피식 웃었다.

"그러고 보니 어느새 생존술을 다 배웠군. 이런 걸 습관처럼 하다니."

첩자가 되기 위해 지난 석 달 동안 익힌 수많은 잡기와 무공들은 어느새 남궁가휘의 몸에 습관처럼 익어 있었고, 그런 것들이 남궁가휘를 웃음 짓게 했다.

"일단 육포를 좀 먹고 운기를 해야겠군."

남궁가휘는 봇짐 속에서 말린 육포를 꺼내 입에 물었다.

그 순간 흑색 실과 연결한 방울이 작은 소리를 내면서 울렸다.

딸랑!

누군가 이곳으로 침투해 오는 모양이었다.

방울이 울리자마자 손으로 실을 잡아 소리를 죽인 남궁가휘는 흙을 덮어 불을 끄려 했지만, 갑자기 자신의 바로 앞쪽에서 들리는 말에 몸이 경직되어 버렸다.

"그냥 두게. 추운데. 우리도 쉴 자리를 찾고 있었네."

어느 순간에 나타났는지 모르지만, 마치 유령처럼 자신의 앞쪽에 앉아서 두 손을 내밀어 불을 쬐고 있는 중년인과 그 뒤에 시립한 거대한 도끼를 들고 있는 감자.

분명히 없었다. 느끼지도 못했다. 더구나 그가 쳐놓은 실과의 거리는 거의 십 장. 방울이 울리자마자 자신이 있는 곳까지 나타나다니, 남궁가휘는 너무 놀라서 긴장감조차도 들지 않았다.

'뭐지, 이자는? 느끼지도 못했는데…….'

남궁가휘는 한껏 긴장했다. 이제껏 수많은 무인들이 자신을 잡기 위해 나타났지만, 이 정도의 존재감을 가진 무인은 없었다. 더구나 언제 나타난 것이란 말인가.

추적자인가 싶어 남궁가휘는 한껏 긴장하면서 조심스럽게 두 사람을 지켜보기 시작했다.

그런 남궁가휘는 전혀 신경 쓰지 않으면서 불을 쬐는 중년인이 뒤의 남자에게 말했다.

"천악, 배가 고프군. 토끼라도 한 마리 잡아와라."

"존명!"

중년인이 토끼를 잡아오라고 하자 뒤의 남자는 짧은 대답과 함께 순간 꺼지듯이 사라졌다. 그 모습에 남궁가휘는 더욱 긴장했다. 하지만 추적자로는 전혀 보이지 않는 모습과 중년인의 여유있는 얼굴, 더구나 불을 쬐는 모습은 권태로워 보이기까지 했다.

"그래, 인적이 드문 곳인데… 자네는 무슨 일로 이곳에 있는 것인가?"

'어? 추적하는 무인이 아니다. 그렇다면…….'

남궁가휘는 호기심이 깃든 눈빛으로 바라보는 중년인이

자신에 대해서 전혀 모르는 인물임을 알고는 이무기의 얼굴로 헤실거리며 말했다.

"헤헤, 소인은 이번에 무림 초출인 극가휘라고 합니다. 초출이다 보니 이곳에서 길을 잃어 노숙하고 있는 중입죠."

남궁가휘의 간사한 웃음과 느끼함이 묻어나는 말투에 중년인은 가볍게 고개를 끄덕이면서 말했다.

"음, 그렇군. 그런데 초출임에도 마치 야생 생활에 적응한 듯이 불을 피우고 은신처에 경보 장치가지라……. 웬만한 낭인 무사는 울고 갈 수준이구만.'

'헉!'

하마터면 헛바람을 밖으로 내뱉을 뻔했다.

남궁가휘는 정곡을 찔러대는 중년인의 말에 등 뒤로 식은 땀이 흘러내렸지만 여전히 헤실거리면서 대답했다.

"하하, 과찬이십니다. 제가 일전에 사냥꾼으로 생활을 많이 했습죠. 어른께서는?"

'너는 누구냐? 너의 이름과 네가 살고 있는 곳 등을 말해라' 라는 말을 축약하여 남궁가휘가 물었다. 의심을 가득 담아 물었지만 중년인은 낮게 웃으면서 달했다.

"아, 노부는 그냥 조그만 단체 하나 건사해 나가고 있네."

남궁가휘는 순간 '노부' 라고 표현한 말이 조금 마음에 걸렸지만, 습관인가 보다고 생각하면서 그개를 끄덕였다.

'제기랄, 아까 나타난 움직임이면 거의 대주의 격공보가

극성으로 펼쳐진 수준인데… 이거 도망도 못 치겠고, 미치겠네.'

이런저런 대화가 오가며 주변이 훈훈해지자 어느새 자신이 가려둔 입구를 슬쩍 밀면서 토끼를 잡으러 갔던 천악이라 불린 남자가 들어왔다.

"잠시 기다리십시오. 제가 요깃거리를 만들겠습니다."

중년인에게 가볍게 고개를 숙인 천악은 잡아온 토끼의 가죽을 순식간에 벗겨내고 불가로 가져가면서 말했다.

짧지만 지극하게 공손한 어투였다.

"아! 잠시만. 지금 고기를 익히면 향기가……."

남궁가휘는 혹여 토끼가 익을 때 풍기는 향이 사방으로 퍼져 자신이 발각될까 봐 엉거주춤하게 일어나 천악을 만류했다. 그러자 중년인은 '무슨 말도 안 되는 소리냐' 하는 표정으로 말했다.

"거, 사람 참, 토끼를 생으로 먹을 참인가?"

또다시 울상이 되어가는 남궁가휘는 무시당한 채 익어가는 토끼를 바라볼 뿐이었다.

3

"다 익었군. 여기 있습니다."

노릇한 향을 풍겨대는 토끼 고기 위로 잘게 갈린 소금을 뿌

리며 굽던 천악은 살코기가 많은 쪽을 뜯어내어 중년인에게
공손하게 내밀었다. 그리고는 심각한 기색으로 주변을 살피
면서 귀를 기울이고 있는 남궁가휘에게도 한쪽 부분을 뜯어
내밀었다.

"여기 있네. 육포보다는 이게 포만감을 느끼게 해줄 것이
네."

하지만 토끼가 익으면서 주변으로 날아간 냄새에 더욱 신
경을 쓰던 남궁가휘는 배고픔이 달아나 버려서 식욕이 돋질
않았다.

천악의 눈썹이 살짝 찡그려지면서 남궁가휘에게 재차 권
하려던 그때 주변이 시끄러워지기 시작하면서 일단의 무리가
나타났다.

"저기다! 색마 놈이 저기 있다!"

주변을 뒤지다가 인적이 드문 곳에서 무언가 익는 듯한 냄
새가 나자 그 냄새를 쫓아서 추적자들이 들이닥쳤다. 천악이
토끼를 잡고 돌아오면서 열어둔 문틈으로 불가에 비친 남궁
가휘의 얼굴이 보이자 고래고래 소리를 지르면서 날카로운
호각을 불었고, 그 소리를 들은 수많은 무인들이 모이기 시작
했다.

"제기랄! 엿됐다."

남궁가휘는 오만상이 찌푸려졌다.

이제껏 자신에게 우호적이었던 중년인과 남자였지만, 자

신이 이무기임을 알게 된다면 아마도 저들도 다른 이들과 마찬가지로 혈교의 장보도와 자신의 목에 걸린 현상금을 탐낼 것이 분명했다. 더구나 갑자기 나타난 중년인으로 인해 운기도 못한 상태라 공력은 거의 남아 있지 않았고, 그 때문에 일말의 반항조차 못하고 잡히게 생겼다.

물론 잡히게 되면 멸마단에 의해 퍼뜨려진 소문이 거짓으로 밝혀지면서 살아날 수는 있겠지만, 이제껏 근 두 달을 준비한 계획이 수포로 돌아가는 것은 물론, 무림맹에 알리지 않고 작전을 진행했기 때문에 그동안 그를 뒤쫓았던 수많은 무인들에 대한 책임을 져야 할지도 모른다는 생각이 머리를 혼란스럽게 했다.

남궁가휘가 그런 걱정을 하는 동안 가볍게 토끼의 살을 뜯어 입에 넣던 중년인이 나지막한 목소리로 기분이 살짝 나빠진 듯 천악을 불렀다.

"저들… 시끄럽군, 천악."

"옛! 하명하십시오."

자신에게 고기를 권하던 천악이 공손하게 고개를 숙이면서 대답했다.

"식사 시간엔 조용했으면 좋겠다. 더구나 재미있는 녀석도 만났고."

"존명!"

단지 조용했으면 한다는 중년인의 말에 천악이 무슨 엄청난 명령이라도 들은 것처럼 거대한 도끼를 어깨에 짊어지고 다가오는 추적대를 향해서 걸어나갔다. 그리고는 마치 태산처럼 거대한 존재감을 뿌리면서 일대를 둘러싸고 있는 무인들을 향해 짧게 말했다.

"시끄럽다. 모두 꺼져라."

서서히 인원이 늘어가면서 벌써 백여 명 가까이 늘어나 주위를 둘러싸고 있는 무인들은 낮게 울리는 천악의 말에 비웃음을 날리면서 웅성거렸다. 그중 붉은색 장의를 입고 있는 무인이 자신의 검을 들어 천악을 가리키면서 호통 쳤다.

"미친놈! 꺼지라면 우리가 꺼질 줄 아는 거냐? 별 거지 같은 놈 다⋯⋯."

슈각!

언제 내려졌는지 모르게 천악의 거대한 도끼가 지면을 향해 직선으로 내리그어지자 호통을 쳐대던 붉은 장의의 남자는 미처 말을 끝내지도 못한 채 반으로 갈라졌다.

"컥!"

"캐캑!"

천악의 말을 비웃으면서 웅성대던 무인들은 서서히 갈라져 내리는 무인의 신형을 보면서 사레가 들린 듯 캑캑대었고, 주변엔 찬물을 끼얹은 듯이 정적이 깔렸다.

"다시 한 번 말하지. 모두 꺼져라."

천악의 나지막한 소리의 울림과 함께 엄청난 중압감의 기세가 퍼져 나갔다.

"우웃!"

주위를 빼곡히 둘러싸며 포위망을 구성했던 무인들은 천악의 기세에 주춤주춤 물러났다.

뒤에서 그 모습을 보고 있던 남궁가휘는 혹여 도망칠 수 있을까 하는 일말의 기대감마저 사라져 가는 것을 느꼈다. 방금 천악이라는 남자가 펼친 한 수의 도끼질은 흐릿한 잔영만을 남길 뿐 제대로 보지도 못했다. 더구나 그가 상전으로 모시는 눈앞의 남자.

'이런 썩을! 어쩌지? 어쩌지?'

만일 남궁가휘가 천악의 진정한 정체를 알았다면, 그의 도끼질을 흐릿하게나마 본 것만으로도 눈앞의 중년인으로부터 '대단하다' 라는 감탄을 받았겠지만, 그가 누구인지 남궁가휘는 전혀 몰랐고, 더욱이 중년인은 천악의 도끼질을 남궁가휘가 보았다는 사실을 알 수 없었다.

천악이 태산과도 같은 엄청난 중압감을 뿜어대면서 주위의 무인을 압박하고 있는 동안 추적대에서 누군가 걸어나와 두 손을 모아 공손하게 포권을 했다.

"본인은 무림맹의 멸마단 삼대주인 여상흠이라고 합니다. 귀하는 누구신지?"

조금 비대한 몸집을 가진 남자가 천악이 뿌리는 거대한 중압감을 걸어내듯이 걸어나오면서 자신을 소개하고는 천악의 정체에 대해서 묻자 또다시 웅성거림이 터져 나왔다.

"오오, 대력패권이다!"

"아! 그 쓰레기 같은 멸마단에서 몇 안 되는 진정한 무인!"

"저런 인물이 어째서 멸마단에 있는지… 쯧쯧."

대력패권 여상흠(大力敗拳 與柤歆).

하남 여가장의 큰아들로 태어나 일찍이 소림의 속가제자로 유일하게 백보신권(百步神拳)을 극한까지 익혀낸 남자. 세인들에게 알려지지는 않았지만 사마수등과 더불어 중원의 오대권사에 들어가는 인물이었다. 정파의 대부분의 사람들이 멸마단을 손가락질하지만 대력패권만은 유일하게 여러 사람의 존경과 흠모를 받고 있었다.

여상흠의 당당한 모습에 천악은 잠시 동안 물끄러미 바라보다가 나지막이 웃으면서 대답했다.

"나? 난 냉천악이라고 하지."

천악이 자신의 이름을 밝히자 여상흠은 조금 놀란 표정을 지으면서 고개를 끄덕였다.

"그렇군. 그대가 영이 녀석이 대단하다고 칭찬하던 냉천악이군."

"호오, 나를 알고 있나? 영이 녀석이라면… 전귀, 그 녀석 말인가?"

　마치 전부터 알고 지낸 것처럼 스스럼없이 대화하는 그들을 보면서 무인들이 속삭이듯이 말했다.

　"냉천악? 그게 누구지? 꽤나 익숙한데 말이야."

　"그러게. 냉천악이라……. 냉천악! 설마 수라대주?"

　"허억! 파천부 냉천악!"

　냉천악의 진정한 정체가 밝혀지자 모두가 짜기라도 한 듯이 깜짝 놀라면서 순식간에 그의 곁에서 몇 걸음이나 뒷걸음질쳤다.

　파천부 냉천악(破天斧 冷仟岳).

　그 이름도 무시무시한 마교 교주 독고진악의 직속 무력 단체인 수라대의 수장으로, 수많은 전장에서 이름을 빛낸 엄청난 무인이자 마교 내에서도 열 손가락 안에 들어가는 마인.

　남궁가휘는 그 이야기를 들으면서 절망에 절망을 거듭했다.

　사실 삼대주인 여상흠이 나타난 것은 얼마 전의 전서구를 통해 듣고 이미 놀란 적이 있었다. 친절하게도 '멸마 삼대, 추적대에 편성. 절대 주의'라는 문구와 함께 동봉되었고, 일설에 의하면 그 무시무시한 사마수동과 맞수를 이룬다고 했다.

　더구나 수라대주라니! 남궁가휘는 혼이 빠져나가는 듯했다.

'설마 그렇다면… 이 앞에 있는 이자는?'

남궁가휘가 몸을 빠져나가는 혼백을 억지로 잡으면서 자신의 앞에서 토끼 고기를 뜯어 덕다가 대력패권을 호기심 어린 표정으로 보고 있던 중년인을 향해 겁없이 손가락질을 하자 중년인이 빙긋이 웃으면서 친절하게 말했다.

"아! 내가 독고진악일세."

'이런 젠장! 이 말을 몇 번이나 하게 하는 거야! 뭐? 조그만 단체? 언제부터 마교가 조그만 단체의 축에 들었냐구!'

더 이상 혼백을 잡아둘 힘이 사라져 버린 남궁가휘는 떠나는 혼백을 느끼면서 생각했다.

4

얼음처럼 차가운 인상을 한 중년인과 한 떨기 얼음꽃[氷花] 같은 아름다움을 물씬 풍기는 한 여인이 객점의 탁자 하나를 사이에 두고 마주 앉아 실랑이를 벌이그 있었다.

그들의 주위는 마치 북해의 겨울이라도 찾아온 듯 바닥과 탁자며 의자에 허연 서리가 내리기 시작한 지 벌써 일각이 넘어 쩍쩍 얼어붙기 시작했다. 객점 안에 있던 손님들은 처음에는 갑자기 찬바람이 분다는 생각에 고개를 돌렸으나, 이내 먹고 있던 국이며 음식들이 얼어가자 그 기세가 심상치 않음을 느끼고 슬금슬금 객점에서 나가 버렸다. 결국 객잔 안에는 중

년인과 한 여인, 그리고 그 주위에 호위하듯이 시립한 털옷의
무사들만이 남았다. 중년인과 여인의 주위에는 천산한설(天
山寒雪)보다 흰 털옷을 입은 무사들은 그들의 대화를 들으면
서 고개를 절레절레 흔들었다.

"약벽아, 거참, 이 삼촌이 중원에 십 년 만에 나온 건데 뭐
가 그리 급한 게냐?"

"이숙, 저보다 고작 이 식어버린 오리탕이 중요한 거예
요?"

그녀의 이름은 설약벽이었다. 얼마 전 남궁가휘에게 알몸
을 들켜 버린 북해빙궁의 금지옥엽 셋째 딸.

"휴, 이놈의 고집불통 같으니……."

고개를 절레절레 흔드는 중년인의 모습에 설약벽은 고운
아미를 역팔 자로 찌푸리면서 허리에 양손을 올리고는 입을
삐죽대었다.

"이숙, 이 귀여운 조카가 강간당했단 말이에요, 강간!"

약벽은 마주 앉아 자신이 내뿜은 기운에 벌써부터 식어 이
제는 살얼음까지 끼고 있는 오리탕을 아쉬운 듯이 숟가락으
로 뒤적대고 있는 중년인에게 소리치며 얼마 전 자신의 알몸
을 보았던 못생긴 악적이 다시 생각난 듯이 주먹을 부르르 떨
었고, 그에 맞추어서 그녀의 몸에서 좀 더 많은 한기가 내뿜
어졌다.

"사실 강간은 아니잖느냐. 고작 몸 한 번 보인 걸 가지

고……."

오리탕을 아쉬워하면서 내뱉은 중년인의 혼잣말에 분노에 떨고 있던 설약벽의 고개가 획 돌아갔다.

"고작이라고욧! 그게 조카한테 할 말이에요? 저 설약벽이라구요, 설약벽! 삼촌의 어여쁜 조카이기도 하고요! 어떻게 처녀가 외간 남자한테 처음 알몸을 보인 일을 고작이라고 하니! 삼촌, 도대체 절 뭘로 생각하시는 거예요? 예?"

"휴우, 알았다, 알았어. 내가 졌다."

중년인은 연기인 것을 알고 있으면서도 설약벽을 달래주었다. 그리고는 주위를 돌아보면서 누군가에게 말했다.

"에휴! 호야, 준비해라. 이동한다."

중년인의 한숨 섞인 말에 호명당한 남자는 시무룩한 표정으로 고개를 숙였고, 주위에 서 있던 남자들 역시 오랜만에 술 한잔에 중원의 음식을 맛볼 기회를 놓쳐 아쉽다는 듯이 중년인을 원망하는 눈빛으로 힘 빠진 어깨를 돌렸고, 중년인은 설약벽의 등을 토닥이면서 애써 고개를 돌려 그들의 눈빛을 외면했다.

5

"그렇군. 자네가 북해의 역린을 겁없이 건드린 이무기였군."

　조용하게 내려앉은 분위기 속에서 독고진악이 토끼의 살점을 뜯으면서 대수롭지 않게 말했다. 그런 독고진악의 앞에서 도망칠 의지는커녕 대답할 힘도 없는 남궁가휘는 넋이 나가 버린 채로 앉아 있었다. 남궁가휘는 더 이상 긴장할 힘도 없었다. 갑자기 마교의 교주와 수라대주라니. 더구나 수라대주라는 저 냉천악이 보여준 무력은 삼대주인 여상흠의 가슴에 긴 상처를 남긴 채 그곳에서 물러나게 했다.

　'이무기를 넘겨달라' 는 삼대주 여상흠의 요구에 냉천악은 코웃음을 쳤고 결국 둘의 격돌이 있었지만, 수백 초를 겨룬 끝에 결국 냉천악의 승리로 막을 내렸다. 삼대주의 뒤를 따르던 멸마단 삼대의 무인들이 엄청난 기세로 공격해 들어왔지만, 냉천악이 엄청난 기합성과 함께 밟은 진각에 십 장여의 바위 면이 그대로 터져 나가며 모든 공격을 막아냈다. 결국 삼대주 여상흠은 마교의 그늘 아래 이무기를 둘 생각이 없으며 곧 헤어질 것이니 그때까지 기다리라는 독고진악의 말에 굳은 얼굴로 포권을 하고 돌아가 버려 지금은 독고진악과 냉천악, 이무기의 모습을 한 남궁가휘만이 그곳에 남았다. 다른 사람이었다면 개방의 정보개들이 숨어 동태를 살폈겠지만 상대는 마교주였다. 결국 모든 무인들이 그곳에서 벗어났다.

　초대 혈교주의 비동이 탐은 났겠지만, 자신의 목숨보다 중요하지는 않을 테니까, 그리고 내일이면 또다시 추적을 할 수 있을 테니까. 또한 마교주라면 초대 혈교주의 비동 따위는 찾지 않아도 충분히 강하니까.

"그런데 얼굴을 역용했군. 축골공까지 사용한 걸 보니 아마도 넌 모종의 임무 수행 중이겠지?"

미소 짓는 얼굴로 말하는 독고진악이었지만, 그 말을 듣는 남궁가휘는 온몸의 피가 마르고 입술이 바싹거리면서 타 들어갔다. 혹시나 하는 순간을 위해 독고진악이 눈치 채지 못할 정도로 천천히 공력을 운기했다. 좌식을 취하지 않아서 회복되어 가는 공력은 많지 않았지만, 서너 번의 격공보를 펼칠 수 있을 정도까지 회복해 가면서 기회를 노리고 있었다.

'역용한 것을 알아봤다. 대주는 아구도 모를 것이라고 했는데… 꿀꺽!'

"재미있군. 얼굴 근육 자체를 바꾸어주는 역용술은 잘 사용하질 않는데 말이지. 더구나 왠지 모를 익숙한 기운이 느껴진단 말이야."

타 들어가는 남궁가휘의 속을 아는지 모르는지 독고진악은 고개를 갸웃대면서 말했다.

"이 느낌, 어디서 많이 느낀 건데 말이지."

순간 독고진악의 몸에서 엄청난 살기가 느껴지면서 손이 갈고리처럼 남궁가휘의 목젖을 잡아갔다.

피윳!

극도의 **빠름**을 가진 공격에 남궁가휘는 헛바람을 집어삼키면서 무의식중에 격공보를 펼쳤다.

손이 상대의 잔상을 휘저으며 공격에 실패하자 독고진악은 사악한 미소를 지었다.

"격공보? 큭큭, 그렇군. 네놈, 전귀와 관련이 있었군."

독고진악이 사악한 미소를 짓자 남궁가휘는 속으로 '제기랄!'이라고 내뱉으면서 또다시 격공보를 사용해 최대한 멀리 떨어지려 했다. 하지만 무언가 쇄도해 들어온다는 느낌이 들어 고개를 돌리자 그곳에서는 수라대주가 기분 나쁜 웃음을 지으면서 자신의 거대한 도끼를 옆면으로 휘둘러 오고 있었다.

퍼억!

남궁가휘는 미처 피할 새도 없이 근처의 나무에 처박혔다.

"천악, 데려와라."

냉천악은 교주를 향해 가볍게 고개를 숙이고는 나무에 처박히면서 떨어진 남궁가휘의 목 뒤를 잡아서 교주의 앞에 앉혔다. 교주는 그런 남궁가휘를 재미있다는 듯이 쳐다보면서 다리를 꼬고 턱에 손을 가져가면서 음산하게 웃었다.

"큭큭, 내 앞에서 도망치려면 항상 신체의 일부를 놓고 가야 한다."

냉천악에게 맞은 일격과 교주에게서 퍼져 나오는 기운에 숨이 턱턱 막히는 남궁가휘는 온몸이 압사당할 듯한 압력을 느껴야만 했다. 일순간 너털웃음을 터뜨리며 교주가 웃자 순식간에 자신을 감싼 기운이 사라져 버렸다.

"크하하하! 좋아, 좋아. 뭐, 전귀 녀석으로부터 좋은 선물도 받았고 하니 봐주도록 하지. 아마도 넌 전귀 녀석의 수하인가 보구만. 그 녀석, 또 무언가를 꾸미고 있나 보지?"

독고진악의 호기심 어린 표정. 감히 누가 있어 저 잔악하기로 소문난 독고진악에게서 저런 웃음을 지어내게 할 수 있단 말인가. 아마도 마교의 누군가가 보았다면 믿지 못했을 법한 그런 얼굴이었다.

"뭐, 전귀 녀석의 일이니 모른 체해주지. 그리고 너, 너무 약하잖아. 흐르는 기운을 보니 아마도 남궁무, 그 꼬마 녀석의 손자 녀석인 듯한데 말이야. 아직 가진바 내공을 전부 흡수하지 못했군. 맘에 드는 선물을 받았으니 조금 손봐주지."

第三章

기연인가? 고문인가?

戰鬼

전귀

1

사마수동이 심각한 표정으로 손에 든 쪽지를 보면서 인상을 찌푸리고 있었다.

이무기의 추적대에 일반 두사로 위장하여 상황을 지켜본 북궁우천에게서 날아온 전서였다.

현재 멸마단의 이대는 아즈 '금사촌 혈사' 에 대한 조사를 완전히 해결하지 못한 관계로 음마를 취조하던 곤륜산 인근에 작은 모옥을 몇 채 지어놓고 대기 중에 있었다.

남궁가휘를 이무기라는 인물로 변화시키고, 무림 전역에 그와 관련된 수많은 정보 공작을 통해서 무림공적으로 만드는 등 바쁜 일상을 보낸 뒤 잠시 쉬려고 했던 멸마 이대는 얼마 전 합택산 인근에서 이무기가 마교주와 만나 버린 사건을 알게 되었다.

"대주님, 어떻게 하죠? 갑자기 마교 교주라니… 계획에 없던 일인데……."

사마수동이 장영의 얼굴을 바라보면서 물었다.

장영은 게슴츠레한 눈으로 하품을 하면서 대수롭지 않은 투로 대답했다.

"뭐, 어쩔 수 없지. 그 양반이 설마 방해할 리는 없고, 아마도 꼬맹이와 만났다면 이미 대충의 내용 정도는 알았겠지."

"하지만 예상치 못한 일인데 이번 공작에 틈이라도 생겨 버리면 큰일이지 않습니까?"

사마수동은 인상을 찌푸린 채로 고개를 숙이고 말했다.

"괜찮아. 그렇게 걱정되면 한번 가보든가. 그나저나 냉 씨 아저씨랑 싸운 상흠이 형님은 어떤지 모르겠군. 만만치 않았을 텐데……."

남궁가휘에 대해서는 조금도 걱정하지 않은 채 멸마단 삼대주인 여상흠의 안위만을 궁금해하는 장영의 말에 적환이 대답했다.

"꽤 다친 모양입니다. 우천의 말에 의하면 한 삼 주 정도 쉬어야 한다고 하더군요."

"그래? 하긴, 그 아저씨니까……. 상흠이 형님이 고전을 했겠군. 큭큭."

"네. 아마도 그런 모양입니다. 우천의 말로는 엄청난 격돌이었다고 하더군요."

적환이 가볍게 고개를 끄덕이자 장엽은 잠시 조용히 있다가 무언가 생각난 듯이 고개를 들고 사마수동에게 물었다.

"참, 북해의 말괄량이는 요새 어떤가?"

"네, 지금 설악벽의 근처에 있는 한백의 말로는 여전히 길길이 날뛰고 있는 모양입니다."

사마수동이 살짝 웃으면서 말하자 탁자에 서류철을 펴놓고 이것저것 적고 있던 태성욱이 고개를 들며 말했다.

"하여간 그 아가씨 때문에 정보 공작이 더욱 쉬웠잖습니까. 어쩌다가 목욕하는 걸 들켜서는 강간을 당했다는 소문을 퍼뜨려 주다니……. 큭큭, 꼬맹이 녀석, 아마 북해 놈들 때문에 갖은 고초를 겪을 겁니다."

"그래, 얼음영감이 꽤나 아끼는 듯했는데 말이지."

무림에 잘 알려지지는 않았지만 북해에서는 북해빙궁주의 자식 사랑은 유명했다. 더구나 금지옥엽처럼 아끼는 셋째 딸에 관련해서는 간이며 쓸개며 다 빼줄지도 모를 사람이었는데, 이번에 설악벽이 강간을 당했다는 소문이 퍼지면서 빙궁주의 노기는 북해의 한설을 녹여 버릴 정도라고 했다.

"하긴 그 소문은 너무 과장되었으니까요. 갑자기 강간이라니요.”

“그건 그래. 정말 웃기는 아가씨였지?”

모두들 그때의 일을 생각하면서 큭큭대며 웃었다.

잠시 후 장영은 자리를 털고 일어나더니 자신의 검은색 창을 등에 메었다.

“어? 대주님, 어디 가십니까?”

적환이 눈물까지 흘려대면서 웃다가 장영을 향해 물었다.

“응. 오랜만에 독고 영감이나 만나볼까 하고. 더구나 합택산 근교라니 요 근처잖아.”

장영은 뒷머리를 긁적이면서 모옥의 문을 열고 걸어나갔다.

그런 장영을 향해 모두들 가볍게 고개를 숙였다.

“네, 다녀오십시오.”

“응.”

2

장영이 합택산을 향해 오고 있던 그 시각.

남궁가휘는 독고진악으로부터 엄청난 고문(?)을 받고 있었다. 마교주와 노숙을 하게 되어 밤새 자는 둥 마는 둥하다가 새벽이 되어서야 겨우 잠들었는데, 아침이 되자 자상한 얼굴로 다가온 독고진악이 ‘전귀 녀석에게 얼마 전의 답례라고 전해라' 라고 말하더니 갑자기 마혈과 아혈을 짚고는 온몸의 관절이라는 관절은 전부 분해해 버렸다.

남궁가휘는 마혈에 아혈까지 제압당해 소리도 지르지 못하고 생뼈를 뽑아내는 고통에 눈자위가 허옇게 뒤집어졌다.

'이런… 끄아아아악! 개자식! 말미갈! 해삼! 갑자기… 끄아아악! 변태냐?'

속으로 갖은 욕을 해대면서 고통에 몸부림치는 남궁가휘를 향해 독고진악은 아무런 표정도 짓지 않은 채로 관절을 모두 빼내고는 자신의 단전에 손을 얹더니 엄청난 열양장력을 뿜었다.

순간적으로 자신의 단전에 엄청나게 뜨거운 마기가 파고들자 남궁가휘는 절망감이 들었다.

'허억! 제기랄, 이렇게 죽는구나! 흑흑, 제기랄, 아직 장가도 못 갔는데 색마의 모습으로 죽다니. 나쁜 놈! 나쁜 마인 놈!'

마음속으로나마 발버둥치는 남궁가휘. 단전을 통해 들어온 마기는 솟구치듯이 빠른 속도로 몸의 이곳저곳을 돌아다니면서 사지백해를 공격해 왔다. 마치 작은 물이 흐르도록 파 놓은 도랑에 엄청난 양의 강둘을 끌어다 쏟아 부어버린 듯 남궁가휘의 몸이 펄떡거리면서 뒤틀렸다.

"크크크, 재미있는 놈이군. 쓰지 못하는 기운이 기경팔맥에 쌓여 있다니."

독고진악은 독기에 찬 눈빛으로 자신을 노려보고 있는 남궁가휘를 내려다보면서 기분 좋게 웃었다.

"쌓여 있는 기운이 예상했던 것보다 제법 많군."

일 다향의 시간이 흐르고, 남궁가휘의 몸을 휘몰아치듯이 돌던 마기가 그의 전신의 혈도와 세맥들을 지나 다시 독고진악의 손으로 빠져나갔다.

독고진악이 남궁가휘의 몸에 선물(?)을 주고 있을 때, 그들의 호법을 서던 냉천악은 독고진악에게로 조심스럽게 다가와 공손하게 고개를 숙였다.

"교주님, 누군가 접근해 옵니다. 어찌할까요?"

냉천악이 가볍게 고개를 숙이고 하명을 기다리는 동안 독고진악은 잠시 남궁가휘를 바라보더니 수혈을 짚으면서 말했다.

"괜찮아. 다가오는 기운은 너도 잘 아는 놈이니까. 이 꼬맹이는 좀 자게 놔두자고."

第四章
격돌(一), 전귀와 마교주

戰鬼
전귀

1

여유로운 모습으로 모닥불을 쬐며 새벽의 냉기를 달래고 있던 독고진악과 냉천악, 그리그 기절한 남궁가휘가 있던 장소에 흑색의 무복을 입고 한 손에는 검은색의 창을 비껴 쥔 무인이 마치 유람이라도 하는 듯한 여유로운 모습으로 어슴푸레 밝아오는 여명을 등진 채르 천천히 걸어왔다.

흐트러진 머리에 구부정하게 걷는 고습의 무인. 장영이었다.

천천히 걸어와 독고진악과 냉천악의 십 보 정도 떨어진 곳에서 몸을 멈추고는 고개를 살짝 들어 잠이 오는 듯한 얼굴로 그들을 말없이 바라보았다.

독고진악 역시 그런 장영의 모습에 눈을 떼지 않은 채 알아 채기조차 힘든 미소를 띠고 담담하게 말했다.

"오랜만이군, 전귀."

물끄러미 그 둘을 바라보던 장영이 살짝 고개를 까닥거리고 인사를 했다.

"노야께선 전혀 늙지 않으시는군요."

장영은 살짝 고개를 숙인 것이지만 어느 누구에게도 하지 않는 예의 바른 목소리로 말했다.

진정한 강자에 대한 성의를 보인 것이다.

"크크크, 그래. 거의 십 년 만인가?"

지난 사천혈사 이후 둘은 한 번도 만난 적이 없었지만, 마치 어제 만난 듯 정겨운 목소리로 대화를 나누었다. 독고진악의 혼잣말을 하는 듯한 물음에 장영은 잠시 동안 냉천악과 독고진악, 그리고 그 뒤에 누워 있는 남궁가휘의 모습을 보고는 피식거리면서 웃었다.

"꼬맹이 녀석이 기연을 만났군요."

"그렇네. 조금 손봐주었지. 별것 아니야. 지난번 선물에 대한 보답이라고 생각하게."

"보답이라……. 생각보다 조금 넘치는군요."

장영은 독고진악이 남궁가휘에게 해준 것을 대충 짐작하고 있었다. 남궁가휘는 수없이 먹은 영약이며 영물에 영초들로 인해서 몸 안에 잠재되어 있는 내공의 양이 자신조차도 측정하기 힘들었다. 더구나 남궁무가 무슨 짓을 해놓았는지 가진 내공의 대부분이 세맥에 잠들어 있어 사용하기가 힘들었다. 또한 무리하게 세맥 속의 내공을 끌어오면 지금의 남궁가휘로는 그 힘을 주체하지 못해서 온몸의 근육이며 관절이 끊어져 버릴지도 몰랐다.

하지만 독고진악이 몸에 존재하는 작은 관절이란 관절을 미리 빼버렸고, 근육을 풀어서 내공이 흐르는 혈들을 강제로 확장시켜 놓은 후에 세맥의 모든 기운들을 사지백해에 퍼뜨려 놓았다. 그로 인해 단전이 전에 비해 엄청나게 넓어지게 된 것이다. 물론 그런 사실을 스스로가 인지하지 못한다면 기존에 사용하던 내공 이상은 쓸 수 없겠지만, 만약 넓어져 있는 단전의 영역을 깨닫게 된다면 남궁가휘가 얼마나 강해질 수 있을지는 측정하기 힘들었다.

독고진악 정도가 아니라면 힘든 방법이었다.

"넘치기는, 약소한 거지. 더구나 자신이 깨닫지 못하면 쓸모없는 것이니까."

"후후, 물론 노야에게는 약소할 수도 있겠습니다. 어쨌든 감사합니다. 차후에 작은 일로 보답하도록 하지요."

장영은 나지막하게 읍을 하면서 다시 한 번 독고진악을 향해 가볍게 고개를 숙였다.

"그나저나 여전하시더군요. 이번 혈사 때 강 장로가 무척이나 난감해했습니다."

지난번 무림맹에서 강유홍 장로가 금사촌의 혈사를 조사차 갔다가 마교주의 명령 때문에 신강의 초입에서 말 머리를 돌려 버린 일을 생각하면서 장영이 웃자 독고진악은 스산하게 으르렁거리면서 말했다.

"크크크, 감히 무림맹 따위가 나를 조사할 수 있을 거라 생각했나?"

장영은 독고진악의 웃음에 의미없는 미소를 지은 채 물었다.

"여전하시군요, 노야께서는. 한데 어쩐 일이십니까? 노야께서 관심을 둘 만한 일이 없을 텐데요."

장영이 알고 있는 독고진악은 지극히 무료하고 권태로운 성격의 소유자였다.

하고자 한다면 전 무림을 피로 씻어버릴 만큼이나 강하고, 자신의 일에 방해가 된다면 가족이라도 목을 베어버릴 만큼 비정한 남자였다. 그는 오로지 자신의 호기심과 흥미가 있는 일에만 움직였다.

그는 강자를 좋아했고, 도전을 좋아했다.

마교를 대표하는 교주로서 마땅히 마도천하를 꿈꾸어야 하지만, 그것은 그다지 교주의 흥미를 끌지 못한 모양이다. 더구나 그런 그에게 중원 정벌을 주장할 정도로 간이 큰 사람은 마교에 없었다. 그는 지독하게도 강했기 때문이다.

그런 독고진악이 무언가에 흥미를 느끼고 중원에 발을 디

딘 것이다. 그가 움직이면 그의 직속 세력인 수라대 전체가 움직인다. 뿐만 아니라, 독고진악 그가 곧 마교라고 해도 과언이 아니었다. 그는 그만 한 힘을 가지고 있었으니까. 그런 독고진악의 발걸음이 결코 쉬운 걸음일 리가 없었다.

독고진악이 또다시 하얀 이를 드러내면서 웃었다.

"네가 보낸 선물에 특이함이 남아 있더군. 그 녀석, 아마도 혈교와 관계있는 거겠지? 그래서 저기 자고 있는 꼬맹이 녀석도 혈교의 사라진 무공을 익힌 것일 테고."

장영을 슬쩍 떠보는 듯한 독고진악의 중얼거림.

그런 독고진악의 얼굴을 잠시 바라브면서 장영은 인상을 굳히며 물었다.

"설마, 관여하실 생각입니까?"

게슴츠레 뜬 채 미소 짓던 장영의 눈이 빛났다. 그리고 미세한 살기가 뿜어져 나왔다.

옆에서 말없이 바라보던 냉천악은 장영의 살기에 반응하면서 자신의 도끼를 움켜쥐고 눈을 부라렸다.

"감히!"

냉천악이 장영이 독고진악에게 살기를 흘리는 것에 대해 무엄하다는 투의 기세를 뿜으며 장영에게 다가서려 할 때, 독고진악의 손이 가볍게 올라가면서 냉천악을 제지했다.

"재미있군. 감히 나에게 이런 살기를 풍길 수 있는 자는 너뿐일 것이다. 게다가 여전히 독특한 살기군. 호승심을 자극하는 기운이야. 아마도 너의 피에 흐르는 그 흔적 때문이겠지? 반쪽짜리의 그 흔적 말이야. 어때, 오랜만에 한번 해보겠나?"

독고진악은 비릿하게 웃으면서 장영을 자극했다.

장영의 창을 잡은 손에 힘이 들어가며 독고진악에게서 피어오르는 엄청난 기세와 마기가 피부를 타고 느껴져 왔다.

마주 앉은 채로 대치하는 그 둘을 보면서 냉천악은 자신도 모르게 목으로 침이 넘어갔다.

장영은 천천히 앉은 채로 몸을 숙이면서 창을 앞으로 내밀어 뛰쳐나갈 듯한 자세를 취했다.

조금씩 둘의 기세가 점차 커지기 시작했고, 어느새 기세싸움이 시작되었다.

독고진악과 장영 간의 거리는 불과 일 장이 조금 넘는 정도.

독고진악은 여유로운 표정으로 앉아서 장영의 전신을 압박하듯이 마기를 뿜어내었고, 장영의 이마에서는 어느새 굵은 땀방울이 생겨나 턱을 타고 흘렀다.

장영은 알고 있었다. 마교의 교주라는 독고진악이 얼마나 강한지, 그리고 누구보다 자신을 가장 잘 알고 있을지도 모른다는 것을.

"크크크, 네놈은 역시 싸울 때마다 강해지는군. 놀랍다. 십 년 전보다 족히 두 배는 강한 살기군. 반쪽짜리긴 해도 역시 그 피의 흔적은 대단하군. 그때 살려두길 무척이나 잘했다는 생각이 드는군."

독고진악은 자신의 기운에 대항하고 있는 장영의 기세와 살을 에는 듯한 살기를 느끼면서 무척이나 즐거워졌다. 그의 눈이 잠시 깜빡이는 찰나, 장영의 몸이 튕기듯이 움직였다. 순식간에 일 장의 공간을 뛰어넘어 창이 쏘아져 나왔다. 공기가 회오리치듯 창극을 타고 독고진악의 몸을 향해 날아갔다.

가가가각!

창극이 독고진악이 앉아 있던 바위를 꿰뚫으며 틀어박힘과 동시에 장영의 몸이 급격하게 틀어지면서 쏘아진 속도 그대로 뒤로 물러섰다.

쿠아앙!

엄청난 압력에 의해 창이 꽂힌 바위와 일 장여의 땅이 움푹 꺼지듯이 눌려 들어가 버렸다. 조금만 늦게 물러섰다면 아마도 엄청난 압력에 몸이 찌부러졌을지도 몰랐다.

"쳇!"

장영은 고개를 들어 하늘을 쳐다보았다. 일 장여의 높이에 마치 허공의 또 다른 공간을 밟고 선 듯이 마교주가 빙긋이 웃으면서 서 있었다.

또다시 장영의 몸이 빛살처럼 공중으로 치솟아 올랐다.

엄청난 공방이 시작되었다. 놀라운 속도로 움직이면서 창을 뻗어내고 휘둘러대는 장영과 눈으로 보이지도 않는 공격을 여유롭게 피하면서 튕겨내는 독고진악은 순식간에 수십 초의 공방을 주고받았다.

냉천악은 그들의 모습에 입이 벌어졌다.

"대, 대단하다."

장영의 움직임은 보이지도 않았다. 언뜻언뜻 독고진악의 전후좌우에 나타나서 공격하고는 순식간에 사라졌다. 마치 수십 명의 사람이 공격하는 듯한 모습이었다.

얼마 전 혈도위가 손도 못 써보고 얻어맞고 돌아왔다는 말을 들었지만 직접 자신의 눈으로 확인하자 그 놀람은 더욱 컸다. 입술이 타고 목이 말라왔다. 도끼를 꽉 말아 쥔 손에서는 축축하게 땀이 흘렀다.

'정말로 강하다. 인간의 몸으로 어떻게 저런 움직임을……'

한 번에 수십 초를 쏟아내면서 공격하던 장영이 독고진악의 한 수에 튕겨져 나가면서 지면에 착지했다. 장영의 눈에 시퍼런 빛이 스쳐 지나가면서 갑자기 엄청난 기세가 격전장을 휘몰아쳤다. 그의 몸을 타고 바람이 몰아치듯이 흘렀고, 그 바람을 타고 땅에 부스러져 있던 낙엽과 흙먼지가 피어올랐다.

스걱!

순간 무언가 베어지는 듯한 느낌에 냉천악이 한 걸음 물러섰다. 그들의 공방을 정신없이 바라보던 냉천악은 자신이 앞섶이 길게 잘려 나간 것을 보게 되었다.

'이… 이런! 기가 마치 칼날처럼!'

장영이 뿌려대는 살기가 서서히 유형화되어 가며기의 소용돌이가 날카롭게 변했다.

"크아아앙!"

짐승과도 같은 울부짖음을 외치면서 장영의 신형이 치솟았다. 아니, 치솟는 듯 느껴짐과 동시에 공중에 있던 독고진악의 정수리 부근에 나타나 창을 내려쳤다.

콰아앙!

한낱 쇠붙이와 사람의 육장이 충돌했다고는 생각할 수 없는 엄청난 굉음이 터져 나왔다. 독고진악과 장영의 기가 부딪치면서 터져 나오는 소리였다.

독고진악의 얼굴에서 여유로움이 서서히 사라졌다. 장영이 내려친 창과의 충격에 허공에 떠 있던 몸이 지면으로 떨어져 내렸다.

그런 독고진악을 쫓으면서 장영의 창극이 수십 개로 변해 그의 몸을 향해 쇄도해 갔다.

일순간 독고진악의 몸에서 핏빛 안개가 확 몰아치며 뿜어 나왔고, 엄청난 기세로 터뜨려졌다. 핏빛 안개와 장영의 창에서 쏘아진 기운이 부딪쳐 부서지면서 기의 잔해가 사방으로 뿌려졌다.

독고진악의 몸이 마치 핏물에 물든 듯한 안개에 휩싸이면서 붉은 형상을 띠어갔다.

"혈영신!"

그 모습을 본 냉천악은 심장이 튀어 나오는 줄 알았다.

혈영마공(血影魔功)의 절대 호신강기 혈영신(血影身).

독고진악을 교주로 만들고, 혈영마제(血影魔帝)라 불리게 한 혈영마공.
몇십 년 만에 처음이었다, 교주의 또 다른 얼굴이자 또 다른 모습인 혈영신이 펼쳐진 것은.
지금의 교주의 모습을 감싸고 있는 안개는 강기, 그 자체였다. 최고의 호신공이자 최강의 공격기인 혈라강기가 마치 장막을 형성한 듯한 모습.
피부의 모공을 통해서 일순간 강기를 뿜어 막을 만드는 기술은 세상에 존재하는 누구도 하지 못했다. 오로지 자신의 주군인 독고진악만이 가능한 그런 기술이었다.
호신강기라는 것은 일반적인 강기와는 차원이 다르다.
전신에서 강기를 뿜어낼 수도 없을뿐더러 그것을 장시간 유지하기도 힘들기 때문이다.
하지만 교주는 가능했다. 삼만 팔천 개의 모공에서 강기의 실을 뽑아내어 겹치고 또 겹쳐 내어서 마치 실을 사용해 비단을 만들어내는 것처럼 만들어진 교주의 혈영신.
"크하하하하! 좋아. 역시 네놈은 본좌의 무료함을 달래줄 수 있는 유일한 인물이다. 크하하하! 재미있군, 재미있어. 혈영신을 이끌어낼 정도였나? 크하하하! 혈라강기(血邏鋼氣)를 쓰는 것은 정말 오랜만이군.”

핏빛의 강기를 둘러싸고 웃어대는 독고진악은 마치 저승의 수문장처럼 기괴했다.

독고진악은 진정으로 기뻐하그 즐거워했다. 항상 일상에 지루해하던 그였다. 그런 교주가 지금 너무도 즐거워하며 웃고 있었다. 그의 웃음이 짙어질수록 혈라강기의 색이 더욱 짙은 핏빛으로 변해갔다.

장영은 그런 교주를 바라보면서 무언가 결연한 표정으로 공력을 끌어올리기 시작했다.

장영의 눈에서 점차 짐승의 그것처럼 새파란 불이 일렁이기 시작했고, 극한의 공력이 끌어올려지자 입고 있던 옷이 기의 바람에 찢어질 듯이 흩날렸다.

“크르르르르!”

장영의 입에서 마치 짐승의 울부짖음과도 같은 소리가 흘러나왔다.

어느새 그는 짐승처럼 세 발로 지면을 짚고 한 손에 창을 곧추세운 채로 교주를 노려보았다.

십 년 전 냉천악이 기억하는 그의 모습이 아니었다.

그때와는 비교도 할 수 없는 엄청난 존재감.

십 년 전에도 엄청난 공격으로 마교에서 교주를 제외하고 세 번째로 강한 무인이었던 전(前) 혈광살귀대주를 뚫어버릴

듯했던 그지만, 지금의 모습과 기운은 교주가 풍겨대는 기운
과 거의 근접해 있지 않은가. 냉천악은 어떤 무인과도 사뭇
다른 장영의 기세가 자신의 피를 들끓게 함을 느꼈다. 엄청나
게 강한 기세라서 손이 부들부들 떨려오지만, 미치도록 싸우
고 싶게 만드는 그런 기운. 냉천악은 무력한 자신에 대해 조
금 화가 났다.

"이 정도였던가, 전귀……."

독고진악은 바늘처럼 자신의 전신을 찔러대는 장영의 기
세를 온몸으로 받으면서 웃었다.

"반 정도라 해도 그 피의 흔적은 정말 대단하군. 크하하하
하! 야수의 피를 가진 사내여! 와라!"

음마를 생포할 당시 정체를 알지 못한 누군가가 내뱉은
'광수혈족', 그리고 그 피의 흔적을 가진 장영. 그것이 의미
하는 바는 무엇일까.

독고진악은 온몸의 피를 끓어오르게 만드는 장영의 모습
에 극도의 흥분감이 온몸을 지배해 옴을 느꼈다.

"크아아아아앙!"

장영이 한 손에 창을 잡고 엄청난 속도로 도약하면서 쏘아
져 갔다.

마치 짐승과도 같은 움직임. 피를 갈구하는 눈빛에 짐승의
울음소리.

교주의 몸을 두르고 있던 혈라강기가 채찍처럼 휘둘러지

면서 장영의 전신을 감싸듯이 날아들었다.

파카카카카카캉!

장영은 창뿐만 아니라 주먹과 발을 모두 사용해 날아들어오는 공격을 튕겨내었다. 어떠한 초식이나 흐름이 없는 마구잡이식의 본능적인 움직임.

거대한 두 기운이 부딪치면서 부서져 나간 강기의 조각이 온 사방으로 튀어 오르면서 주위의 나무며 바위에 박혀 터져 나갔다.

수십 초의 싸움. 냉천악은 그런 두 사람이 도저히 사람처럼 보이지 않았다.

수십 장에 걸쳐 마치 벽력탄이 동시에 터진 듯이 땅에는 수 개의 웅덩이가 생겨났고, 살아 있던 나무와 굳건한 바위들은 어느새 조각이 되어 폐허와도 같은 모습으로 변했다.

냉천악은 도저히 자신의 눈으로 그들을 평가할 수 없었다. 마치 생사대적이라도 만난 듯한 모습. 수백 조각으로 갈라지는 강기 때문에 그들의 간격으로 들어갈 수 없을뿐더러 강기의 조각이 토해내는 빛무리에 싸여 모습조차 보이지 않았다.

독고진악은 지금 거의 팔성에 달하는 공력을 쏟아 붓고 있었다.

자신이 가진 대부분을 사용해도 장영은 지치지도 않은 채 피하고 막으면서 공격해 왔다.

너무도 즐거웠다. 이지를 상실해 버린 듯한 장영의 모습이지만 독고진악은 전혀 상관 없었다. 자신을 즐겁게 해줄 수만 있다면 세상의 어떤 것이라도 마다하지 않는 그였으니까.

꾸아아아아앙!
포탄을 터뜨려 대는 듯한 소리가 바위로 이루어진 합택산을 울렸다.
자욱하게 피어올랐던 먼지와 강기의 조각이 사라지면서 드러난 격전지.
장영은 교주와 삼 장여의 거리를 두고 대치한 채 구부정한 자세로 숨을 고르고 있었다. 마치 먹잇감을 공격하는 짐승과도 같은 눈빛을 흘리면서 조심스럽게 독고진악을 관찰했다.
독고진악 역시 어느새 이마에 작은 땀방울이 생겨나고 있었다. 어느 누가 있어 저 독고진악에게 땀을 흘리게 할 수 있단 말인가?
짐승처럼 노려보던 장영의 기세가 일순간 급격하게 커졌다.
마치 그곳에 있던 모든 공기의 흐름이 장영의 몸으로 흘러들어 가는 듯 바람이 소용돌이치더니 짚은 두 발에 엄청난 풍압이 생겨났다.
파아악!
장영의 발밑에 있는 흙이 파내어지듯이 튀어 나갔다. 순간 장영의 기세와 움직임을 놓쳐 버린 독고진악은 엄청난 위화감이 자신의 가슴을 향해 치고 들어온다는 느낌에 가까스로 몸을 틀면서 반사적으로 일장을 뻗었다.

　몸을 두르고 있던 혈라강기를 무언가가 찢어내듯이 파고 들어 오면서 어깨의 살점이 뜯어져 나갔고, 피가 튀었다.

　퍼억!

　독고진악의 어깨에 커다란 흔적을 남긴 장영은 그가 반사적으로 내친 일장을 맞고 두어 번 땅에 팅기듯 떨어지면서 창을 짚어 몸을 세웠다.

　잠시 동안의 정적.

　인상을 찌푸리면서 어깨를 움켜쥐고 서 있는 독고진악도, 가까스로 몸을 세우고 있는 장영도, 그런 그들을 넋이 나간 채 바라보는 냉천악도 아무런 말이 없었다.

　그리고 이제껏 휘몰아치던 그들의 기세도 말끔하게 사라져 버렸다.

　독고진악은 살점이 한 움큼이나 뜯어져 나가 울컥울컥 피가 솟아오르는 자신의 어깨를 보면서 기분 좋은 미소를 지으며 장영을 바라보았다. 어느새 장영은 짐승 같은 모습에서 정상으로 돌아와 창에 기대어 인상을 쓰며 가쁜 숨을 내쉬고 있었다.

　"대단하군. 지금까지 백여 년을 살아오면서 이런 상처를 입은 건 처음이군."

　독고진악은 진정으로 감탄했다. 졸대자로 살아온 수십 년

간의 고독을 깨버린 한 명의 존재가 있다는 사실이 너무나 좋
았다.

장영은 그런 독고진악의 얼굴을 힘없이 쳐다보면서 무릎
을 땅에 꿇고는 검은 피를 뱉어내었다. 그의 눈이 정상으로
돌아오며 몸에선 엄청난 근육통과 피로감을 호소해 왔다.

"제길, 아직인가? 아직 닿지 못하는 건가?"

나지막하게 자조 섞인 말을 내뱉은 장영은 작은 미소를 지
으면서 서서히 앞으로 쓰러졌다.

그런 장영을 미소 지은 채 말없이 바라보던 독고진악은 냉
천악을 불렀다.

"천악!"

넋이 나가 있던 냉천악은 그제야 정신을 차리고 부들부들
떨리는 마음을 진정시킨 후 교주를 쳐다보았다. 수십 가닥으
로 찢어진 의복에 먼지투성이인 머리가 보였고, 시뻘건 피가
솟아 나오는 어깨도 보였다.

"앗! 교주님, 괜찮으십니까? 이런! 피가! 어서 지혈을!"

냉천악은 자신의 주군이 흘리는 피를 한 번도 본 적이 없었
다.

자신이 어린 시절 수라대의 무사로 들어왔을 때부터 대주
가 되어서 살아온 지난 사십 년간 본 적이 없는 교주의 모습
에 아무것도 하지 못하고 넋이 나갔던 자신에게 화가 났다.

교주의 피는 고결하다. 또한 수많은 의미를 담고 있는 피였

고, 십만 마도의 자존심이었다. 만일 교즈가 인정한 '전귀'가 아니었다면, 교주에게서 피를 흘리게 만든 사람을 용서할 리 없었다. 전 무림을 피로 씻어 붉게 물들이는 한이 있어도.

그러나 독고진악은 그런 상처 따위는 신경조차 쓰지 않는 듯했다.

"크하하하하하하하! 역시 전귀다. 싸울 때마다 강해지는군. 아마도 다음에 만날 때는 그대의 창에 나의 무료한 삶의 종지부를 찍을 수 있겠지? 크하하하하하!"

하늘을 향해 앙천광소를 터뜨린 교주는 냉천악을 향해 말하면서 몸을 돌렸다.

"천악, 돌아간다. 그리고 수라대를 합택산에 풀어 전귀의 몸이 회복될 때까지 호위하라고 전해라. 또한 저기 세상모르고 자고 있는 아이가 합택산을 벗어날 때까지 도와주라고 해."

"존명!"

교주는 무릎을 꿇고 우렁차게 말하는 냉천악을 지나치며 그곳을 벗어났다.

작은 미소와 마지막 중얼거림을 남기면서.

"전귀, 다음에 보지."

第五章
이무기의 탄생(?)

戰鬼
전귀

청해성의 남쪽으로 뻗은 아금산은 중원의 남서쪽에 위치
한 서장과 연결되어 있었다.

천해성에서 서장으로 들어서는 길은 목자탑격산(木孜塔格
山)의 협곡을 따라 들어가는 것이 유일했다.

목자탑격산(木孜塔格山) 협곡의 끝이자 서장의 초입에 위치
한 용마객잔은 안다(安多)의 근처에 위치해 있다. 청해와 서
장을 이어주는 유일한 길목에 있는 덕택에 항상 손님이 끊어
지지 않아 밤을 잊은 시간에도 영업을 하고 있었다.

이무기로 변한 남궁가휘는 청해성에서 무림맹과 수많은
무인들의 추격을 피해 서장으로 들어선 후 사람들이 붐비는

틈을 타 용마객잔에서 잠시 휴식을 취하면서 때늦은 저녁 식사를 하고 있었다.

"자네, 그 소문 들었나?"

"응? 무슨 소문?"

"아, 그 색마 놈에 관한 이야기 말일세."

"아, 그 소문? 요즘 그 이야기를 모르면 세외의 세작이라고 의심받는다더구만."

"그렇네. 바로 그 소문 말일세."

용마객잔을 가득 채운 여행객들과 무인들은 먼지로 가득한 목구멍을 씻어내기 위해 싸구려 백주와 오리탕을 시키고는 무림을 떠들썩하게 한 소문을 수군거리면서 여독을 풀고 있었다.

항상 소문은 빨리 흐른다. 얼마 전 금사촌에서 일어났던 혈사는 벌써 사람들의 입에서 사라지고, 지금은 한 명의 색마에 대한 이야기만이 오르내리고 있었다.

처음에는 그다지 세인들의 관심을 이끌어내지 못했지만, 북해빙궁이 관여되고 혈교와 관련되었다는 사실이 밝혀지면서 서서히 여러 가지 소문 중 단연히 돋보이기 시작했다. 그러더니 며칠 전 합택산 근교가 폐허가 된 채로 드러나자 그곳에서 무슨 일이 있었는지 알려진 바는 없었지만 색마 추격대에 편성되었던 낭인 무사들의 입을 타고 무림 전역에 불처럼 소문이 번지기 시작했다.

　그 무시무시한 마교주와 수라대주가 보잘것없게만 생각하였던 색마와 함께 있었고, 그 폐허가 싸움의 흔적이라는 사실이 드러나면서 금세 여름날 강물이 불어나듯 이무기의 무공 실력이 엄청나게 과장되어 소문이 퍼졌다.

　처음에 이놈 저놈 몰려들었던 하급 무사들과 현상금 사냥꾼들은 추측되는 색마의 무공에 놀라 대거 이탈해 버렸고, 오히려 이무기의 눈에 띄지 않을까 전전긍긍하였다. 더불어 어여쁜 딸을 가진 무가나 민가에서는 해가 지기 시작하면 방문을 꼭꼭 걸어 잠근 채 숨어버렸기 때문에 지금에 와서는 이무기를 쫓는 자들은 무림맹이나 그 외 서력의 절정 무인, 관부의 유명한 포쾌, 마지막으로 북해에서 파견된 무인만이 추격하고 있는 실정이었다.

　"글쎄, 그 색마가 마교주와 한판 했다는 거 들었는가?"

　"그럼. 알지, 알다마다. 내 친구 덕문이 알지? 그 왜 흑룡성에 소속된 문파에서 낭인대로 있다던."

　"어, 그래, 알지. 지난번에 함께 술자리도 했지 않는가? 그런데 그 친구가 왜?"

　"그날 합택산에 갔었다고 하더구만."

　"그래?"

　"그래, 그 친구가 보았다고 하더군. 색마를 추적해서 갔는데 마교주와 싸우고 있었다더구만."

　"이야! 그래? 어땠다던가?"

"그날 밤새도록 천둥이 치는 듯한 굉음이 들렸다는군. 전설에나 나오는 강기가 휘몰아쳐 대서 근처에는 가지도 못했다고 하더구만. 색마 놈의 창술이 엄청난 모양이야."

"그랬구만. 근데 창이라고?"

"그래. 멀리서 봐서 잘 보이진 않았는데 창술이 엄청났다고 하더군."

"색마 놈, 창도 쓰는구만."

합택산의 폐허는 전 무림을 뒤집어놓기에 충분했다. 마교주의 능력은 전 중원에 잘 알려져 있다. 그런 마교주와 이무기가 합택산에서 서로 목숨을 건 사투를 벌이다니, 놀랄 만한 일이었다. 더구나 그 격돌 이후에 마교주와 이무기는 흔적도 없이 사라져 버렸고, 어떠한 사실도 알려진 것이 없었다. 더구나 그 상황을 알기 위해서 마교주에게 물어볼 만큼 정신 나간 이도 없었고, 물어본다고 '아, 그래, 말해주지'라고 해줄 마교주도 아니었으니까.

결국 이무기에 대한 소문은 마교주의 내공에 필적하기 위해서 채음보양을 수도 없이 했고, 초대 혈교주의 비동을 벌써 얻었다는 등의 갖가지 억측들이 난무했다.

객잔의 구석진 곳에서 조용히 배를 채우고 있던 남궁가휘의 인상은 똥이라도 문 듯한 모습으로 구겨지면서 마음속으로 신세 한탄을 했다.

'뭐? 마교주와 싸워? 내가? 채음보양? 언제? 누가? 제기랄,

진짜 미치겠네. 나 이러다 진짜 집에도 못 돌아가는 거 아냐? 도대체 어디까지 정보 공작을 해대는 거야!'

남궁가휘는 자신을 고문이라도 하듯이 괴롭혀 대던 마교 교주와 엄청난 무공을 지녔던 수라대주를 떠올리면서 갑자기 오한이라도 든 듯 몸을 떨었다. 그리고 지금까지 벌어지는 소문이 그저 멸마단에서 퍼뜨리는 거라는 생각이 들 뿐이었다.

'그날 그 괴물 같은 자식에게 대들었으면 아마 뼈도 못 추렸을 거야.'

남궁가휘가 그날의 일을 회상하면서 몸서리치고 있는 와중에도 사람들은 신이 난 듯 소문에 대한 이야기를 부풀려 가고 있었다.

"이야, 그럼 이제 그냥 '변태 색마' 뭐, 이렇게도 못 부르겠네?"

"안 그래도 벌써 사람들이 '마제' 니 '마왕' 이니 '신군' 이니 하는 호칭을 붙여대고 있다는구만. 더구나 누군가는 예전에 '교주의 나들이' 라는 책에 이어서 '합택산의 격돌' 이라는 책을 만들고 있다고 하더군."

"그래? 대단하구만. 하긴 나도 얼마 전에 중원 전역의 색마들이 모임을 만들어서 '색신 이무기' 라고 추앙하면서 그를 찾고 있다는 소문을 듣긴 했네만."

"하여간 지난번 금사촌 혈사 때문에 안 그래도 세상이 흉흉한데 이번엔 그런 무시무시한 악적이라니… 큰일이군."

“그러게 말일세. 아참!”

한참을 혀를 차면서 말을 하던 남자는 누가 들을세라 목소리를 낮추고 이리저리 두리번거리다가 듣고 있던 남자에게 소곤거렸다.

“그 여자도 서장에 들어왔다고 하더구만.”

“누구 말인가?”

“아, 그 왜 있지 않나. 그 빙궁의……”

“아! 강간당했다던?”

“이 사람, 말소릴 낮추시게. 누가 들으면 쥐도 새도 모르게 목이 달아나네.”

“이거 원, 서장에 피바람이 불겠구만 그래.”

“그나저나 그 여자가 예쁘긴 예쁘다던데… 쯧.”

“당연하지. 빙화 아닌가. 무림에서 미모로 둘째가라면 서럽다는 그 빙화.”

자기들끼리 조용히 소곤댔지만 남궁가휘가 귀를 막지 않는 이상 들리지 않을 리 만무했고, 그들의 수군거림이 계속될수록 남궁가휘의 얼굴은 더욱 찌그러들었다.

‘엥? 그 기집애가? 제기랄, 조심해야겠군. 일단 자리를 옮겨야겠다.’

남궁가휘는 그런 사람들의 수군거림을 뒤로하고 조심스럽게 객잔을 벗어났지만 아무도 그런 남궁가휘의 움직임에 신경 쓰지 않았다.

2

마교주와 대면했던 그날로부터 이틀이 지나서야 남궁가휘는 원래 있던 자리가 아닌 숲에서 깨어났다.

누가 자신을 옮겼는지, 언제 옮겨졌는지 알 수는 없었지만 자신의 몸에 아무런 이상이 없었고, 적환으로부터 남겨진 쪽지를 통해 다른 선배들이 옮긴 것으로 알고는 청해성을 떠나 서장을 향해 오게 된 것이었다.

그가 지나는 길마다 남궁가희가 눈치 채지 못하게 수라대의 대부분이 그 주변을 지켜서고 있어 수라대 무인들을 본 추격대는 혹여 마교주가 남아 있을까 해서 대부분 우회하였기 때문에 큰 제지를 받지 않고 서장에 들어선 남궁가휘였다.

"그나저나 이제 어쩌지? 태 선배가 세워준 계획은 여기까지였는데……. 서장에 들어서던 혈교 놈들이 접근해 올 것이라고 했는데……."

*　　　*　　　*

픽!

"딴짓하지 말고 잘 들어, 임다!"

태성욱은 무언가 무척이나 마음에 안 든다는 표정으로 입을 삐죽이면서 구시렁대는 남궁가휘의 뒤통수를 가볍게 때렸다.

"우씨! 왜 때립니까! 예?"

남궁가휘가 금세 반발해 왔지만, 가볍게 무시해 준 태성욱이 말을 이었다.

"일단 이곳, 이곳을 거쳐서 들어간다. 아마도 계획대로 '색마'라는 소문이 퍼지면 관군과 무림의 현상금 사냥꾼들이 참여할 거다. 어차피 무림을 뒤흔들어 놓을 생각이니까 무림맹이 추격을 시작하는 건 아마도 이쯤에서 되겠지. 아마도 꽤나 어려운 작전이 될 거다. 일단 몇몇 악한 놈들을 죽이고 혈교 무공의 흔적을 남기면 장님이 아닌 이상 정식으로 추격대를 편성할 거야. 그리고 그들의 포위망을 계속해서 뚫고 도주하면 세인들의 관심을 끌게 될 거다. 아마도 '일반적인 색마가 아닌가?' 하는 의문이 생기겠지. 더구나 얼마 전의 일 때문에 북해에서도 무사들이 추격을 시작할 테니까 정말 잘된 거다. 그런 포위망에 관련된 정보는 내가 보내줄 테니까 걱정하지 말고 넌 무사히 서장으로 들어가는 것에만 신경 써라. 그리고 가끔 사고를 쳐서 이목을 모으다 보면 반드시 혈교에서 너에게 접선을 해올 거다."

태성욱은 자신의 작은 지도 위에 몇 곳의 지점을 연결한 경로를 남궁가휘에게 설명하며 그의 얼굴을 바라보고는 금세 고개를 틀면서 터져 나오는 웃음을 삼켰다.

"풉!"

하지만 완전히 막지 못한 웃음이 조금 새어 나오자 남궁가휘의 표정이 일그러졌다.

"웃었죠? 지금 웃었죠?"

"아냐, 아냐. 안 웃었어. 푸픕!"

남궁가휘가 인상을 쓰면서 태성욱을 노려봤지만, 태성욱은 그런 남궁가휘를 외면한 채 손사래를 쳤다.

"큭! 크큭! 험! 험! 그리고 서장으로 갈 때는 이쪽으… 픕! 이쪽으… 으헤! 으헤헤헤!"

결국 태성욱은 터져 나오는 웃음을 참지 못하고 남궁가휘의 얼굴을 보면서 배를 잡고 쓰러졌다. 이제는 아예 너무 웃어서 눈물에 콧물까지 흘려댔다. 남궁가휘는 그런 태성욱의 모습에 점점 더 얼굴이 일그러졌다.

"크헤헤헤헤, 너, 그 얼굴 좀 제발… 크헤헤, 너무 웃겨서 설명이……."

웃느라 숨 쉬는 것마저 꺼끼대는 태성욱을 보면서 남궁가휘는 일그러질 대로 일그러진 얼굴로 화를 냈다.

"이런 젠장할! 누군 좋아서 이러고 있는 줄 아세요! 예?"

"뭐? 이 자식이! 크하하하! 젠장이라고? 크하하하! 선배한테… 으헤헤헤헤! 젠장할, 이… 크헤헤헤헤!"

태성욱은 남궁가휘가 발끈거리면서 막말을 해대도 웃느라 야단을 치지 못했다.

'이런 젠장할, 진짜 누군 좋아서 이러는 줄 아나.'

남궁가휘는 지금 새로운 인물로 변해 있었다. 아직 이름을 정하진 않았지만, 대충의 인물 설정과 차후의 계획까지 모두 세워둔 상태였다.

처음에는 그 계획을 실행하기 위해서 '인물 설정'에 대한 토의가 있었지만 난항을 거듭하면서 의견 일치가 되지 않았는데, 그 일이 있은 후 장영이 '색마'라고 정해 버렸다. 더구나 말도 안 되는 웃긴 얼굴까지 정해져 버렸다

그 일이란 것은 바로……

평소처럼 힘든 수련을 끝내고 신선폭에서 몸을 씻고 있었는데 갑자기 옷을 벗고 나타난 선녀처럼 예쁜 여자가 '까악!' 하고 소리치더니 당황해서 어쩔 줄 몰라 하는 남궁가휘를 향해 욕을 하고 손가락질을 하면서 '강간범이야!'라고 말했다.

여자의 비명 소리를 듣고 나타난 무수히 많은 무인들은 '강간범'이라는 소리에 엄청난 냉기를 풍기면서 남궁가휘를 공격해 왔다. 너무도 찬 냉기에 신선폭이 쩍쩍 얼어붙었다. 남궁가휘는 그들의 공격을 피곤한 몸으로 겨우 막아내면서 오해를 풀려고 했지만, 미처 말할 틈도 주지 않았다. 잠시 뒤 싸우는 소리에 사마수동과 몇몇 대원이 나타나서는 순식간에 남궁가휘를 들고(?) 튀었다.

결국 남궁가휘는 오해를 풀지 못하고 '강간범'이라는 오명을 쓴 채 도망가게 되었고, 당시의 거처로 돌아온 멸마단

이대는 흔적을 지우고는 새로운 곳에 거처를 마련해서 위치를 들키지 않기 위해 엄청난 환영진을 설치했다.

그 일이 있은 후 다음 인물 설정 토의에서 '색마'라고 정해지게 되자 마치 준비라도 하고 있었다는 듯이 모든 계획이 일사천리로 진행되었다. 미처 남궁가휘가 반박할 틈도 없이 이백여 명을 강간하고 변태적인 성행위어 간살, 시간까지 일삼는 미친놈 정도가 되어버린 것이다. 더구나 그날 역용술을 수련하고 있던 차에 그때 변한 얼굴이 들켰다는 이유로 차후에 임무 수행 간의 얼굴로 결정되어 버렸다.

남궁가휘는 얼마 전의 기억어 두통이 오는 듯 지끈거리는 관자놀이를 눌렀다.

"어? 곰보 꼬맹이! 훈련은 잘돼가냐? 큭큭."

"고생해라. 픕!"

머리를 잡고 있는 사이 한백과 적환이 저녁거리를 마련하기 위해 사냥을 나가려다가 남궁가휘를 발견하고는 웃음을 터뜨리며 재빨리 그 자리를 벗어났다.

'크윽! 젠장할!'

새로운 인물로 변한 남궁가휘의 얼굴은 추남 중의 추남이었다. 얼굴에는 곰보가 가득했고, 살이 처진 볼에 처진 눈, 빨갛게 변한 매부리코까지 영락없는 술주정뱅이에 거지 꼴이었다.

"젠장! 젠장! 젠장! 색마면 색마답게 잘생겨야 되잖아! 이게 다 그 기집애 때문이야!"

남궁가휘는 웃어대는 대원들을 보면서 그때의 그 여자에 대해서 짜증과 미움이 생겼다.

하지만 이 모습으로 벌써 며칠이나 대원들의 비웃음을 사게 되자 도저히 참을 수 없게 되었고, 모종의 결심을 하고 자리에서 일어나 임시 거처의 한곳을 향해서 걸었다.

그 결심이라는 것은 군기반장인 사마수동에게 '부대주님, 대원들이 자꾸 웃어서 도저히 못하겠습니다. 임무를 위해 이러고 있는데… 혼들 좀' 이라는 고자질을 하는 것이었다.

결연한(?) 의지를 가지고 사마수동과 장영이 바둑을 두고 있는 작은 모옥 앞으로 걸어간 남궁가휘가 사마수동을 향해 다가갔다.

"어? 꼬맹이, 어쩐 일이냐?"

장영은 바둑을 두면서 여전히 덜 깬 얼굴로 한 손으로 턱을 괸 채 말했다.

"아! 대주님, 그게 부대주에게 부탁이 있어서……."

장영을 향해 가볍게 고개를 숙이면서 인사한 남궁가휘는 사마수동을 향해 얼굴을 돌렸다.

사마수동은 남궁가휘에게서 등을 돌리고 앉아 있었다.

"저기… 부대주님, 다른 선배들 때문에 못하겠습니다. 임무를 위해서 이러고 있는 건데 다들 자꾸 비웃는다구요."

남궁가휘는 푸념 섞인 독소리로 사마수동에게 말했지만, 사마수동은 아무런 말 없이 등을 돌린 채 가만히 앉아 있을 뿐이었다. 반응이 없자 인상을 찌푸리며 남궁가휘가 사마수동을 바라보자 그의 몸이 미세하게 떨고 있다는 것을 알 수 있었다.

'아싸! 화나셨다. 크크크, 선배들, 이제 뒈졌어!'

남궁가휘는 사마수동이 몸을 미세하게 떠는 것을 보고 '분명 화났을 거야. 이제 벌떡 일어나서 선배들을 정신봉으로……' 라고 생각했지만, 잔잔히 떨고 있을 뿐 아무런 기색이 없자 혹시나 하는 생각에 천천히 사마수동의 전면으로 돌아가 그의 얼굴을 보았다.

사마수동은 얼굴이 벌게져서 입을 꽉 다물고는 콧바람을 거세게 내쉬면서 남궁가휘를 쳐다보았다. 그의 입꼬리가 조금 위로 올라가 있었고, 남궁가휘의 얼굴이 자신의 면전으로 다가오자 더욱 콧바람이 거세지면서 눈에 습기마저 차오르기 시작했다.

남궁가휘는 한숨이 나왔다. 사마수동의 얼굴은 분명히 웃음을 억지로 참고 있는 듯한 모습이었다.

'에혀, 이놈이나 저놈이나 진짜로!'

*　　　　　*　　　　　*

좋지 않은 기억이 떠오른 듯 남궁가휘는 털어내듯이 고개를 세차게 흔들었다.

"제기랄! 기억하기 싫은 것까지. 어쨌든 이곳을 벗어나야 겠다."

객잔에서 걸어나온 남궁가휘는 사람들이 관심을 갖지 않 도록 인적이 드문 골목을 향해 천천히 걸었다.

남궁가휘가 나간 뒤 차가운 인상을 가진 사내들이 조용하 게 음식 값을 계산하고 객잔을 나와 그를 뒤따랐다.

3

천천히 골목을 돌아가던 남궁가휘는 알 수 없는 위화감이 느껴졌다. 인적이 드문 한적한 골목에서는 느낄 수 없는 왠지 모를 이질적인 느낌이 자꾸만 자신의 감각기관을 자극해 왔 다.

사위는 어둠에 잠식되어 있었고, 주변엔 고요함이 감돌았 다.

"하아!"

남궁가휘가 내쉰 숨이 새하얗게 변해 공중으로 흩어졌다. 시월의 초입에 있는 시기였기에 조금은 쌀쌀한 날씨였지만 입김이 나올 정도로 춥지는 않았다.

"응? 입김이 나오……."

피웃!

　남궁가휘는 미처 말을 마치지 못한 채 뒤에서부터 다가오는 엄청난 한기에 몸을 뒤틀면서 담벼락을 밟고 몸을 날렸다.
　파곽!
　자신이 있던 자리로 사람의 팔 두께만 한 얼음덩이가 지면과 충돌하면서 부서졌다.
　"누구냐?!"
　남궁가휘는 걸어가던 반대 방향을 향해 몸을 돌리며 날카롭게 외쳤다. 그러자 그의 시선이 닿은 곳의 어둠이 옅어지면서 사람의 형체를 갖추기 시작했다.
　무척이나 차가운 인상을 풍기는 여인과 열 명은 족히 넘어 보이는 남자들이 나타났다. 그들은 아직 겨울이 시작되지도 않았는데 두껍고 하얀 짐승 털옷을 걸치고 있었고, 백짓장처럼 하얀 피부를 가지고 있었다.
　선두에 선 여인은 남궁가휘도 매우 잘 아는, 잊을래야 잊을 수가 없는 인물이었다.
　마치 세상의 아름다움이란 아름다움은 모두 가져다 붙여 놓은 듯 가는 허리와 고운 비단처럼 길게 늘어뜨린 삼단 같은 머리카락, 흑요석 같은 큰 눈을 가져서 '당신의 눈에 아버님이 별을 박아 넣었나 보오' 라고 느끼한 말을 해도 당연하다고 생각되는, 왠지 차가운 느낌을 풍기는 아름다운 얼굴을 가진 미녀.

빙화(氷花) 설약벽(雪蘱碧).

북해빙궁주의 총애를 받는 셋째 딸이자 무림 미녀들 중 제일좌를 차지하고 있는 여인. 또한 지금 남궁가휘가 고맙게도 색마라는 누명을 쓰도록 만들어 버린 여인.

그녀는 남궁가휘의 예의없는 물음에 대답조차 하지 않은 채 자신의 검을 들어 올렸다.

"저기… 이봐요, 아가씨. 사람 말은 좀 들어봐야……."

남궁가휘는 상대가 설약벽이라는 사실을 알고는 당황한 모습으로 어색하게 웃으면서 무언가 말을 하려고 했지만, 그 순간 설약벽의 검의 냉기가 스멀스멀 피어오름과 동시에 뻗어졌다.

"이런 젠장할!"

파카카카카카캉!

북풍한설과도 같은 엄청난 냉기를 풀풀 풍겨대는 설약벽의 검에서는 엄청난 수의 얼음 조각이 쏟아져 나왔고, 화살처럼 남궁가휘를 향해 쏘아져 들었다. 남궁가휘는 신속하게 권격을 수차례 펼쳐 막아내었다. 얼음 조각이 주먹에 부딪치면서 깨어졌고, 남궁가휘는 마치 주먹이 얼어버릴 듯한 한기가 손을 타고 들어옴을 느꼈다.

얼음 같은 검기가 준 충격에 잠시 인상을 찡그린 남궁가휘를 향해 또다시 그의 머리 위에서 떨어지는 시린 검기.

말 한마디 하지 않고 다짜고짜 공격해 오는 설약벽의 공격에 남궁가휘는 슬슬 짜증이 나기 시작했다.

"이런 젠장!"

쩡!

남궁가휘가 공력을 일으키면서 몸을 떨치자 마치 그의 주위로 보이지 않는 둥근 막이 형성된 듯 날아오던 검기며 얼음 조각이 튕겨 나갔다. 찰나의 순간에 일어난 일이었다.

'아니, 저건!'

설약벽의 뒤에 있던 한 중년인은 남궁가휘가 펼쳐 낸 한 수를 보면서 무언가에 놀란 듯이 눈을 부릅떴다.

설약벽의 공격을 한 번에 막아버린 남궁가휘는 거대한 기운을 일으켰다. 왠지 사이하면서도 끈적끈적한 느낌의 기가 사방으로 뻗어 나왔다. 바로 흑교에 침투하기 위해 배운 '혈사공(血獅功)'이었다.

설약벽은 자신이 펼친 공격이 '악적 이무기!'의 한 수에 막혀 버리자 싸늘한 안광을 흘리던 눈이 파들파들 떨려옴을 느끼고 다시금 검에 공력을 주입했다.

"이봐, 겨우 몸 한 번 보인 걸로 너므하는 거 아냐? 더구나 내가 보려고 한 게 아니었잖아!"

만약 원래의 잘생긴 남궁가휘가 말했다면 멋있고 거친 느낌으로 다가왔겠지만, 이무기라는 추남이자 비실비실한 서생의 몸과 느끼한 음성으로 뱉어진 말이었기에 설약벽의 화를 더욱더 돋울 뿐이었다.

"뭐라고! 겨우 몸 한 번? 이런 악적! 죽엇!"

설약벽은 남궁가휘의 말에 엄청난 수치심을 느끼면서 자신이 가진 극한의 공력을 검에 담아 떨쳐 내었다.

북해빙궁주로부터 직접 사사한 한빙신녀검(寒氷神女劍)! 빙탄(氷彈)!

북해의 일반 무사들이 익히는 한빙공(寒氷功)이나 빙극천검(氷極千劍) 따위와는 차원이 다른 무공. 오로지 설약벽을 위해서 그녀의 몸에 맞게 빙궁주가 변화시켜서 만든 무공이었고, 그녀의 손에서 펼쳐질 때 엄청난 위력을 발휘하는 무공.

설약벽은 초식도 화려함도 없이 단지 검을 뻗어내었다. '얼음의 창'이라고 해도 좋을 만큼 엄청난 냉기를 지닌 기운이 주위의 공기를 순식간에 얼려 버리면서 쏘아져 나갔다.

'이런! 쌍! 뭐, 이런 계집애가……'

단지 뻗어낸 것일 뿐이지만 몰려오는 기세에서 심상치 않음을 느낀 남궁가휘는 허리께로 주먹을 말아 쥐었다가 빛살과도 같은 속도로 뻗었다. 사방을 잠식하고 있던 사이한 기운이 주먹으로 회오리치듯이 몰렸다가 뻗어 나갔다.

"혈폭권!"

콰앙!

남궁가휘가 뻗은 주먹에서 쏟아진 기운이 설약벽의 거대한 얼음 창과 부딪치면서 그 끝에서부터 조각조각 부서뜨리면서 밀어내었다.

공력을 잘못 조절했음인가. 남궁가휘는 단지 막아낼 요량으로 뻗었음에도 설약벽의 얼음 창을 깨고 단숨에 그녀의 앞으로 짓쳐들어 갔다. 그곳에 있던 수많은 무인들이 그녀를 보호하기 위해 몸을 날렸지만 누구도 남궁가휘의 주먹에서 뻗어 나간 기운의 속도를 따라잡지 못했다.

'이런 제길! 어떻게 된 거야! 갑자기 이런 위력이?'

남궁가휘는 자신이 뻗은 기운인데도 생각보다 엄청나게 강한 기가 뻗어 나가자 당혹감이 생겼다. 분명히 자신이 수련할 때와는 확연하게 다른 힘. 더구나 저 정도 기운이 빠져나갔음에도 공력이 부족하다는 느낌이 들지 않았다. 지금이라면 과거 혈마자에 필적할 정도로 강한 십이성의 혈폭권도 뻗어낼 수 있을 듯했다.

'어떻게 된 거지? 헉! 저러면 안 되는데… 치잇!'

자신의 기운이 설약벽을 향해 짓쳐들어 가자 남궁가휘는 '북해빙궁주의 딸을 강간한 삼마'에서 '북해빙궁주의 딸을 강간하고 시해한 색마'로 소문이 변경되는 것을 막기 위해 격공보를 써서 순식간에 설약벽의 앞으로 이동해 자신이 뻗어내었던 권의 기운을 막아갔다.

쿠앙!

“크윽!”

갑자기 내지른 일격이었기에 앞쪽에서 날린 기운의 여파를 완전히 잠재우지 못한 남궁가휘의 몸이 두어 걸음 밀리면서 침음성을 토해내었다.

순간적으로 날아오는 엄청난 기운에 경악했던 설약벽뿐만 아니라 그곳에 있던 북해의 모든 사람들의 입이 쩍 벌어졌다. 자신이 펼친 기운을 설약벽에게 다가서기 전에, 그것도 쏘고 나서 움직여서 막아내다니……. 순간 그곳의 모두가 남궁가휘의 신형을 보지 못했다.

“크윽! 제기랄! 속이 뒤집어질 것 같구만. 어이, 이봐! 사람 말 좀 들어보라고.”

북해의 모든 무인들이 말도 못하고 경악한 표정을 지을 때 남궁가휘는 인상을 찌푸리면서 설약벽을 바라보고 말했다. 설약벽은 눈을 동그랗게 뜨고는 그를 쳐다보고 있을 뿐 아무런 말도 하지 못했다.

“어버버버…….”

그런 설약벽을 보면서 재차 남궁가휘가 무언가 말하려다가 몸을 돌렸다.

“그러니까… 젠장! 하여간 쫓아오든 말든 알아서 하라고!”

말도 하지 못할 정도로 놀란 설약벽과 북해의 무사들은 튕기듯이 지면을 차고 도주하는 남궁가휘를 눈만 껌벅이면서 바라만 볼 뿐 아무도 쫓아가지 못했다. 단지 설약벽의 뒤에 있다가 남궁가휘가 펼친 엄청난 기세를 막아내려 했던 중년인만이 도주하는 남궁가휘의 모습을 보고 눈에 이채를 띠었다.

'분명히 천뢰기의 초입 단계인 천원파와 격공보였다!'

천원파(天院波).

남궁세가의 적자에게만 비밀스럽게 전해지는 궁극의 방어기.

자신이 따로 익히지 않아도 창궁무아 검법의 진본을 익힌 자라면 반드시 그에 상응하는 내공을 가지기 위해서 천뢰기(天雷氣)라는 초절의 내공심법을 익혀야 했는데, 천뢰기를 익히다 보면 갑자기 공력을 끌어올릴 때 생기는 기의 파동이 있었다. 그것은 펼친 자를 중심으로 둥글게 형성되면서 모든 공격을 튕겨내었기 때문에 남궁세가의 무인들은 이를 천원파라 불렀다.

찰나에 생겨났다가 없어지는데다가 공격이 특정 위치에 왔을 때만 그 활용도가 있었기 때문에 수련하기가 매우 어려웠다. 시차를 못 맞춘다면 별로 쓸모없지만 그 방어력만큼은 엄청났다. 남궁세가의 가주도 잘 쓰지 않는 무공이라 웬만한 무인은 알지도 못할뿐더러 본다 해도 알아채기 힘든 기술이었다. 천뢰기가 일정 수준 이상 되어야만 천원파와 같이 순간적으로 기의 파동이 생기기 때문에 원래의 남궁가휘라면 절대 펼칠 수 없었다. 얼마 전 마교주로 인해 기를 활용하는 공간이 엄청나게 넓어져 자신도 모르게 몇 단계를 뛰어넘어 버린데다 무의식중에 펼쳐져 남궁가휘 본인도 인지하지 못한 것이었다. 하지만 일전에 남궁창선의 젊은 시절 친구였던 중년인은 그것을 충분히 알아볼 수 있었다.

'어째서 저놈이 남궁세가의 천원파에 전귀 녀석의 격공보를 알고 있는 거지?'

중년인이 놀란 것은 다른 사람과는 달리 남궁가휘의 극강한 무공 때문이 아니었다. 혈교의 무공을 익힌 색마가 정도무림의 지주라고 하는 남궁세가의 창궁무애검법의 진본을 익히지 않으면 펼칠 수 없는 무공과 무림맹의 멸마단 이대주의 무공을 사용했다는 것에 놀란 것이었다.

'흠… 무언가 있군. 알아봐야겠어.'

중년인은 슬쩍 입꼬리를 말아 올리면서 미소 지었고, 설약벽과 다른 북해 무인들은 모두가 여전히 경악한 채로 남궁가휘가 도망간 방향을 바라보고만 있었다.

4

똑똑똑!

나지막하게 탁자를 손가락으로 두드리는 소리.

무림맹주이자 무당의 최고수인 화무군은 요즘 인상을 펴고 웃는 날이 한 달에 채 열흘도 되지 않는 듯했다. 매일 올라오는 사건 보고서에 탄원서, 그리고 관부와 북해의 압박성이 짙은 편지까지.

얼마 전 금사촌 혈사 때만 해도 멸마단 이대가 음마를 밝혀 사건을 해결하는가 싶더니 갑자기 혈교와 관련이 있다는 보고를 올리고는 한참을 소식이 없다. 사라진 '그 물건' 만 하더라도 세인들에게 알려질 경우 무림을 발칵 뒤집어놓을 만한 것이었다. 더구나 아직 사건이 해결되지도 않았는데, 갑자기 혈교의 무공을 익혀 온갖 만행을 저지르고 다니는 색마가 등장했다.

일반적인 음란 행위만을 일삼는 놈이건 좋았을 것을, 겁도 없이 북해의 금지옥엽을 건드려 놓았다. 이제는 무림 전역에 마교주와 대등한 실력을 가진 무인이라는 소문마저 퍼지고 있다고 한다.

"휴우, 도대체 내 대에는 왜 이런 일들간 생기는 것인가?"

화무군은 한숨이 나왔다. 통상 무림맹주의 직위는 그 가진 바 권력이 적지 않기 때문에 맹주 선출 후에 십 년간의 임기를 가진다. 맹주 위는 수많은 후보들 가운데에서 명망있는 가문의 대표자들의 투표에 의해서 결정되었다. 화무군 역시 팔년 전에 쟁쟁한 후보들을 제치고 역사상 가장 많은 표를 얻어

맹주로 등극하였다.

지난 팔 년간 무림은 평화로웠다. 십 년 전 전대 맹주 시절 있었던 사천혈사 이후 시끄러웠던 적이 한 번도 없었다. 북해와 독곡, 서장의 밀교와는 항상 좋은 관계를 유지했고, 마교는 십만대산을 벗어난 적이 한 번도 없었다. 더구나 중원을 둘로 가르고 있는 사파의 맹주 격인 흑룡성의 현재 성주는 젊은 시절 자신과 무척이나 친하게 지낸 인물이었고, 그는 흑룡성 내부에 일어나는 후계들 간의 싸움을 중재하느라 바빴다. 때문에 현재 무림의 축을 담당하고 있는 무림맹이 그 가진바 힘이 가장 약했음에도 평화를 지킬 수 있었던 것이다.

그런데 지난 팔 년간이나 평화로웠던 무림이 시끄러워지면서 그 평화가 깨어지려 한다. 이제 임기를 이 년만 채우면 역사상 정도무림을 가장 평화롭게 다스린 맹주로 기억될 수 있는데 금사촌의 사건이 터지더니 온통 뒤죽박죽이 되어버렸다.

"군사, 장 대주로부터 전서는 더 이상 오지 않는 게요?"

맹주의 하명에 역시나 고민에 빠져 있던 제갈선우는 고개를 천천히 가로저었다.

"네. 장 대주가 시시콜콜 보고를 잘하는 인물도 아니거니와, 지난번 전서에서 '음마 사살. 혈교 관련성 확인. 추적 중'이라고만 보고해 온 후로 아직 연락 온 사실이 없습니다."

"흠, 도대체 갑자기 혈교가 나온 이유가 무엇인가? 멸문한 지 오십 년이 넘었건만……. 그나저나 그 색마 놈은 어찌 되었소?"

제갈선우는 침음성을 삼키는 화무군을 안됐다는 표정으로 쳐다보면서 나직하게 말을 이었다.

"합택산의 싸움 이후 현재 종적이 사라졌습니다."

"합택산이라면 마교의 교주와 싸웠다는 그 소문 말인가?"

"네. 소문에 의하면 마교주에 필적한다는 소문이……. 더구나 그가 초대 혈교주의 진전을 이었다는 이야기가 있습니다. 아마도 과장이 된 듯하여 북해에서 지난번 그 임무를 수행하고 있던 멸마단 삼대를 투입했고, 환룡단주와 철혈기마대를 추가로 투입하여 합택산 일대를 조사 중에 있습니다. 하지만 본 사람이 없으니……."

"크흠… 큰일이구만."

맹주는 벌써 몇 달 전부터 중원을 돌아다니는 색마에 관한 소문을 듣고 있었지만, 그때는 금사촌 혈사가 더욱 중요했기 때문에 신경조차 쓰지 않았다. 하지만 북해와 마교까지 건드려 놓은데다가 소문이 점차 거세졌고, 이제는 혈교와의 관련성까지 나온 바람에 항상 '이무기'를 향해 촉각을 곤두세워 두고 있었다.

"그나저나 북해는 어찌하고 있다던가?"

"북해빙궁주가 노발대발해서 빙검현옥대 사백을 파견해

그놈을 쫓고 있다고 합니다. 지금은 열 개 조로 나뉘어서 이곳저곳을 들쑤시고 있는 모양입니다만… 그들 역시 아직까지 이렇다 할 성과를 못 내고 있는 모양입니다.”

“그렇구만. 북해가 중원에 들어서면 큰일인데…….”

지금까지 같은 편이라고 하기에는 조금 무리가 있었지만 정도무림에 대해서 우호적인 북해빙궁과 이번 일이 잘 마무리되지 않는다면 지금의 무림맹이 받는 타격은 엄청날 터였다. 북해는 단일 세력으로는 최강이라고 불리는 마교의 전력과 비슷한데다가 그들이 사용하는 빙공은 절정의 무인들도 막아내기 힘든 한기를 지니고 있었다.

맹주와 군사가 좋지 않은 표정으로 대화를 나누고 있는 사이에 맹주전 문밖에서 호위를 서던 시위무사가 안쪽을 향해 말하는 소리가 들렸다.

“맹주님, 속하 마환입니다.”

맹주에게 대화를 청하기 위해서 하는 일종의 예법과도 같은 말. ‘맹주님, 할 말이 있습니다. 대답해 주시겠습니까?’라는 정도의 의미를 품고 있는 말이다. 지고무상한 위치에 있는 맹주가 있는 내전의 문을 벌컥 열고 말할 수도 없는 노릇이었기에 시위무사들은 항상 무언가를 알리거나 또는 누군가의 방문이 있을 때 자신의 신분을 밝혀 맹주에게 알렸다.

화무군은 마환이 자신을 찾는다는 말에 고개를 돌려 짐짓 위엄있는 목소리로 말했다.

"그래, 말하게. 무슨 일인가?"

"북해의 사신으로 오신 빙한검 설한철 대협이 뵙기를 청합니다."

순간 화무군과 제갈선우의 얼굴이 굳었다. 잠시 동안 침묵이 흐른 뒤에 맹주전의 문이 열렸다.

은은한 다향이 흐르고 찻잔에서는 하얀 연기가 피어올랐다.

화무군의 앞에는 한 자루 칼처럼 날카로움을 간직한 인상의 중년인이 두 눈을 감고 팔짱을 낀 채 앉아 있었다. 제갈선우는 목이 타는 듯 안절부절못하며 차를 들이켰고, 화무군의 두 눈에는 긴장감이 어렸다. 눈앞에 앉아 있는 인물. 당금 무림에서 그의 앞에 앉을 수 있는 사람은 손에 꼽을 정도였다. 사신으로 오기에는 너무나도 거물 중의 거물인 그가 지금 무림맹의 심처까지 와서 무림맹주와 독대를 하고 있는 것이다.

빙한검(氷寒劍) 설한철(雪翰喆).

현 북해빙궁주의 막내동생이자 빙궁에서 가장 강력한 조직인 빙검현옥대의 수장이었고, 빙궁 내에서도 궁주인 설한빙을 제외하고는 가장 강하다고 하는 무인.

그는 인상이 주는 느낌만큼이나 차가운 성격을 지니고 있
는 자였다. 셋째 조카인 설약벽을 자신의 딸처럼 귀여워했는
데, 이번 일이 일어나자 궁주의 명령이 있기도 전에 빙검현옥
대 사백을 이끌고 무림으로 들어서 버렸다.

중원에 와서 그는 설약벽이 강간을 당하지 않은 사실을 알
게 되었다. 또한 설약벽의 잘못으로 몸을 보이게 된 것이었음
도 알게 되었다. 평소 귀여움을 독차지하고 자라 천방지축에
말괄량이 성격을 지닌 조카라면 충분히 그런 말을 할 수 있었
을 테니까. 하긴 최음제를 사용했다는 소문에서는 조금 인상
을 찌푸리기도 했다. 앞으로 시집도 가야 하는데 자신 스스로
가 그런 소문을 퍼뜨려 놓다니……. 정말 수습하기가 힘들었
다. 하지만 마냥 귀여운 자신의 조카인 걸 어쩌겠는가. 결국
어쩔 수 없이 그 소문을 잠재우기 위해서라도 이무기라는 놈
이 필요했다.

더구나 지난 한 달여의 시간 동안 이무기라는 놈을 쫓으면
서 처음에 가졌던 생각이 많이 변하고 있는 설한철이었다. 처
음에는 단지 하는 짓이 나쁜 색마 놈이라고 생각했는데, 마교
교주와 싸울 정도의 실력을 가졌다고 소문이 났다. 자신이 알
고 있는 마교주라면 정말 엄청난 실력을 가진 색마가 아닐 수
없다는 사실에 조금 흥미가 생겼다. 그런데 얼마 전 서장에서
그를 보았다. 예상했던 것보다는 실력이 조금 달리긴 했지만,
분명히 남궁세가의 천원파와 자신이 알기에 무림에서 유일하

게 멸마단만 사용하는 기술인 전귀의 격공보를 사용했다.

　하지만 그가 잡을 새도 없이 도망쳐 그날 이후 어디로 숨었는지 종적이 사라져 버려 설한철은 '어쩌면' 이라는 생각을 가지고 무림맹을 찾게 된 것이었다.

　"설 대협, 궁주의 여식 일은 뭐라고 할 말이 없소. 무림을 책임지고 있는 사람으로서 미안함을 금할 길이 없소이다."

　화무군은 미안함이 가득 느껴지는 표정으로 조심스럽게 설한철을 향해서 말했다. 혹여 빙궁이 이번 일로 무언가 다른 입장을 취할까 하여 속이 탔다.

　"무슨 그런 말씀을……. 어찌 그것이 맹주의 허물이겠습니까. 마음 쓰지 마십시오."

　감았던 두 눈을 자연스럽게 뜨면서 설한철이 맹주에게 대답했다. 그런 설한철의 말에 안도감을 느끼면서 침을 삼킨 맹주가 말을 이었다.

　"하여간 뭐라 드릴 말씀이 없습니다. 그나저나 어찌하여 본인을 찾으셨는지……?"

　"예. 조금 알고 싶은 사실이 있어 왔습니다. 혹 멸마단에 남궁가의 자제가 있습니까?"

　화무군은 이번 일과는 전혀 무관한 남궁세가에 대한 이야기가 튀어나오자 의문이 가득한 표정으로 자신이 잘못 들은 것이 아닌가 하는 표정으로 제갈선우를 바라보았다.

"네. 멸마단 이대에 남궁가의 아드님이 한 명 있습니다만… 어찌하여……?"

제갈선우는 그런 맹주의 얼굴을 쳐다보고는 기억을 더듬어내면서 설한철에게 말했다.

'그렇군. 어쩌면…….'

설한철은 자신이 예상한 대답이 무림맹의 군사 직에 있는 제갈선우에게서 흘러나오자 가정이 확신으로 변함을 깨달았다. 물론 그가 무슨 뜻으로 물었는지 알 리 없는 화무군과 제갈선우는 의문이 가득한 얼굴로 '무슨 일이지?'라고 생각하면서 설한철의 얼굴을 바라볼 뿐이었다.

"아! 별일 아닙니다. 두 분은 모르시겠지만 제가 창선과 조금 친분이 있어서… 하하!"

설한철은 자신의 예상을 들키고 싶지 않았기 때문에 말을 둘러대었다.

"아, 그러시구려. 난 또 어째서 남궁가에 대해 묻는가 했소이다."

아무런 사실도 모른 채 설한철의 말에 화무군은 의문을 풀고 고개를 끄덕였다. 사실 지금 이 순간만큼은 멸마단 이대나 금사촌 혈사 따위는 아무래도 상관없었다. 눈앞에 있는 남자는 북해의 행보를 좌지우지할 수 있는 사람 중 하나였다. 지금은 그 사실이 가장 중요했다.

"실례가 되지 않는다면 제가 전귀와 조금 친분이 있어 모처럼 무림에 나온 만큼 한번 보고 싶은데 지금 어디쯤에 있는지 알 수 있겠습니까?"

설한철은 기세가 자신에게 넘어와 있는 만큼 공식적이 아닌 개인적 요청을 했다. 그 말에 조금 난감한 표정을 지으면서 제갈선우가 말했다.

"아! 지금 멸마단 이대는 모종의 임무를 수행 중이라……. 죄송하지만 조금 어려울 듯합니다."

금사촌의 혈사와 관련된 사실이 혈교와 관계되어 있다는 것은 극비에 속해 있었기 때문에 제갈선우는 고사를 했다. 그런 제갈선우의 대답에 설한철이 빙긋이 웃으면서 말했다.

"아마도 금사촌이라는 곳에서 일어난 혈사를 조사 중인 모양이군요."

이미 소문이 날 만큼 나 있는 사실이었다. 그 정도의 사실은 웬만큼 귀가 열려 있는 사람이라면 고두가 아는 그런 내용이었기에 화무군과 제갈선우는 별다른 표정의 변화 없이 고개를 끄덕여 긍정을 표했다.

그러나 다음으로 이어진 말에 하마터면 마시고 있던 차를 토할 뻔했다.

"그리고 그것은 혈교와 관련이 있겠지요."

"컥! 커컥!"

근엄하고 인자한 인상의 화두군은 더울리지도 않게 사레

가 들려 캑캑대고 있었고, 제갈선우는 경악한 표정으로 뒤로 넘어질 뻔한 의자를 바로 세우면서 설한철을 쳐다보았다. 지금까지 누구에게도 말한 적 없는 극비 중의 극비. 무림맹에 있는 사람 중 멸마단 이대와 맹주, 그리고 군사 이외에는 그 누구도 알지 못한 사실이다. 물론 맹주와 군사는 모르지만 합택산에서 남궁가휘를 만난 마교에서도 그 사실을 알고 있었다. 오히려 맹주와 군사는 이무기와 남궁가휘가 동일 인물이라는 사실조차 모르고 있었다.

설한철은 빙긋이 웃기만 할 뿐이었다.

'역시… 이번 이무기라는 놈의 사건은 멸마단 이대와 관계가 있어. 크크크, 형님, 어쩌면 이번에 약벽의 신랑감을 얻게 될지도 모르겠수. 일단 남궁세가를 방문해 봐야겠군.'

설한철의 머릿속에는 모든 것들이 정리가 되기 시작했다. 맹주와 제갈선우는 설한철의 그 웃음의 의미에 대해서 정확히 파악하지 못한 채 의관을 바로잡으면서 말했다.

"알고 계셨구려. 빙궁의 정보력이 대단하군요. 오늘 내 안계를 넓혔소이다."

'크크크, 무림맹의 수장들이 멍청하기는……. 정보력은 개뿔이, 그냥 얻어 걸린 사실인데…….'

설한철은 마음속과는 전혀 다른 표정으로 맹주에게 말했다.

"그럼 전귀 녀석의 위치를 가르쳐 주시겠습니까?"

어쩔 수 없다는 표정으로 화무군이 제갈선우에게 눈짓을 했다. 그 눈빛을 받은 제갈선우는 한숨을 내쉬면서 설한철에게 멸마단 이대가 있다는 곳에 대해 설명해 주었다.

"정확한 위치는 아니지만, 현재 멸마단 이대는 곤륜산 근교에 있습니다."

설한철은 살며시 고개를 끄덕이고는 자리에서 일어났다.

"그럼 더 볼일이 없으니 이만 가보겠습니다, 맹주."

"그… 그리하시겠소? 어쨌든 이번 일에 대해서는 추가로 무사를 편성하고 최대한의 지원을 아끼지 않을 테니 너무 걱정하지 마시오."

설한철은 내전을 걸어나가려다가 제법 신경 써주는 듯한 맹주의 마지막 말에 싸늘한 표정으로 고개를 돌려서 말했다.

"걱정? 우리가 무엇을 걱정했단 말입니까, 맹주? 흥! 그까짓 색마 놈 때문에 우리 빙궁이 노심초사라도 할 것이라 생각한 거요? 우리 빙궁은 한 번도 타인에게 손을 빌려본 적이 없소. 우리 일은 우리가 해결하겠소."

설한철은 싸늘하게 말을 내뱉고는 거세게 몸을 돌려 문을 열고 나가 버렸다.

나가면서 보여준 설한철의 표정과 말. 화무군과 제갈선우는 체면상 말하진 못했지만, '엿됐다'라는 말을 하고 싶은 심정이었다. 그들이 느끼기에는 분명 마지막 말이 기분을 상하게 한 모양이었다.

"젠장할 놈! 하필이면 빙화를 건드리다니!"

엉거주춤 일어선 자세에서 몸을 던지듯이 털썩 의자에 앉아버린 화무군이 애꿎은 이무기를 탓했다. 이제껏 한 번도 막말을 내뱉은 적이 없는 맹주였는데, 갑자기 '젠장할'이라는 말을 한 맹주를 어이없다는 표정으로 바라보면서 제갈선우도 자리에 앉았다.

설한철이 마지막에 한 말, 자신의 힘으로 잡겠다는 말은 더이상 무림맹을 신용하지 않을 것이라는 의미일 수도 있었다. 그렇다면 앞으로 북해와의 관계는 더 이상 우호적이지 않을 수도 있는 문제였다. 분명 대화의 내용이 끝날 때까지는 분위기가 좋았는데 갑자기 틀어져 버리다니, 화무군은 머리가 지끈거려 왔다.

"이렇게 되면 어쩔 수 없네. 우리 쪽에서 먼저 이무기란 놈을 잡아야 하네."

"네? 그럼……?"

"철혈기마대와 천룡단 일 개 대를 추격대에 편성하시게. 더불어 비응단에 연락해서 개방에서 추격에 가장 자신있는 상급의 걸개들을 요청하고 은밀하게 남해의 멸마단 일대를 불러들이게."

"하지만 벌써 삼대가 이무기를 뒤쫓고 있습니다만……."

"아닐세. 최대한 빠른 시간 안에 잡아야 하네. 자네도 보았겠지만 북해의 정보력이 엄청난 듯하네. 이렇게 된 이상 우리가 먼저 잡아 인계해야 하네. 더구나 혈교의 비동을 얻었을지도 모르지 않은가? 금사촌의 혈사와 병행해서 수행하지.”

제갈선우는 맹주의 말에 머리가 재빨리 회전하기 시작했다. 그의 머릿속에는 지금 무림맹의 추격대에 편성될 인원에서부터 물자, 그리고 각 문파에 요청할 공문서의 양식까지 그려지고 있었다.

5

시꺼먼 흑의를 입은 서너 명의 사내가 모닥불을 사이에 두고 둘러앉아 있었다.

제일 상석에 앉은 인영이 한 손에 작은 종이쪽지를 들고 나직하게 말했다.

“그렇군. 새로운 임무인가?”

잠시 생각을 정리하면서 둘러앉은 사내를 보며 말했다.

“사용! 일대의 전 대원을 소집해라. 임무 변경이다. 지금부터 우리는 색마 이무기를 뒤쫓는다. 목표는 이무기, 장소는 청해성, 출발 시각은 일각 후다.”

남해의 보타산에서 모종의 임무를 수행하던 무림맹의 멸마단 일대는 맹에서 전해진 짧고 간결한 명령서를 받고 행장을 꾸려 중원으로 들어가는 배에 올랐다.

금사촌 혈사에서 이어진 작은 파문이 거대한 해일이 되어 무림을 뒤흔들기 시작했다.

第六章
혈교에서 온 손님

戰鬼
전귀

1

“호오, 흥미로운 놈이군.”

붉은색의 주단이 벽에 걸려 하늘거리고 있었고, 상아로 만든 기둥은 화려한 문양이 새겨져 천장을 떠받치고 있었다. 두 줄로 늘어선 상아의 기둥을 따라 작은 더전이 만들어져 있었고, 그 끝에는 붉은색의 의자와 그 위로 아수라의 얼굴 문양이 새겨져 있었다.

정체를 알 수 없었던 련의 인물이자 과거 음마를 수하에 두고 부렸던 청연이 초췌한 얼굴로 의자에 앉아서 턱을 괸 채 흑호의 보고를 받고 있었다.

“현재 무림에는 그에 관련된 소문들과 갖가지 억측이 난무

하고 있습니다. 현재 그를 쫓는 무인이 대폭 질 면에서 상향 조정된 것으로 보입니다. 또한 무림맹이 추가로 무사대를 구성하여 포획조를 내보낼 듯합니다."

흑호는 자신의 예하 정보각으로부터 전해져 온 양피지 두루마리를 한 손에 접어 들면서 청연의 말을 기다렸다.

"초대 혈교주인 혈마자의 비동이라……. 더구나 그 혈영마제와 동수를 이룰지도 모른다?"

청연은 얼굴에 살짝 미소를 피어 올리듯이 입꼬리를 말아 올리면서 왼손으로 턱을 쓰다듬었다. 지난번 음마의 무림맹 침투 사건이 수포로 돌아간 후 혈교의 세력 증강을 위해 깎지 못한 수염이 까칠해져 손바닥을 자극했다.

"재미있군. 혈교주의 진전을 이은 색마 놈이 혈영마제와 동수를 이룬다고? 말하기 좋아하는 놈들의 헛소문이겠지. 하지만 어쩌면 써먹을 곳이 많을지도 모르겠군. 더구나 전귀 놈 때문에 음마가 죽은 후 대신할 놈이 필요했는데 잘됐군."

무엇이 즐거운지 스산한 웃음을 지으면서 큭큭대는 청연의 모습에 고개를 숙이고 그의 말을 기다리고 있던 흑호는 인상을 찌푸렸다. 지나친 관심이었다. 언제부턴가 자신의 주인은 외부의 인물에 대해서 자꾸만 관심을 보이기 시작했다. 음마를 끌어들였을 때부터였을까, 아니면 련(連)의 일이 꼬여가기 시작할 때부터였을까?

흑호라는 이 인물은 예전에 무림에서 꽤나 알아주는 절정의 무인이었다.

　무림에 활동할 당시 그는 마황도(魔皇刀)라 불리면서 수많은 낭인들과 마도를 걷던 무사들의 우상이었다.

　마황도(魔皇刀) 매염천(梅炎冇).

　이십 년 전 한 자루의 만도를 들고 무림에 등장한 낭인 무사로, 수없이 많은 절정의 무인들을 비어 넘기면서 유명세를 탔다. 낭인 무사로는 최초로 무림의 삼대도객 중 하나로 인정을 받았지만, 무림에 활동한 기간은 고작 이 년이었다. 그를 따르는 무인도 많았고, 혹자는 그를 따라 새로운 문파를 만들고자도 하였다. 그런데 갑자기 무림을 종행하던 그가 종적을 감추었고, 그 누구도 그를 찾지 못했다.

　지금은 흑호라고 불리면서 청연의 수하를 자처하고 있지만, 그는 본신 무공 자체가 엄청난 무인이었다. 자신의 주인이 목숨을 담보로 해서 수하로 데리고 있던 음마보다 훨씬 윗줄의 무인이었다. 그런 만큼 자존심 또한 엄청나게 강했다.

　그런 그가 흑호로 이름을 바꾸고 청연을 따라다닌 지 벌써 십오 년 이상이 흘렀다. 자신이 처음 만나 주군으로 섬기고자 했을 때 청연의 나이는 고작 십칠 세.

　무공으로도, 연륜으로도 십칠 세의 소년보다 한참을 앞서 있던 흑호지만, 청연에게서 절대자의 기도를 보았고, 그의 웅

대한 마음에 반해 수하 되기를 자처해 지금까지 그와 함께해 왔다. 지난 십오 년간 자신의 주군은 엄청나게 강해졌고 너무 나도 거대해졌다.

자신의 주군인 청연은 사람으로 하여금 무언가 거부할 수 없는 그런 느낌을 주는 남자였다. 이제껏 한 번도 판단을 잘 못하거나 틀려본 적이 없었고, 흑호는 그런 주인의 결정과 판단을 의심해 본 적이 없었다.

소수의 무인을 규합해서 지금의 거대한 련이라는 단체의 말단 전투 부대로 들어와서 지금은 련주의 핏줄과 나란히 후계 구도에 선 남자였다. 지난 시간 동안 그는 엄청나게 강해졌고, 자신의 눈으로는 더 이상 가늠할 수조차도 없었다.

하지만 자신이 생각해도 지금의 호기심은 위험하다. 더구나 지난번 음마가 전귀라는 놈에게 당하고 나서 자신을 이 일을 추진해 오던 곳인 안다가 드러났고, 어쩌면 련주로부터 받은 혈교의 정체도 드러났을지 모른다. 아직 혈교를 세상에 드러내서는 안 됐다. 아직은 감추어야 한다. 더욱이 지금 청연이 관심이 가지고 있는 이무기라는 자로 인해서 서장에 무림맹의 무사들뿐 아니라 북해의 무사들까지도 들어와 있어서 전 중원의 관심이 몰리고 있는 이때에 청연의 이무기에 대한 관심은 매우 위험했다.

또한 전귀라는 녀석이 광수혈족의 생존자라는 사실은 자신과 자신의 주군만이 알고 있다. 어쩌면 지금 련에서 추진하고 있는 일의 대세를 바꾸어놓을 수 있는 사실을 련에조차도 알리지 않았다.

더구나 련의 허락도 받지 않그 몰래 그 물건의 필사본을 만들었다.

이런 사실들이 련에 알려진다면 자신의 목은 물론이거니와, 아직까지 련주의 총애를 받고 있는 청연이라고 하더라도 그 목숨을 부지하기 어려울 것이다.

전귀라는 녀석을 포섭하거나 당가에서 가져온 '그 물건'을 련주와 다른 세력 몰래 완전하게 익혀내기 전까지는 주목을 끄는 일을 하는 것은 위험한 발상일 뿐이었다.

흑호는 주군의 의견에 반하는 말이 예의에 어긋남을 알고 있음에도 해야만 했다.

"주인님, 이무기를 끌어들이려는 생각이십니까?"

청연은 흑호의 물음에 그를 잠시 동안 물끄러미 바라보다가 싱긋이 웃었다. 청연은 흑호가 말하는 의도를 짐작할 수 있었다. 그가 무슨 걱정을 하고 있는지도.

"흑호, 네가 나와 함께한 지도 벌써 십오 년이 넘었나?"

"예, 주인님."

"그렇군. 많은 시간이 지났군. 긴 시간이야. 이젠 그대의 눈만 보아도 무슨 생각을 하는지 느껴지니 말이지. 후후, 처음에 자네를 만났을 때가 생각나는군.'

청연은 잠시 옛일을 회상하면서 흑호를 바라보며 따뜻한

미소를 지었다.

"그때는 정말 자네가 멋있어 보였지. 당시의 나로서는 쳐다볼 수도 없는 강한 무인이었지."

흑호는 청연의 말에 몸 둘 바를 몰라 했다.

"주인님, 무슨 말씀을……."

"그때만 해도 말이지, 난 세상에 나와서 모든 게 나의 뜻대로 될 줄 알았지. 하지만 나와 너, 그리고 나의 수하들이 얼마나 치열하게 살아왔는지는 너도 잘 알겠지. 항상 타인을 밟고 올라서야만 살아남을 수 있었다. 더구나 후계 구도에 들어서고 나서는 련주의 핏줄이 아니라는 이유로 수없이 배척을 받아야만 했지. 모두가 나의 능력과 힘을 질투했고, 모두가 나를 암살하고자 했지. 련주의 비호가 없었다면 아마도 벌써 세상을 달리해야 했겠지. 결국 련 내에서는 나와 함께할 자를 만나지 못했지."

흑호는 지금 자신의 주인이 무슨 말을 하는지 알고 있었다. 지난 과거 청연을 따라 련에 들어와서 느낀 것들, 그리고 그가 얼마나 치열하게 살아왔는지. 얼마나 힘든 시절을 함께 보내왔던가. 지금 청연은 이무기를 끌어들이자고 말하고 있다.

"하지만……."

청연은 그런 흑호에게 다가와 앉아 있는 그의 어깨를 살짝 두드리면서 빙긋이 웃었다.

"흑호, 너 역시 련의 인물이 아니기는 마찬가지가 아니냐.

나의 예하에 련의 인물이 몇이나 되더냐. 어차피 배척받으면서 살아온 인물들이다. 흑호, 이무기를 포섭해라. 더불어 전귀에 대한 포섭 작업도 계속한다.”

청연은 흑호의 어깨를 가만히 두드려 주고는 천천히 걸어 나갔다.

청연이 나가 버린 대전에 홀로 남은 흑호는 가만히 고개를 숙이고 무릎을 꿇고 앉아 있다가 피식 웃으면서 일어섰다.

“훗! 나답지 않은 말을 했군. 나도 약해진 건가? 어차피 주군께 맡긴 목숨이 아닌가? 주인이 잘못된 길을 가든 올바른 길을 가든 결국 내가 선택한 주인의 뜻인 것을……. 후후, 어쨌든 또다시 꽤나 바빠지겠군. 이무기 포섭이라……. 잠시도 쉴 틈을 주지 않으시는군.”

2

설약벽이 이끄는 빙궁의 무인들과 잠깐 동안의 격돌을 한 남궁가휘는 나곡을 지나고 있었다.

“휴, 못된 계집애 같으니라구. 내가 뭘 잘못했다고.”

며칠 전 생사대적을 만난 듯이 자신을 공격한 설약벽에 대해 무척이나 좋지 않은 감정을 가지고 있는 남궁가휘가 산길을 터벅터벅 걸어가면서 툴툴댔다.

“악적? 놀고 있네. 지가 보여준 거나 다름없으면서 정말 적

반하장도 유분수지. 말만 한 처녀가 강간당했다고 헛소문을
퍼뜨리는 바람에 내가 얼마나 고생하고 있는데……. 정말 웃
기지도 않는 계집애라니까!"

또다시 지난일이 회상되는 듯 인상을 찌푸리면서 짜증을
내는 남궁가휘였다.

"여하튼 무림의 소문은 정말 믿을 게 못 돼. 북해의 빙화가
무림에서 젤 예쁜데다가, 뭐, 마음씨가 비단결 같다고? 완전
개소리야. 막돼먹은 계집이란 표현이 좋겠네."

한번 짜증이 나기 시작한 남궁가휘는 점점 화풀이가 고조
되기 시작하더니 설약벽을 대놓고 씹어대기 시작했다.

그렇게 지치지도 않고 설약벽의 욕을 해대는 남궁가휘는
어느새 한참을 걸어 나곡현의 초입에 있는 마을에 도착했다.

"응? 마을인가? 잘됐다. 한동안 씻지도 못했는데 여기서
좀 쉬어가야겠다."

한참을 추격당하고 도망 다니면서 누가 보았다면 실성했
다고 할 만큼 혼잣말이 수준급이 되었다. 혼자 도망 다니기를
벌써 몇 달여. 말 한 마디 없이 걷자니 심심했던 남궁가휘는
자신의 감정을 독백으로 표현하는 경지에 이른 것이었다.

걸음을 빨리해 다가간 곳은 조금 작은 마을이었지만 굴뚝
에서 밥 짓는 연기가 올라오고 있었고, 왠지 정겨운 시골길의
풍경이 펼쳐지자 기분이 조금 좋아진 남궁가휘는 잠시 동안
의 휴식을 취할 생각에 얼굴에 미소를 띠면서 마을 안에 있을

지도 모를 객점을 두리번거리면서 찾기 시작했다. 사실 객점을 찾지 못하면 구걸이라도 해서 밥을 얻어먹고 씻고 싶은 마음이 간절했다.

"이야! 이런 곳에도 객점이 있네!"

잠시 돌아다닌 남궁가휘는 마을의 중앙에 조금은 허름하지만 잘 지어진 이층 규묘의 객잔을 발견하고는 즐겁게 발걸음을 옮겼다.

객잔은 사람이 자주 찾지 않는 듯 한산했고, 조금 뚱뚱한 주인은 계산대 앞에 앉아 꾸벅꾸벅 졸고 있었다.

"어? 어서 오세요."

객잔의 점소이인 듯 귀엽게 생긴 소녀가 반갑게 남궁가휘를 맞아주었다.

'꽤 귀엽게 생긴 아가씨네? 이런 시골 동네에서 점소이를 하기엔 아까운걸?'

남궁가휘는 자신을 웃으면서 맞아주는 소녀의 미소에 더욱 기분이 좋아졌고, 진짜 이무기라는 변태라도 된 듯이 자리를 안내하고 돌아서서 계산대로 걸어가는 소녀의 뒤태를 음흉한 눈으로 쳐다보았다.

'요즘 어린 소녀들은 발육 상태가 좋구나!'

자리를 안내한 소녀는 계산대에서 졸고 있는 주인에게 걸어가서는 한심스럽게 쳐다보며 그의 귀에 소리를 빽! 하고 질렀다.

“아부지! 손님 왔어요, 손님!”

‘아, 객잔 주인의 딸이구나!’

아마도 시골이라 객잔에 따로 점소이를 두지 못하고 자신의 딸을 점소이로 쓰는 모양이었다.

“엉? 무슨 일이냐! 불이 난 게냐? 산적이야?”

자신의 딸이 귀에 대고 지른 소리에 깜짝 놀라 잠이 깬 주인은 몸에 두른 살을 출렁대면서 놀란 눈을 동그랗게 뜨고는 주위를 두리번거렸다.

“무슨 소리 하는 거예요! 손님이라구요, 손님!”

“아, 향이구나? 놀랐잖니. 어? 손님이라고?”

그제야 주인은 큰 눈을 껌벅거리면서 자신을 보며 앉아 있는 남궁가휘를 보았다.

“으이구, 진짜! 이러니 장사가 안 되지! 어서 가요. 주문받고 빨리 요리하세요. 계산대는 제가 볼 테니까요.”

“어? 오냐, 오냐. 알았다.”

주인은 비대한 자신의 몸을 세워 뒤뚱거리면서 사람 좋은 인상으로 다가왔다.

“아부지!”

딸의 부름에 주인은 남궁가휘에게 다가가던 걸음을 잠시 멈추고 고개를 돌렸다. 딸은 아직도 잠이 덜 깬 듯한 주인의 얼굴을 보면서 한심하다는 듯이 한숨을 내쉬고는 말했다.

“침은 좀 닦고 가셔야죠!”

"아!"

소매를 들어 자신의 입가를 쓰윽 닦아낸 주인은 딸에게 희
죽거리면서 웃어주었고, 그런 아버지의 행동에 소녀는 어쩔
수 없다는 듯이 헛웃음과 함께 한숨을 내쉬면서 고개를 절레
절레 흔들었다. 주인은 여전히 웃는 얼굴로 남궁가휘에게 다
가와 주문을 받기 시작했다.

"어서 오십쇼, 손님. 이곳 부락에서 음식을 가장 맛있게 하
는 저희 객잔에 오신 걸 환영합니다. 그래, 무엇을 드실는
지?"

사람 좋게 자신의 객잔 자랑을 하며 싱글싱글 웃는 주인의
모습에 헛웃음이 나온 남궁가휘는 웃으면서 말했다.

"이곳 부락에서 다른 객잔은 보진 못했는데요? 다른 곳도
있나요?"

남궁가휘의 말에 주인이 무슨 비밀이라도 이야기해 줄 것
처럼 머리를 가까이 대고는 살짝 미소 지으면서 말했다.

"쉿! 손님, 원래 다 그렇게 하는 거랍니다. 허허."

순박한 주인의 대답에 남궁가휘는 기분이 좋아졌다. 몇 달
동안 자신을 쫓는 무사들과 추격자들 때문에 한 번도 웃어보
지 못했는데 무척이나 유쾌한 곳이라는 생각이 들었다.

"아저씨도 참. 그냥 이 집에서 제일 갓있는 탕 종류 하나랑
씻을 수 있게 방 하나만 주세요."

"예, 알겠습니다. 그럼 식사는 어떻게? 씻고 방에서 하실

건지……?"

주인의 말에 남궁가휘는 잠시 고민하더니 의자에서 몸을 일으키면서 말했다.

"방으로 가져다주시기도 하나 보군요. 그럼 일단 씻고 밥을 먹도록 하죠."

"알겠습니다. 자, 이리 오시죠."

주인의 안내를 받아 객잔의 방으로 걸어가며 남궁가휘는 계산대에 앉아 있는 소녀를 보고 주인에게 물었다.

"그런데 따님이신가 봐요?"

"아! 저놈 말입니까? 네 제 하나밖에 없는 여식인 향이 년입죠. 뭐, 시골이다 보니… 허허."

"아, 그렇군요. 그럼 부인께서는?"

"죽었지요. 저년을 낳고는 바로……."

주인은 웃으면서 흘러가듯이 말했지만 남궁가휘는 아차 싶었고, 왠지 아픈 곳을 자신이 건드린 게 아닌가 해서 미안한 마음에 사과를 했다.

"죄송합니다. 제가 괜한 걸 물었군요."

"아닙니다. 무슨 그런 말씀을……. 벌써 십 년도 더 된 일인걸요."

이런저런 이야기를 나누면서 이내 자신이 쉴 방에 도착한 남궁가휘는 주인이 열어준 방으로 들어갔다.

"그럼 잠시 쉬고 계십시오. 금방 뜨거운 물을 채워드리겠습니다.”

주인은 허리를 숙여 인사를 하고는 문을 닫아주었다.

허름하게 만들어진 침상과 오래되어 보이는 가구며 탁자에서 왠지 정감이 느껴져 남궁가휘는 잠시 침상에 걸터앉았는데 그만 그동안 묵혀두었던 피로에 살짝 잠이 들었다.

잠에서 깨어 몸을 씻고, 향이라는 주인의 딸이 가져다준 음식을 먹은 남궁가휘는 다시 길을 떠나기 위해 행장을 꾸렸다. 언제 다시 자신을 추적하는 추적자들과 조우할지 몰랐기 때문이다.

방에서 나와 객잔 아래의 식당으로 내려온 남궁가휘는 주인에게 계산을 하고 나가려다가 왠지 모르게 음습한 기운이 느껴져 몸을 긴장하면서 객잔의 입구로 고개를 돌렸다.

어디선가 많이 본 듯한 복장을 한 서너 명의 무인이었다.

‘응? 저놈들은?’

붉은 호랑이가 수놓인 백색 장포를 걸친 무인들로, 하나같이 흉흉한 눈빛으로 음습한 기운을 풍겨내는 이들이었다.

‘저놈들, 음마 포획 당시에 토왔던 놈들이군.’

백색 장포의 무인들이 객잔으로 들어오더니 말없이 걸어가 객잔의 구석진 곳에 놓인 탁자에 앉았고, 그들을 잠시 바라보고 있던 남궁가휘와 눈이 다주쳤다.

“응?”

그들 중 한 무인이 남궁가휘를 보고는 조금 놀란 듯이 의자에 앉으려던 몸을 움찔거렸다. 그런 기세를 느낀 남궁가휘는 계산을 치르고 객잔을 나와 격공보로 순식간에 몸을 날렸다.

남궁가휘가 객잔을 나가자 서로 눈짓을 교환한 무인들은 재빨리 객잔 밖으로 뛰어나왔지만 사라져 버린 남궁가휘를 찾을 수는 없었다.

“이런, 그사이에 없어진 건가? 안 되겠다. 흩어져서 찾아라. 지금 그는 쫓기고 있다고 들었다. 다른 추격자들과 만나기 전에 먼저 찾아야 한다.”

그들 중 우두머리인 듯한 자가 나머지 세 명의 무인에게 말하자 그들은 가볍게 고개를 숙이고는 사방으로 몸을 날렸다.

잠시 후 객잔의 지붕 위에서 무언가 날아와 백색 장포의 무인들이 있던 곳으로 떨어져 내렸다.

“날 찾는 건가? 저들은 아마도 혈교… 겠지? 이젠 정말 이 무기가 되어야겠군.”

드디어 멸마단 이대의 계획대로 혈교의 인물들과 조우한 남궁가휘였다. 아마도 자신을 찾는 듯한 움직임을 보인 것으로 보아 태성욱이 자신에게 말한 것처럼 자신을 죽어버린 음마를 대신할 무인으로 찾고 있을지도 몰랐다.

“일단 한 놈을 족쳐 봐야겠군. 우선은 혈교 무공만 써야 하나?"

이무기의 얼굴을 한 채 살짝 웃음을 흘린 남궁가휘는 그들 무리 중 한 명이 이동한 방향으로 몸을 날렸다.

3

혈교의 혈호대(血虎隊) 소속 무인 마속(馬謖)은 어린 시절부터 혈교에서 자라왔고, 나이가 서른이 된 지금도 혈교의 무사로 살고 있다. 중원의 많은 두인들이 혈교가 완전히 멸문된 것으로 알고 있지만, 그것은 잘못된 사실이었다. 물론 혈교의 본단은 정파에 의해 잔해조차 남기지 못하고 몰살당했지만, 그때까지 만들어져 있던 수많은 지단과 숨겨져 있던 혈교의 예하 세력들이 그대로 남아 살아남은 혈교인만 해도 물경 이만에 달했다.

하지만 살아남은 혈교인들은 본단의 무인들처럼 강한 무공을 지닌 것이 아니었기 때문에 함부로 자신들을 드러내지 못한 채 어둠 속에 숨어 정파인들의 눈을 피해 다녔다.

그럴 때 나타난 것이 청연이라는 남자였다. 그는 외부의 인물이었지만 혈교의 교주들에게 전해지는 혈룡환(血龍環)을 지니고 있었고, 감히 측정조차 불가능한 무공의 소유자였다. 그가 교주 위를 대리하면서브터 수백 년을 이어온 혈교만의 전통이 서서히 바뀌어 버렸다.

그는 혈교 무사들의 복색부터 통일했고, 자기중심적으로
혈교를 만들어가기 시작했다. 그것에 반발하기에는 그는 너
무 강했고, 교주의 신물인 혈룡환을 지니고 있어 정통성을 따
질 수도 없었다.

그런데다 그가 무사들에게 무공을 가르치고, 내공을 급속
도로 올려주는 단약을 나누어 준 뒤로 단기간에 무인들의 질
이 엄청나게 높아졌다. 뿐만 아니라 어디서부터 오는지 모르
지만 막대한 자금을 쏟아 부어 혈교인들의 생활이 윤택해졌
다. 그로 인해 대다수의 무사들은 그에게 매료되기 시작했고,
나이 든 장로들은 더 이상 반발하지 못했다.

청연이라는 자는 혈교의 원래 성격인 교의 모습을 하나의
문파로 만들어가기 시작했다. 뿐만 아니라 과거처럼 습하고
음침한 동굴이 아니라 서장의 정천이라는 곳에 본단을 짓기
시작했다.

외부 인물이 개입해 자신들의 교를 원래의 모습과는 많이
다르게 만들어가고 있었지만, 숨어 다니는 것에 이골이 난 혈
교의 대부분의 무사들이 청연이라는 자의 행보를 지지했기
때문에 혈교의 나이 든 장로들도 그러한 흐름을 결국 반대하
지 못했다.

그러다 갑자기 전 중원을 떠들썩하게 한 소문.

초대 혈교주였던 혈마자의 비동을 알고 있다는 색마에 관
련된 이야기는 기존 혈교의 무사들에게는 한줄기 단비 같은

소식이었다.

어쩌면 그가 지금은 소실된 수많은 혈교의 무공을 알고 있을지도 몰랐기 때문이다. 마속은 교를 떠나오기 전 지옥혈궁(地獄血弓)이라 불리는 일장로가 말한 것을 회상했다.

"마속, 반드시 그를 데려와야 한다. 지금은 청연이라는 인물에 의해 조종되고 있지만, 그가 진정으로 과거의 혈마자님의 무공 중 일부를 알고 있다면 우리의 힘만으로 다시 혈교를 일으킬 수 있게 될지도 모른다. 더구나 청연이라는 그자, 모종의 목적이 있어 교의 이름을 이용하려는 듯하다."

마속은 지나간 이야기를 회상하면서 날카로운 눈으로 사방을 훑으면서 이무기의 신형을 찾고 있었다. 자신이 받은 지령은 현재 도주 중인 이무기를 포섭해 새로운 근거지인 정천현의 근처에 있는 교의 본단으로 데려가는 것이었다.

"휴, 소문처럼 정말로 강한 모양이군. 나간 지 불과 몇 호흡도 지나지 않았는데⋯ 풀잎이 쓰러진 흔적조차도 보이질 않으니. 젠장, 어쩌지? 일단 돌아가서 다시 찾아야 하나?"

마속이 잠시 달리던 신형을 멈추고 나무가 빽빽하게 들어찬 숲 속을 둘러보았다.

"어째서 나를 찾고 있지?"

어디선가 들려온 전음.

“응?”

갑자기 들려온 전음에 마속은 긴장하면서 자신의 검에 손을 가져갔다. 자신의 곁까지 다가왔음에도 느끼지 못했다.

'제길, 뒤인가?'

마속은 미세한 기척이 뒤쪽에서 느껴지자 몸을 돌리면서 검병을 쥔 손에 힘을 주었다.

“아, 아, 그러지 않는 게 좋을 거야. 나도 그다지 좋은 성격은 아니니까.”

마속의 등으로 식은땀이 흘렀다.

'어쩌지? 자신을 쫓고 있느냐고 묻는 걸 보면 필시 이무기라는 그자일 텐데…….'

마속은 무언가 결심을 하고 검병에서 손을 뗀 다음 무릎을 꿇었다.

“혹여 혈마자님의 진전을 이으신 이무기 대협이십니까?”

“…….”

뒤에서부터 오는 전음성이 자신의 물음에도 대답이 없자 마속은 무릎을 꿇은 채로 고개를 숙이면서 다시 한 번 말했다.

“이무기님이시라면 드릴 말이 있으니 잠시 모습을 보여주시겠습니까?”

“그대는 혈교의 인물인가?”

“예. 소인의 이름은 마속. 혈교의 삼대 무력 단체 중 하나

인 혈호대 소속의 무인입니다.'

자신의 정체를 밝힌 마속은 뒤에서 느껴진 기운이 서서히 사라지고, 자신의 앞쪽에 서 있던 아름드리 나뭇가지에서 사람의 기운이 느껴지자 고개를 들어 바라보았다.

나뭇가지를 밟고 엉거주춤하게 선 낡은 백의를 입은 남자.

찢어진 눈매와 곰보가 가득한 매부리코, 그리고 왠지 힘이 없어 보이는 가냘픈 몸을 가진 무인이었다. 그는 지친 듯한 기색의 찢어진 눈으로 자신을 내려다보고 있었다.

'듣던 대로 정말 추하게 생겼군.'

유심히 마속을 바라보던 남궁가휘는 왠지 느끼하고 사람을 기분 나쁘게 하는 음성으로 말했다.

"좋아, 한번 믿어보도록 하지. 어째서 혈교가 날 찾는 거지?"

여전히 자신을 경계하는 듯한 모습의 남궁가휘를 보면서 마속은 그의 못생긴 얼굴에 그다지 대화를 나누고 싶지는 않았지만 최대한 공손히 말했다.

"흠흠, 혈마자님의 진전을 이었다 들었습니다. 그래서 저희 혈교로 모셔오라 했습니다."

"모셔와? 어째서? 내가 그대들이 부르면 가야 하는 건가?"

남궁가휘는 별 관심 없다는 듯이 시큰둥하게 말했다.

마속은 빈정거리는 듯한 그의 말과 표정에 무척이나 마음이 상했지만 내색하지는 않았다.

“혈마자님의 진전을 이으셨다면 의당 혈교의 가족입니다. 더구나 혈교의 가장 큰 배분을 가지게 되는 것이니 저희 혈교에서 어른으로 모시고자 합니다.”

“홍, 웃기는군. 그럼 데려가서 교주라도 시킬 모양이지?”

“그… 그건…….”

마속은 갑자기 남궁가휘가 교주라는 직책을 들고 나오자 당황했다. 아직 그는 어떠한 약속이나 대가를 전해줄 수 있는 권한을 부여받을 정도로 지위가 높지 않았다. 마속은 이무기가 보이는 것과는 달리 음흉한 성격의 인물일지도 모른다는 느낌을 받았고, 대답하기가 곤란해지자 화제를 돌렸다.

“그것은 제가 함부로 말해드릴 수 있는 사안이 아닙니다. 일단 함께 온 이들을 불러도 되는지요?”

마속은 자신과 함께 온 상급자에게 대답을 떠넘기고, 혹여 남궁가휘가 자신들의 권유를 거절할 경우 강압적인 수단을 사용할 목적으로 다른 동료들을 부르고자 했다.

“동료? 함께 온 이가 있었나? 만일 거부하면 끌고라도 갈 셈이군.”

이미 함께 온 이가 네 명이었던 것을 보았으면서도 남궁가휘는 모른 척 마속을 향해 말했다.

“아, 아니… 무슨 그런 말씀을…….”

자신의 마음이 들키자 마속은 또다시 당황했다.

“좋아, 좋아. 한번 들어보도록 하지. 후후.”

남궁가휘가 비웃듯이 허락하자 마속은 안도하면서 남궁가휘에게 고개를 숙이고 품에서 작은 피리 같은 것을 꺼내 입에 물고 불었다. 분명히 볼에 가득 바람을 가득 채워 불고 있는 듯한데 아무런 소리가 나질 않았다.

"응? 뭐 하는 거지?"

남궁가휘가 궁금증을 토로하자 마속은 피리를 입에서 빼고 미소를 지으면서 설명했다.

"아, 이것은 저희 혈교에서만 사용하는 '묵음소(默音簫)'라는 것이지요. 특이한 수련을 한 사람들에게만 들리는 소리를 내뿜는 피리입니다. 차후에 이무기님께도 하나 드리도록 하겠습니다."

마속은 남궁가휘가 호기심을 보이자 마치 선심 쓰듯이 말했다. 남궁가휘는 그 말에 무척이나 좋아하면서 전혀 그렇게 보이진 않았지만 나름대로 호탕한 표정을 지으면서 웃었다. 그런 그의 표정을 본 마속은 왠지 간사해 보인다고 느꼈다.

"정말인가? 하하! 좋아, 좋아!"

4

잠시 후.

마속과 같은 복장을 한 네 명의 무인이 남궁가휘가 있는 곳에 나타났다.

"듣던 대로 개성있는 얼굴이시군요. 소인은 혈호대의 대주를 맡고 있는 가비환이라 합니다."

칭찬 아닌 칭찬을 하면서 가비환이 남궁가휘에게 포권을 하자 남궁가휘는 살짝 고갯짓으로 인사를 받았다.

"그대는 내 물음에 답해줄 수 있는 자인가?"

"예? 무슨……?"

가비환은 남궁가휘가 다짜고짜 물어오자 무슨 말인지 몰라 고개를 갸웃거리면서 자신의 부하인 마속을 쳐다보았다. 마속은 가비환에게 남궁가휘가 물었던 것을 전음으로 말했다.

"자신이 교에 가게 되면 교주가 될 수 있느냐고 묻더군요."

말도 안 되는 소리였다. 현재 혈호대주인 가비환은 청연이 외부에서 데려온 무인이었고, 그 역시 원래의 혈교도가 아니라 청연이 속해 있는 '련'이라는 곳에 속해 있는 자였다.

이무기라는 인물의 웃기지도 않는 얼굴과 툭, 치면 금방이라도 부러질 것 같은 비실비실한 서생의 몸을 바라보면서 가비환은 속으로 비웃었다.

'흥, 감히! 혈마자의 비동을 얻은 정도로…….'

그는 알고 있었다. 어째서 청연이 혈교의 이름으로 무림에 등장하려 하는지.

애초 그들에게 혈교나 혈마자의 비동 따위는 아무래도 좋았다.

　가비환은 겨우 혈마자 따위라고 생각하고 있는 자였기에 그의 비동을 얻어 기고만장하는 눈앞의 추하기 짝이 없는 인물의 말과 행동에 비웃음이 났다.

　"제가 함부로 결정할 사항은 아니군요. 또한 지금 교에는 새로운 교주님이 계십니다만……."

　가비환은 속으로 생각한 것과는 달리 공손하게 웃으면서 말했다.

　"그래? 그렇군. 그럼 그도 전대 혈교주나 혈마자의 무공을 이었나?"

　"그, 그건 아닙니다만……."

　"흥! 그럼 그 역시 외부인인 나와 같군. 더구나 내가 명분상 더 앞서지 않는가?"

　남궁가휘는 슬쩍 가비환의 속을 건드려 놓았다.

　"하지만… 지금의 교주님께 충성한 저로서는 뭐라 말씀을 드릴 수가 없습니다. 죄송합니다."

　가비환의 대답을 들으면서 남궁가휘는 여러 가지 생각을 정리할 수 있었다. 그동안 멸마단에서 배운 수많은 기술과 분석 능력은 충분히 상황을 짐작할 수 있게 해주었다.

　'그렇군. 아까의 마속이라는 놈의 반응과는 다르다. 이놈은 원래부터 혈교도가 아니었군. 아마도 지금의 혈교주라는 놈에 의해 혈교에 들어온 녀석이겠지? 일단 좀 더 세게 나가 볼까?

가비환에게서 무언가 새로운 사실을 찾아낸 남궁가휘는 가설 하나를 세워두고 확신으로 만들기 위해서 은근슬쩍 떠보기 시작했다.

"재미있군. 혈마자님의 진전을 이은 내가 그따위 근본도 없는 자에게 밀려 교주도 못하는 혈교에 굳이 가야 하나?"

가비환의 눈빛에 잠시 살기 어린 기운이 솟아올랐다가 이내 흔적도 없이 사라졌다. 하지만 작정을 하고 도발한 남궁가휘가 그것을 놓칠 리가 없었다.

'역시 이놈, 다른 놈들과 다르게 혈교주라는 놈에 대한 충성도가 높군. 뭔가 있어. 확실히. 그런데… 어째 이놈 분위기가……. 에이, 설마… 혈교에선 내가 아쉬울 텐데 칼부림이야 할라고.'

가비환은 쓴웃음을 지으면서 남궁가휘의 얼굴을 보았다.

"후후, 말씀이 지나치시군요. 아직 진정으로 혈마자님의 진전을 이으셨다는 사실이 밝혀지지도 않았습니다만……."

"후후, 결국 나를 교주로 앉힐 생각은 없다는 것이군."

남궁가휘는 속마음으로는 상대가 혹여 화를 내지는 않을까 걱정하면서도 비아냥거리며 허세를 부렸다.

"그럼 돌아가라. 나 또한 그 정도로 반기지 않는다면 혈교 따위에 몸담을 생각은 없다."

비실거리는 몸에서 단호한 음성으로 말하는 남궁가휘의 모습에 가비환은 길게 실눈을 떴다.

"혈마자의 진전을 이은 자가… 혈교 따위라고 표현하시다니… 그래선 안 될 말이지요."

"흥! 혈마자가 남긴 비동엔 혈교의 교주가 되라 했지 어쭙잖게 혈교에 들어온 뜨내기의 수하로 살라는 유언은 기억나지 않는군. 그리고 이미 망해 버린 혈교의 교주 따위는 내 쪽에서도 사양한다."

남궁가휘가 유들거리는 목소리로 가비환을 몰아붙이자 가비환의 얼굴이 화가 난 듯이 상기되면서 미간에 내천 자가 그려졌다. 마속의 몸이 약간 움찔거렸다.

'역시 저 마속이란 놈은 일단 기존의 혈교도이군. 근데 어째 혈호대주라는 놈…….'

"크흠, 어쩔 수 없군요. 객(客)으로 모시려 했으나 거부하시니 강제로 데려갈 수밖에요.'

가비환은 이무기라는 자의 소문에 대하여 수없이 전해 들었다. 마교주와 싸워 동수를 이룰 정드의 강자라느니 쾌속하기 그지없는 경공으로 수많은 추적자들을 비웃으면서 그들의 포위망을 유유히 빠져나갔다느니 하는 말들이었다. 또한 근래에 와서는 자신들이 장악한 혈교의 일부 세력마저 그가 혈마자의 진전을 이었다는 소식에 응원을 보내고 있는 추세였다. 하지만 가비환이 지금 바라보고 있는 눈앞의 인물은 그다지 강해 보이지 않았다. 특별히 살이 떨릴 정도의 기세가 느껴지지도 않았고, 그냥 볼품없는 병약하고 못생긴 서생 정도로만 느껴졌다.

그의 허리에서 검이 뽑아졌다. 백련정강으로 만든 새하얀 검신이 시퍼런 이빨을 내보이면서 마치 독사의 이빨과도 같은 검기가 넘실거리면서 피어올랐다.

'이런 제길……'

태연하게 상대를 떠보던 남궁가휘는 갑자기 가비환이 검기를 피워올리자 조금 당황했다.

"이, 이봐, 아직 말이 안 끝났다고. 더구나 손님이라고 했지 않나?"

"크크크, 제가 받은 명은 당신을 데려오라는 거였지요. 어떤 모양으로 데려오라는 말은 들은 바가 없답니다."

'제기랄! 괜히 긁어 부스럼이군.'

이제껏 자신을 공손하게 대하던 가비환이 싸늘한 웃음을 지으면서 천천히 다가오자 남궁가휘는 어색한 웃음을 흘리면서 긴장하기 시작했다.

"하… 하… 내가 뭐 굳이 교주를 하겠다는……"

"홍!"

슈아악!

가비환의 검이 빛살처럼 날아 남궁가휘를 향해 쇄도했다.

까강!

"으아아아아… 아… 엥?"

검이 자신에게 휘둘러졌다가 쇳덩이가 부딪치는 소음이

나자 기겁을 하고 눈을 찡그리면서 자신의 얼굴을 감싸 쥐던 남궁가휘가 슬쩍 실눈을 뜨고 보았다. 누군가가 자신의 앞쪽에서 가비환의 검을 막아서고 있었다.

"대주, 교의 손님에게 이 무슨 무례요!"

마속이라는 자였다. 가비환의 검을 튕겨내면서 마속이 굳은 인상으로 대치하고 섰다.

"무례? 흥! 무례는 저쪽에서 던저 해왔다."

가비환은 자신의 검을 막은 수하에 대해 화가 난 듯이 목소리가 높아졌다.

"마속! 지금의 행동은 항명인가?"

"항명은 아닙니다. 하지만 그는 교의 손님이오."

"너도 방금 보았겠지만 저놈은 나의 일검조차도 두려워하는 애송이에 불과하다."

"그건… 그래도 교로 데려가야 합니다."

방금 전 자신의 대주의 일검에 소스라치듯이 놀란 모습에 약간 실망감이 들었지만, 분명 처음 자신의 뒤에 나타났던 실력은 자신조차도 가늠할 수 없는 능력이었다. 마속은 마음속에 갈등이 생겼다가 무언가 결심한 듯이 가비환을 노려보면서 자신의 검을 곧추세웠다. 자신의 뒤로 남궁가휘를 보호하면서 검을 든 마속을 싸늘한 눈으로 바라보던 가비환의 몸에서 서서히 살기가 뿜어져 나오기 시작했다.

"크크크크, 손님? 감히 혈교의 나부랭이 놈이 내게 대적하는 건가? 그런 쓰레기 같은 능력으로? 하여간 웃기지도 않는 군. 왜? 그놈을 네 장로라는 작자가 데려오라던가?"

"그게… 무슨……?"

항상 느껴오던 대주의 기세가 한 번도 느껴보지 못한 살인 적인 기운으로 바뀌면서 마속의 마음속에 무언가 자신이 모 르는 사실이 있을지도 모른다는 의구심이 들기 시작했다.

"어째서 너를 비롯해서 혈호대의 단 네 명만이 이번 임무 를 위해 파견되고 후발대는 아직 도착을 안 한 것 같은가?"

그러고 보니 이상했다.

지금 무림에는 자신들이 만나고 있는 이무기라는 인물이 마교주와 동수를 이룰 정도로 강력한 무공을 지녔다는 헛소 문이 퍼져 있었다. 물론 마속 자신도 실제로 방금 전의 어이 없는 남궁가휘의 행동을 보기 전까지는 그가 엄청난 강자라 고 생각했으니까.

여하튼 그런 그를 데려오는 데 있어서 단 네 명이 파견된 것에 대해 의문이 들어 함께 온 동료들을 살펴보았다. 지금 가비환의 곁에서 자신을 보면서 비웃음을 띠고 있는 동료들. 그들은 분명 나중에 현 교주에 의해 교로 들어온 인물들이었 다.

"그, 그럼?"

"크크크, 저따위 추악하고 어설픈 놈을 데려오라고 하시는 청연님의 의중을 알 수는 없지만, 지금으로 봐서는 데려가도 쓸모가 없을 듯하군. 목을 따버리기 전에 재미있는 것을 하나 가르쳐 주마."

잔뜩 긴장한 채로 자신을 바라보고 있는 마속과 남궁가휘를 비웃음이 가득 한 얼굴로 바라본 가비환은 선심이라도 쓰듯이 말했다. 그리고 혈교주가 아니라 분명 청연이라는 이름으로 불렸다.

"청연님과 우리가 혈교 따위의 힘을 얻기 위해 함께하고 있다고 생각하나? 너희들이 생각하는 것처럼 혈교의 영광을 위해서? 정말 웃기는군. 자신의 힘으로 아무것도 못하는 놈들이 그런 꿈을 가질 수 있다고 생각하다니… 쯧쯧. 우리에게 너희들 따위는 벌레 정도에 불과하다. 마음에 안 들면 발로 밟아 죽이는 그런 벌레. 그런 너희를 어째서 도와주고 있다고 생각하나? 멍청하기는. 단지 아직 우리의 실체가 드러나서는 안 되기 때문이다. 그리고 련에서 공짜로 쓰라고 혈교주의 신물을 준 때문이기도 하고……. 크크크."

가비환의 말에 마속의 표정이 분노로 붉게 달아올랐다.

"그렇다면… 설마 혈교를? 이… 이 개자식!"

분노로 인해 눈이 벌게진 마속이 가비환을 향해 뛰어들었다.

퍼억!

가비환을 향해 날아든 마속은 일검도 채 펼쳐 보지 못하고 가비환의 옆에 있던 또 다른 동료에 으해서 가슴에 일장을 얻어맞고 땅바닥을 뒹굴었다.

"컥, 컥!"

땅에 처박히면서 얼굴이 갈려 피가 나왔다.

"훙! 그따위 능력으로 덤비다니…….”

방금 전 마속을 후려친 무인이 무자비하게 마속을 발로 차기 시작했다.

퍽! 퍼퍽! 퍽!

가슴을 맞고 막힌 숨을 내뱉으며 고통스러워하던 마속은 발길질에 유린당하기 시작했다. 허리가 새우처럼 접혀졌고, 발길질에 맞은 얼굴에서 피가 튀었지만 마속은 분에 겨운 표정으로 어떻게든 대항해 보려 했다.

"왜 그래? 어디 반항해 봐! 반항해 보라고! 크크크, 벌레 같은 놈 주제에.”

치가 떨리도록 잔인한 놈이었다. 같은 편인 마속이란 무사를 발로 차고 밟으면서도 일말의 머뭇거림이 없었다. 마속은 이빨이 깨지고 입 안이 터져서 핏물을 쏟아내었고, 공력을 끌어올리지도 못한 채로 잔인하게 짓밟히고 있었다. 그런 모습이 남궁가휘에게는 너무도 기분 나쁘게 전해져 왔다.

"하지 마.”

"응?"

무언가 스산한 느낌의 소리에 가비환이 마속을 바라보았다.

자신이 때리고 있던 마속이 낸 소리인가 해서 다시 귀를 기울였지만 마속은 수하의 발길질에 이미 정신을 잃어버린 듯했다.

"이런 쓰레기 같은 자식이! 옷에 피가 튀었잖아!"

때리던 것을 잠시 멈춘 무사는 마속의 얼굴이 알아보기 힘들 정도로 짓이겨진 것보다 자신의 하얀 백의에 피가 튄 것이 더 짜증나는 듯이 이미 쓰러져 정신을 잃은 그를 또다시 발로 밟기 시작했다.

"하지 말란 말이야, 이 개자식아!"

커다란 외침이 들리자 가비환의 그개가 남궁가휘가 있던 방향으로 돌아갔다.

"응?"

그곳에는 무언가 땅을 파헤친 듯 작은 흙먼지만 일고 있을 뿐 그 자리에 있어야 할 남궁가휘의 모습이 보이지 않았다.

뻐어억!

뼈가 부서지는 듯한 소리와 함께 엄청난 공력의 자취가 마속이 맞고 있는 곳에서 느껴졌다. 남궁가휘가 있던 방향으로 돌렸던 고개가 다시 돌아왔을 때, 마속을 발로 때리던 무인이 무언가에 강하게 얻어맞은 듯 튕겨 나가고 있었다.

"뭐… 뭐냐?"

그리고 또다시 자신의 머리 위에 나타나는 거대한 기운.

꾸아아앙!

거대한 기가 가비환이 있던 곳을 향해 내려찍혀 들었고, 엄청난 굉음과 충격파가 숲자락을 울리면서 대지를 흔들었다.

"콜록콜록! 뭐, 뭐냐?!"

맞부딪칠 엄두도 나지 않는 거대한 기운에 혼비백산해 신속하게 몸을 피한 가비환은 솟아 오른 흙먼지에 기침을 하면서 경악성을 뱉었다.

먼지가 가라앉으면서 드러난 풍경은 가비환의 몸을 경직시켰다.

마치 거대한 운석이 떨어진 듯 자신이 방금 전까지 있던 곳이 움푹 파여 들어갔고, 그 충격에 의해 주위의 땅이 쩍쩍 갈라져 있었다. 함께 있던 자신의 수하들은 충격파에 휩쓸린 듯이 몇 장을 튕겨 나가 정신을 잃은 상태였다.

"이게 무슨……? 응?"

그 움푹 들어간 곳에서 자신을 향해 적대감을 풍겨대는 인물이 있었다. 바로 자신이 방금 전까지 비웃던 남궁가휘였다. 살기로 번들거리는 두 눈이 자신을 노려보고 있었고, 그의 주먹에는 눈에 보일 정도로 유형화된 엄청난 기운이 몰려 마치 작은 소용돌이가 맺힌 듯 기의 바람이 회전하듯이 몰아치고 있었다.

남궁가휘가 자신을 노려보면서 아주 천천히 기운이 맺힌 주먹을 허리 아래까지 당겼다가 빛살처럼 주먹을 뻗어내었다.

콰콰콰콰콰!

엄청난 기가 대기와 충돌음을 내면서 주먹에서 나온 기운이 가비환을 덮쳤다.

가비환은 우습게 생각한 남궁가휘가 말도 안 될 정도의 권기를 내뿜자 대경실색했다.

'헉!'

가까스로 몸을 피한 가비환은 권기가 스치고 지나간 흔적을 보면서 할 말을 잃었다.

단지 한 번.

그냥 내지른 것만으로 그의 뒤로 펼쳐진 숲을 찢어발겨 버렸다. 권기가 지나간 곳에 서 있던 아름드리나무는 흔적도 없이 사라져 버렸고, 일 장 깊이르 파여진 구덩이가 생겨났다. 저 정도의 공격이라면 아마도 정확히 보지는 못했지만 분명 강기. 권으로 뿜어냈으니 권강이라 해도 좋을 터이다.

현재 무림에서는 최고의 권사라고 치는 오대권사가 있다.

하나 그들 중 누구도 주먹으로 강기를 뿜어댄다는 말은 없었다.

"딸꾹!"

검을 쥐고 남궁가휘를 노려보던 가비환은 숨도 쉬지 못한 채 그 자세 그대로 얼어버린 듯했다. 등줄기로 식은땀이 흘러내렸다. 만약 자신이 맞았다면? 생각도 하기 싫었다.

"후욱, 후욱! 그만 하랬잖아!"

엄청난 공격을 두 번이나 해버린 남궁가휘는 무리하게 뻗
어낸 공력으로 인해 가쁜 숨을 내쉬면서 말했다.

'이… 이게… 혈마자의 비동에 남겨진 무공? 응?'

무시무시한 강기의 흔적에 경악하던 가비환은 문득 자신
의 손이 가늘게 떨리고 있음을 느꼈다. 믿을 수가 없었다.

눈앞의 인물은 분명 어떠한 힘도 느껴지지 않는 그런 풋내
기에 불과했다. 그런데 보이지도 않는 움직임에 말도 안 되는
엄청난 공격력이라니……. 눈으로 보았음에도 믿겨지지 않
았다.

'뭐… 뭐야? 뭐가 어떻게 된 거지?'

남궁가휘 역시 믿기지 않기는 마찬가지였다. 분명히 자신
을 막아준 마속이라는 무인이 놈들에게 구타를 당하자 갑자
기 화가 났고, 막아야겠다는 생각을 했는데 무언가 몸속에서
통째로 빠져나간 듯한 상실감과 함께 어지럼증과 구토가 생
겨났다.

얼마 전까지 자신이 최대로 뿜어낼 수 있는 공력이 족히 서
너 배는 늘어나 버린 것 같았다. 익숙해지지 않은 기운이었기
에 몸이 견뎌내지 못하는 것 같았다.

"후! 이봐, 거기 아저씨."

머리가 깨질 듯한 두통에 남궁가휘는 고개를 흔들면서 가
비환을 향해 말했다.

“응?”

무척이나 인상이 좋은 중년 승려가 갑자기 나타났다가 사라진 느낌에 고개를 갸웃거렸다.

“이상한데? 엄청나게 기운이 느껴진 듯했는데…….”

“일살승님?”

먼 하늘을 바라보듯이 자신의 감각을 미세하게 자극한 기운이 느껴지는 곳으로 고개를 돌린 일살승을 향해 붉은 가사를 걸친 야비하게 생긴 승려가 자신의 손에 묻은 핏기를 털듯이 손을 흔들면서 물었다.

“아, 왠지 조금 의심되는 기가 느껴져서 말이지.”

일살승은 이내 고개를 돌리고 무척이나 아쉽다는 표정으로 입맛을 다셨다.

“분명히 엄청난 느낌이었는데?”

일살승은 눈매를 샐쭉하게 만들면서 무언가 골똘히 생각하더니 다시 한 번 고개를 돌려 방금 전 자신의 감각을 자극한 느낌을 향해 시선을 돌리면서 말했다.

“이살, 일단 이동한다. 아마도 놈이 근처에 있는 듯하다.”

“존명!”

마치 폐허가 된 듯한 숲의 안쪽.

얼굴을 찡그리면서 인상을 쓰고 있는 남궁가휘와 그런 남궁가휘를 경계하는 듯 미동조차 하지 않는 가비환은 서로 대치한 채 아무런 말도 하지 않고 있었다.

남궁가휘는 자신의 공력이 자신의 제어와 달리 움직이자 어리둥절한 표정이 되었고, 가비환은 예상치 못한 엄청난 무공에 경악한 채로 있었다.

'어떻게 된 거지? 분명히 내가 한 공격인데……. 그때도?'

그랬다. 분명 얼마 전 안다 근처에서 빙궁의 무인들을 만났을 때도 이런 느낌이었다. 자신이 제어해 보지 못한 힘이 의지와 상관없이 생겨난 듯한 느낌.

지난번과 다른 점이 있다면, 자신이 제어할 수 없는 엄청난 기가 자신의 의지와는 무관하게 행동으로 옮겨졌다는 것이고, 그런 행동이 순간적으로 기억나질 않는다는 것이었다.

'젠장할, 뭐가 어떻게 된 거야?'

남궁가휘는 머리가 깨질 듯 아파왔다.

"휴, 어쨌든 그만 해. 이제 됐잖아. 그리고 너희들, 동료잖아."

남궁가휘는 어지럼증에 양팔로 자신의 무릎을 짚고 서서 숨을 깊게 들이쉬었다가 내쉬면서 가비환에게 말했다. 가비환은 방금 전의 충격에 혼백마저 나가 버린 듯 멍하니 서 있

기만 했다. 몸 상태가 서서히 정상으로 돌아오고 머릿속이 안
정을 찾아가자 남궁가휘가 말했다.

"후우, 이제 말해봐. 어째서 너희 혈교주, 아니, 혈교 따윈
안중에도 두지 않는 네놈의 우두머리가 혈마자의 비동을 얻
은 나를 필요로 하는지 말이야."

가비환은 자신이 예상하지 못한 엄청난 힘을 보인 남궁가
휘의 모습에 정신을 차릴 수가 없었다. 남궁가휘가 재차 묻자
그제야 대답했다.

"예? 예, 그건… 저도 잘……."

"하, 그럼 뭐야? 너도 잘 모른다는 건가? 정말 웃기지도 않
는군. 손님을 초대하면서 이유도 가르쳐 주지 않다니 말이
야."

더 이상 말해보아야 정보를 얻을 수 없다는 생각에 남궁가
휘는 한숨을 내쉬었다.

"좋아, 그럼 어디로 가면 되지? 너희들의 잘난 대장 나으리
를 만나려면 말이야."

가비환은 마치 무언가에 홀린 듯이 남궁가휘의 질문에 버
벅대면서 말했다.

"정천, 정천현입니다. 그곳의……."

가비환은 평소라면 대답하지 않아야 할 사실까지 말하기
시작했다. 머리를 굴려 둘러대거나 조금 전처럼 강한 자세로
나가기에는 남궁가휘가 보여준 한 수가 너무도 강렬했기 때

문이다. 비실거리는 몸과 우습게만 느껴지던 그의 모습이 지금의 가비환에게는 어떠한 흉신악살보다도 두렵게만 느껴졌다.

"좋아, 그렇게 하지. 너희 대장에게 전해. 내가 찾아간다고."

"저… 그것이… 그냥 저희가 모시면……."

가비환은 돌아가라는 남궁가휘에게 어색한 웃음을 지으면서 무척이나 조심스럽게 말을 꺼냈다.

"못 들었나? 내가 찾아간다고."

가비환은 인상을 찡그리면서 자신을 노려보는 남궁가휘의 모습에 금세 간이 콩알만 해졌다.

"예? 예! 알겠습니다."

못 볼 것이라도 본 듯 움찔거린 가비환이 공손하게 고개를 숙이고는 몸을 돌려 냅다 뛰려 했다.

"이봐!"

"예?"

"네 동료는 안 데리고 갈 참이야?"

"아! 예!"

혈교의, 아니, 청연이라는 사내가 믿어 의심치 않는 혈호대의 대주이자 자존심 강한 무인인 가비환은 남궁가휘의 눈짓 한 번에도 벌벌 떠는 소인이 되어서 금세 자신들의 동료들을 어깨에 들쳐 메기 시작했다.

"참! 마속이라는 남자, 잘 치료해 놔. 안 그러면 반드시 너도 똑같이 만들어줄 테니까."

"예! 존명!"

가비환은 이빨을 으드득 소리가 나도록 씹으면서 나직하게 말하는 남궁가휘를 향해 마치 자신의 상관이라도 된 양 복명을 하고는 동료들을 들쳐 메고 순식간에 사라져 버렸다.

잠시 시간이 흐르고, 남궁가후는 가비환이 사라진 방향을 바라보다가 털썩 앉았다.

"도대체 내 몸이 어떻게 된 거지? 권강? 알 수가 없네."

아직도 방금 전 자신이 시전한 무공에 대해 이해가 가지 않는 듯이 고개를 절레절레 흔들었다.

"휴, 어쨌든 혈교 놈들의 장소를 알았으니 일단 표식을 남겨야겠다."

자신의 몸 상태를 온전히 이해할 수 없었지만, 멸마 이대에게 방금 전의 정보를 넘기고 이번 임무를 끝낼 요량으로 남궁가휘는 서둘러 자신의 품에서 작은 붓과 종이를 꺼내 무언가를 열심히 적기 시작했다.

"후, 자꾸만 한숨이 느는군. 어쨌든 이걸로 임무가 종료된 것이겠지? 다행이다."

처음 해본 임무에 무척이나 힘들다는 생각을 하면서 벌써 두 달여를 달려왔다. 더구나 수많은 무인들과 현상금 사냥꾼들을 피해서 온 길이었다.

"그러고 보니 목숨을 잃을 뻔한 적이 한두 번이 아니구나. 지난번에 마교주를 만났을 때는 진짜 죽는 줄 알았는데…… . 선배들은 어떻게 이런 임무를 하면서 살지? 하여간 정도무림에서 이런 사실을 아는 사람은 나뿐일 거야."

무언가 해냈다는 사실에 남궁가휘의 얼굴 위로 기분 좋은 미소가 그려졌다.

第七章
무림공적 남궁가휘

戰鬼 전귀

1

무림맹의 심처 맹주전(盟主殿).

화무군은 지금 무척이나 굳은 인상으로 군사인 제갈선우와 독대하고 있었다.

"이것인가? 멸마단 이대의 보고가?"

"그렇습니다. 혈교는 아마도 무림맹이나 여타 세력의 힘이 미치지 아니한 정천현에서 힘을 기르고 있는 듯합니다."

"그렇군."

불과 한나절 전 금사촌의 혈사와 그와 관련되어 있다는 혈교의 행방을 찾기 위해 파견해 둔 멸마단 이대주 장영의 정식 보고서를 멸마단주를 통해 전해 받았다.

무림맹주 전.

혈교, 정천현 일대 추정.

제이의 세력 개입 가능성 유.

멸마 이대, 현재 정천현 일대로 이동 중.

이대주 장영.

짧고 간결한 글이었지만 지난 금사촌 혈사와 잃어버린 '그 물건'의 행방을 알 수 있게 해주는 내용이었다. 혈교의 발호야 어찌 되었든 과거 그 물건이 세상에 나와 무림을 얼마나 떠들썩하게 했는가에 대한 내용과 그 이면에 깔려 있는 사건의 전모를 알고 있는 화무군이었다. 더욱이 혈교와 관련된 제이의 세력이 개입되어 있다는 보고.

막아야만 했다. 그 물건이 사천당가의 이름으로 무림에 불거져 나왔을 때도 얼마나 많은 인명 손실이 있었던가? 만약 혈교가, 그리고 다른 세력이 그 물건의 힘을 여럿으로 만들어 사용했을 때의 무림에 생길 파장은 엄청났다.

"그 색마의 위치는?"

"현재 그를 뒤쫓고 있는 무인들로부터 연락이 이틀 전에 왔으니 아마도 그의 이동 경로와 속도를 고려했을 때 나곡 일대인 듯합니다."

"음."

화무군은 그 물건이라는 것의 확산이 걱정되기도 했으나 혈마자의 비동을 열었다는 그 색마가 혈교와 조우하게 될 경우도 무척이나 걱정되었다. 확실하게 밝혀지지는 않았지만 독보적인 존재인 마교주와 동수를 이룬다는 소문이 파다하게 퍼져 있는 마당에 지금 혈교와 그가 마주하게 된다면 호랑이의 등에 날개를 달아주는 격이 된다.

"절대 그와 혈교가 조우하게 해서는 안 돼. 나곡 일대의 모든 무림문파에 협조 공문을 띄우게. 포달랍궁에도 보내도록 하고, 필요하면 나곡 근방의 관부에도 손을 넣게. 한시가 급하네."

"존명! 그럼 혈교에 대한 공격대와 그 색마의 포획에 포함될 무인의 수는?"

제갈선우의 말에 고심하듯 인상을 잠시 찌푸린 맹주가 단호하게 말했다.

"공격대는 일전을 각오해야 하네. 모든 역량을 총동원하도록 하고 색마 이무기에 대한 포획은 지금 천라지망을 동원하도록 하시게."

"그럼… 무림공적입니까?"

화무군은 잠시 생각이라도 하는 듯 차를 한 모금 들이켜고는 결연한 어조로 말했다.

"당연하네. 이무기를 무림공적으로 선포하게. 이전까지는 빙궁과의 관계 때문이었다면 이제는 무림맹의 사활이 걸린 문제일세. 이 시간 이후로 추적대를 구성해서 서장 일대에 천라지망을 허가하네.”

“그… 그럼 혈교에 대한 공격도?”

“허가하네. 최대한 빠른 시간 안에 공격대를 구성하게.”

화무군의 결연한 어조에 제갈선우는 포권을 하면서 고개를 숙였다.

“존명!”

또다시 대량의 전서구가 무림맹의 하늘을 날아올랐고, 무림맹은 서서히 거대한 수레바퀴가 돌듯이 엄청난 굉음을 내면서 굴러가기 시작했다.

2

거대한 참마도가 나무를 반으로 가르며 파고들었다. 그 뒤를 따라서 유성추가 날아들었고, 그것이 신호였는지 무수히 많은 검기가 백의인의 몸을 수천 갈래로 찢어놓으려는 듯이 뒤따랐다. 백의인의 신형은 흡사 뇌전과도 같은 속도로 한 번에 서넛으로 나누어졌다가 합쳐지기를 반복하면서 모든 공격을 요리조리 피해내면서 움직였고, 그런 그를 향해 쉬지 않고 공격이 펼쳐졌다.

피육!

백의인은 검기 다발을 피해내면서 몸을 돌리려는 순간에

잇따라 바닥으로 박혀드는 화살에 의해서 걸음을 멈추고 물러섰다. 벌써 며칠째 계속되는 공격. 쉴 틈도 주지 않고 쏟아져 들어오는 공격 때문에 백의인의 입에서는 단내가 풀풀 나기 시작했다. 잠도 잘 수 없었고, 도당칠 수도 없었다. 왠지 모를 끈적끈적한 느낌의 기운이 자신을 감싸고 있었고, 마치 진 안에 갇혀 있는 듯이 앞으로 나아가는 길이 보이질 않았다. 잠은커녕 쉬지도 못하고 며칠을 보내 온몸에 피로가 겹겹이 쌓여만 갔다.

자신을 둘러싼 무사들은 정갈 끈질겼다. 뚫었다고 생각하면 어느새 또 다른 무사들이 나타나서 공격했고, 때로는 검수들이 나타났고, 그들의 무기와 검법에 익숙해져 갈 때면 어느새 창에 곤, 추가 공격해 왔다. 갈피를 잡을 수 없는 형태의 공격으로 그는 서서히 지쳐 가고 있었다. 마치 자신이 지치기를 기다리는 듯이 결정적인 공격은 한 번도 없었다. 공격했던 무인 중에는 분명히 자신과 대등한 능력을 가진 자도 있었다. 하지만 그 누구도 마구잡이식의 공격은 해오지 않았다. 잘 짜여진 한 편의 각본처럼, 꽉 맞는 창틀처럼 공격을 펼쳐 왔다.

"허억허억! 이 개자식들, 아주 나를 말려 죽이려는 생각인가?"

수많은 무인들로부터 쉴 새 없이 공격을 받고 있는 인물은 바로 얼마 전부터 무림공적으로 선포된 '음란서생 이무기'였다. 아니, 이무기로 변해 있는 남궁가휘였다.

남궁가휘는 혈교의 인물들과 헤어진 후 나곡(邢曲)현에 도착해 멸마단 이대에 표식을 남긴 후 객점을 빌려 쉬고 있었는데, 대주로부터 연락을 받은 남궁가휘는 보이지 않는 대주에게 한차례 욕설을 퍼부었다.

현재 무림맹 본대 이동 중.
정천현 혈교 본거지로 예상.
추가 임무 연장 지시.
혈교와 접선해서 잠입할 것.
목표:혈교와 관계된 배후 세력에 대한 정보를 확인할 것.

추신:꼬맹아, 수고 많았다.
그런데 너를 잡기 위해 나곡현 일대에 천라지망이 발동된 것 같다. 활로를 뚫어줄 테니 반드시 혈교에 잠입해라. 무운을 빈다.

"이런 썩을!"
남궁가휘는 전서를 보자마자 와락 구겨서 원수라도 되는 양 발기발기 찢어버리고는 서둘러 객점을 나와 정천현 방향으로 내달렸고, 얼마 가지 않아 자신을 쫓고 있는 무인들과 맞닥뜨려 버렸다.

'재수가 없었다'고 생각하고 활로(活路)를 뚫어줄 거라던 멸마단 이대를 믿고 도주를 시작했는데 잠시 후 무림맹의 본대를 만나 버린 것이다.

그렇게 쫓겨 다니면서 도주하기를 칠 일.

지금 남궁가휘는 벌써 칠 일 동안이나 밥도 못 먹어 눈이 퀭하게 변해 버렸고, 숨 쉬고 있는 것조차도 힘들었다. 하지만 계속해서 자신을 공격해 오는 무사들 때문에 잠시도 쉴 틈이 없었다. 벌써 몇 명을 상대했는지 셀 수도 없었고, 크고 작은 접전을 얼마나 치렀는지 정신이 없었다. 더구나 남궁가휘는 무슨 일 때문이인지 천룡단에 백귀단뿐 아니라 철혈기마대까지 나타난 사실에 경악했다.

'제기랄, 도대체 뚫어준다는 활로는 어디쯤인 거야! 젠장할 놈들! 이 많은 수를 어떻게 피해 정천현까지 가라는 거야! 제기랄, 망할 썩을 놈의 대주 같으니라고!'

그 모든 무사들이 자신을 막아서며 공격을 해대는 통에 남궁가휘는 날아드는 화살을 검으로 쳐내고는 인상을 찡그리며 재빨리 걸음을 옮겼다.

그런 남궁가휘의 뒤로 말도 없이 수십의 무인들이 뒤따랐다.

"흠, 꼬맹이가 많이 늘었네. 대단한대? 벌써 칠 일째잖아?"

남궁가휘가 떠난 곳으로부터 얼마 떨어지지 않은 곳에서 흑색 무복의 무인이 묘한 표정으로 고개를 갸웃거렸다.

"더구나 격공보를 이젠 아주 능숙하게 사용하잖아? 대주님을 제외하고는 최고 수준이겠는걸? 뿐만 아니라 공격도 아주 효과적인데다가 반응속도(反應速度)가 엄청나구만."

그랬다. 그는 바로 멸마단 이대 소속의 무인인 북궁우천이었다.

남궁가휘가 무림공적으로 선포된 순간부터 대주 이하 모든 인원이 남궁가휘가 눈치 채지 못하게 그를 따르고 있었고, 나곡 일대에 환룡단 무인들에 의해 천라지망이 펼쳐지면서 무림맹의 천룡단 세 개 대, 비응단 무인 삼백에 철혈기마대의 반과 무림맹과 우호적인 관계에 있던 각파의 무인들을 합해 거의 삼천여 명의 무인들이 이무기라는 색마로 변한 남궁가휘를 잡기 위해 동원되었다. 결국 남궁가휘는 나곡에서 한 발짝도 벗어나지 못하고 자신도 모르는 사이에 나곡의 주위를 빙글빙글 돌고 있었던 것이다.

장영은 남궁가휘가 무림맹의 무사들에게 잡히지 않도록 부대주인 사마수동을 비롯한 멸마단 이대의 무인들을 보냈고, 나곡에 도착한 사마수동은 자신이 무척이나 싫어하는 환룡단의 무인들을 발견하고는 열성적으로 그들의 작전을 방해하기 시작했다. 원래의 계산대로라면 벌써 이틀 전에 기력이 다해 잡혀야 할 남궁가휘였지만, 멸마단 이대의 무인들에 의해서 시간이 계속해서 지연되고 있었던 것이다.

"쳇! 왠지 꼬맹이한테 밀려나는 느낌이군."

북궁우천은 발밑의 돌멩이를 차면서 신경질을 내고는 남궁가휘가 움직인 방향으로 몸을 날렸다. 북궁우천이 사라진 곳에는 흰색의 무복을 입고 있는 무인들이 정신을 잃고 쓰러져 있었고, 그들의 소매에는 붉은 실로 매화 문양이 수놓여져 있었다.

3

남궁가휘는 벌써 같은 지역을 몇 바퀴나 돌았다. 물론 환룡단의 무인들이 천라지망에 환영진을 섞어두었기 때문에 주변 환경이 계속 바뀌어서 본인은 모르고 있었지만 말이다.

결국 남궁가휘는 엄청나게 많은 지역을 도주했다고 생각하고 있었지만, 나곡 일대를 벗어나지 못하고 있었다.

"대단한 놈이군. 벌써 일곱 날이 지났는데 아직도 버티다니, 정말 대단해. 지금까지 천라지망을 펼쳐서 벗어나지 못한 이들 중에 가장 오래 버틴 것으로 무림맹 기록실에 기록되겠군."

환룡단의 진법 연구와 무림맹 내부의 진법을 보완하는 임무를 수행하는 진무각주(陳貿閣主)인 백연교(白蓮僑)는 진심으로 감탄했다. 자신이 무림맹의 환룡단 무사로 살아온 지난

이십 년간 천라지망이 펼쳐진 것은 딱 세 번이었다. 더구나 무림맹이 생겨난 이후로도 일곱 번을 넘지 않았다. 그중 천라지망 자체를 파훼한 것이 한 번, 벗어난 것이 두 번, 그리고 나머지는 모두 천라지망 안에서 그 생을 마감했다. 그런데 그런 천라지망에서 이무기는 벌써 칠 일이라는 시간을 잠도 한숨 자지 않고 버티고 있었다.

천라지망은 통상 그 규모에 따라서 천급(天級), 지급(地級), 인급(人級)으로 나누어지는데, 이번에 이무기를 잡기 위해서 펼친 것이 그 두 번째인 지급의 천라지망이었다.

이제껏 지급이 펼쳐진 것은 총 일곱 번 중 세 번이었는데, 지급의 천라지망에 환룡단에서 사용하는 진법까지 펼쳤음에도 불구하고 엄청나게 오래 버티고 있음에 백연교는 이무기라는 인물에 대해서 정말로 경외심마저 들고 있었다.

"어쩌면 소문이 진짜였던 모양이구만. 어떻게 삼천 명의 무인들의 공격을 받으면서도 아직도 버틸 수 있는 거지? 휴우, 대단하구만."

백연교는 멸마단 이대의 무사들이 자신들의 천라지망에 군데군데 구멍을 내고 있음에 대해서는 전혀 알지 못했기 때문에 남궁가휘의 능력이 대단하다고 생각할 수밖에 없었다.

"야, 삼청아, 지금까지 집계된 사상자는 얼마지?"

백연교가 자신 아래에서 진법을 배우고 있는 문하생이자 진무각의 무인인 삼청(三淸)에게 물었다.

"네, 각주님. 아직 정확하게 집계되지는 않았지만, 사망자로 보고된 인원은 없습니다. 부상자들도 경미한 수준이구요. 소문에 알려진 극악한 마두치고는 손속이 그다지 잔인하진 않은 모양입니다."

"뭐? 사상자가 없어? 정말이냐?"

백연교는 깜짝 놀랐다.

'설마 하나도 죽이지 않았단 말인가? 무려 삼천 이상이나 되는 무인들에게서 칠 일을 도주하면서도 단 한 명의 사상자도 내지 않았단 말인가? 도대체 놈의 능력은 어디까지인 거지?'

백연교는 삼청의 보고 내용을 믿을 수가 없었다. 이제껏 어느 누구도 해내지 못한 일을 자신이 목격하고 있는지도 몰랐다.

"어째서 죽이지 않고 있는 것이지? 어째서? 설마 우리를 비웃고 있는 것인가?"

정확한 사실을 알지 못하는 백연교의 머릿속이 무수한 오해로 가득 차기 시작했다. 그런 생각을 하고 있던 중 삼청이 새로운 사실을 말했다.

"그런데 각주님, 이상한 사실이 하나 있습니다. 이무기란 놈을 뒤쫓다가 갑자기 영문도 모른 채 당한 무사들이 무수히 발생하고 있습니다."

"응?"

삼청의 말에 백연교는 무슨 말이냐는 듯 반문했다.

"그게 무슨 소리냐? 영문도 모른 채 당하다니?"

"네. 이무기를 뒤쫓다가 무언가의 공격을 받고 갑자기 쓰러져 정신을 잃은 무사들이 꽤 발견되었다고 하더군요. 하지만 그들도 누구로부터 공격을 받았는지는 모른다고 했습니다. 모두가 마혈을 짚인 채로 기절했다고 하는군요."

"그런? 설마 벌써 혈교의 세력과 조우했단 말인가?"

"아직 밝혀진 바는 없습니다만……."

삼청의 말에 백연교는 머릿속이 더욱 복잡해져만 갔다. 진을 펼친 지 벌써 칠 일이 지나도록 잡지 못했는데 이젠 새로운 놈들이 있을지도 모른다니……. 말도 안 되는 일이었지만 사건은 자신의 뇌가 생각할 수 있는 범위를 넘어서고 있었다.

"삼청, 단주님께 전서를 띄워라. 내용은 '급히 도움 요망'. 특급이다."

"존명!"

삼청은 백연교의 명에 따라 전서구를 띄우기 위해 움직였고, 백연교는 엄지 손톱을 질겅거리며 깨물었다.

4

한편 남궁가휘가 있는 곳으로부터 조금 떨어진 나뭇가지 위에서 천라지망에 참가한 무인들의 숫자를 줄여 나간 사마수동이 그의 모습을 유심히 바라보고 있었다.

'후훗, 녀석, 많이 강해졌군. 과연 남궁가의 적자인가? 입단한 지 아직 일 년도 되지 않았는데 이 대의 어떤 대원보다도 습득이 빠르군. 반응속도가 엄청나게 빨라졌어. 이젠 보지도 않고 느껴지는 기세만으로 피하는 건가? 반응속도를 가르친 지 얼마 되지도 않았는데 말이지. 얼마 전까지만 해도 저 정도는 아니었는데……. 천라지당으로 인해 더욱 익숙해져 가는 건가?'

＊　　　＊　　　＊

처음에는 이십 보에서 시작했다.

그날도 역시나 곤륜산의 거처에서 혈교의 무공을 익히던 남궁가휘를 잠시 동안 바라보던 사마수동은 이제 제법 혈교의 권법과 보법에 익숙해진 듯한 느낌을 받고, 작은 돌멩이를 주워서 남궁가휘를 향해서 전력으로 던졌다.

퍼억!

돌멩이가 빛살과도 같은 속도로 날아갔고, 갑작스런 공격에 혈마자의 혈폭권을 수련하던 남궁가휘는 고개를 숙여 피하려다가 이마에 돌멩이를 맞고 뒤로 넘어갔다.

"아야앗!"

오만상을 쓰며 주저앉은 남궁가휘는 이마의 부풀어 오르

는 커다란 혹을 만지면서 아픔을 호소했다.

"갑자기 뭡니까? 죽을 뻔했잖아요. 그렇게 갑자기 돌을 던지는 이유가 뭡니까?!"

가뜩이나 계속되는 수련 때문에 짜증이 나 있었고, 돌에 맞은 아픔에 소리를 빽! 하고 질렀다. 사마수동은 살짝 샐쭉거리면서 눈을 부라렸다.

"호오, 꼬맹이, 대드는 거냐?"

사마수동이 눈을 부라리자 남궁가휘는 금세 꼬리를 말고는 입을 삐죽였다.

"뭐, 그런 건 아니지만서도… 하여간 아프다고요. 놀아드릴 시간 없으니까 방해하지 마세요."

남궁가휘는 사마수동을 향해 욕설 비슷한 말을 구시렁거리면서 다시 수련을 하려고 했다.

"이런 쓰… 부대주란 사람이… 대원을 아낄 줄 몰라."

"다 들린다, 이 자식아!"

사마수동은 남궁가휘의 부풀어 오른 이마를 가볍게 쥐어박았다.

"그나저나 너, 반응속도가 엉망이구나. 무인이라는 놈이 반응속도가 그게 뭐냐?"

돌에 맞은 이마를 또다시 쥐어박자 발끈하는 표정이 되었지만, 사마수동의 말에 의구심이 든 남궁가휘가 물었다.

"반응… 속도요?"

“그래, 반응속도. 설마, 모르냐?”

“그게… 뭔데요?”

아무것도 모른다는 표정의 남궁가휘의 얼굴을 물끄러미 바라본 사마수동의 주먹이 또다시 부풀어 오른 남궁가휘의 이마를 쥐어박았다.

“아얏!”

“멍청한 놈! 어떻게 무인이 반응속도를 모르는 거냐? 하여 간 이 찌질이는 도대체가 아는 게 없어요, 아는 게 없어.”

‘쳇!’

남궁가휘는 자신을 무시하는 사마수동의 말에 또다시 입을 삐죽댔고, 이어서 사마수동이 그런 남궁가휘에게 설명하기 시작했다.

“꼬맹아, 너, 간격이란 건 알지?”

“네, 무인 간의 공격 범위권을 말하는 거지 않습니까.”

“그래, 그게 바로 간격이다. 통상 나처럼 권을 쓰는 무인들은 자신의 권이 상대를 타격할 수 있는 만큼의 거리를 권격이라고 하고, 검수들은 그런 거리를 검격이라고 한다. 또한 확실하게 지배하는 공간을 간격권이라고 하지. 통상 절정의 오른 무인일수록 이 간격의 범위가 넓어지는 게지. 통상적으로 이 간격을 느끼고 유지하는 것은 절정의 무인들에게서나 볼 수 있는 것이지. 하지만 때로는 상대의 간격 안에서 싸워야 할 때가 있지. 이럴 때 중요한 것이 바로 반응속도라는 것이다."

남궁가휘는 이미 조금이나마 알고 있었던 간격이라는 것에 대해서 사마수동이 말하자 고개를 끄덕였고, 그런 모습을 보면서 사마수동은 다시 말을 이었다.

"즉, 어떠한 공격이나 현상에 대처해 내는 능력을 말한다. 즉, 상대의 공격이 시작되고, 그것에 맞추어서 사람의 눈이나 감각이 인지한 다음 머리가 판단을 하게 되면 몸의 근육에 명령을 내리게 되고 몸이 움직이게 되는 것이지. 이것을 반응속도라고 하는데, 잘 단련된 무인일수록 이러한 반응속도가 찰나의 순간에 이루어지게 된다. 그리고 강한 무인일수록 반응속도는 그렇지 못한 무인보다 빠르다. 특히 자신의 간격 내에서 일어나는 모든 현상에 대한 반응속도가 빠를수록 공격과 방어시의 응용력이나 모든 초식을 변환한 변초를 잘 쓸 수 있게 되는 것이다."

"흠."

역시나 처음 들어보는 무리(武理)였다.

멸마단에 들어와서 배운 것은 무인이 처음 배워야 할 것임에도 불구하고 등한시하게 되는 것들이 많았다. 간격이라는 것은 세가에서 초식을 익힐 때 자주 들어본 말이었지만, 반응속도라는 말은 처음 들어보았다. 통상 무공을 익힐 때 초식을 통해서 형을 익히게 되고, 그 초식이라는 것이 상대의 공격에 대해서 이렇게 공격해 올 때는 이렇게 하라는 식으로 발달된 것이기 때문에 초식을 계속해서 익히다 보면 몸이 저절로 움직이게 되는 것이었다.

"통상 무인들은 너처럼 초식을 익혀 그 초식이 생각 이전에 몸이 움직일 때까지 연마하는 것을 최고의 수련으로 삼는다. 하나 전혀 예상하지 못한 상황에 오면 어떻게 움직여야 할지 판단력을 잃게 되고, 그런 판단이 늦어 목숨을 잃기도 하지."

"그럼, 부대주님. 초식을 익힐 필요가 없단 말입니까?"

꽁!

사마수동의 말에 오점을 찾아내고는 남궁가휘가 반문했지만 돌아온 건 부풀은 이마의 혹에 내려진 꿀밤이었다.

"바보 같은 놈, 초식이 정교해지고 수련에 수련을 거듭할수록 무인의 반응속도는 더욱 빨라진다. 상황을 판단할 줄만 알고 공격할 줄 모르면 어찌 뛰어난 무인이라고 할 수 있을까? 잘 들어봐라. 말 끊지 말고. 예를 들어서, 동네 건달들도 익히는 삼재검법과 네 집에서 익히는 창궁무애검법을 예로 들어보자. 만약 네가 검강을 쉬지도 않고 뿜어내거나 펼쳐 낸 일격을 아무도 막지 못하는 무공을 가지고 있다면 그것만으로 충분하겠지만 그렇지 않다던 분명 모든 승부는 초식 수로 결정된다. 만약 뛰어난 무인이라도 세 가지 초식만을 사용하고 세 가지 방법만을 알고 있다면, 공격할 수 있는 범위와 방법은 정해지기 마련이다. 오히려 초식이 많을수록 응용할 수 있는 공격법도 많아지고 막아내는 방법도 여러 가지가 된다. 먼저 삼재검법은 세 가지 초식으로 구성되어 있다. 그 기본을 천, 지, 인에서 따왔기 때문이지. 하지만 네 집에서 쓰는 창궁무애검법 같은 경우에는 총 열여섯 개의 초식과 진본의 여덟 가지 초식으로 이루어져 있지. 그리고 한 개의 초식당 열 가지 이상의 공격법과 수없이 많은 변초를 가지고 있지.”

사마수동이 하는 말에 남궁가휘의 얼굴이 굳었다.

“어떻게… 그것을?”

사마수동은 남궁가에 전해져 오는 창궁무애검법의 초식 수를 정확히 알고 있었다. 더구나 비밀리에 전승되는 진본의 초식 수까지도 안다는 것은 그에 대한 파훼법도 알고 있을지 모른다는 이야기였다.

빡!

“쓸데없는 걱정은 집어치워! 초식이나 파훼법을 안다고 깨질 무공이라면 남궁가가 이제껏 버텨오지도 못했을 테니까. 무인 간의 승부는 초식을 안다 모른다가 중요한 게 아니다. 얼마나 효과적으로 공격하느냐와 얼마나 빨리 움직이느냐이지. 초식이 순서대로 나온다더냐? 뛰어난 무인일수록 초식을 짧게 끊어서 쓰기도 하고, 때로는 새로운 초식을 만들어내기도 한다. 종내에 이르면 초식 따위는 무의미해지니까. 대주님처럼.”

사마수동의 말에 남궁가휘는 괜한 걱정을 했다는 듯이 안도의 한숨을 내쉬면서 다시 그의 이야기에 집중했다.

"이를테면 반응속도라는 것은 상대의 공격이나 방어에 얼마나 빨리 반응하고 상대보다 빠르게 판단해서 그 판단을 몸으로 움직이는가 하는 것을 결정하는 것이라고 할 수 있다. 즉, 상대보다 뛰어난 반응속도를 가지고 있다면 상대의 간격 안에 들어 있고, 상대의 공격이 먼저 시작되었다 해도 충분히 이겨낼 수 있는 것이다. 특히 난전에서는 더욱 빛을 발하게 되는 것이지. 오늘부터는 너의 반응속도를 기르는 훈련을 한다."

"예? 어떤 훈련을?"

새로운 훈련을 한다는 말에 남궁가휘는 조금 눈을 크게 뜨면서 사마수동을 바라보았다.

"일단 이십 보에서 시작하도록 하지. 반응속도의 기본은 냉철한 판단력과 공격을 살피는 안력, 그리고 기본적인 몸의 근육이다. 내가 돌멩이를 던질 테니 재주껏 피해봐라. 막아내거나 부숴도 좋다. 물론 돌멩이에 내공 따위는 쓰지 않는다."

방법을 가르쳐 준 사마수동은 작은 돌멩이를 한 움큼 주워서 남궁가휘로부터 이십 보 정도 떨어진 거리에 가서 마주 보고 섰다.

"자, 그럼 간다!"

피웅!

사마수동은 어떤 자세도 취하지 않고 돌멩이를 날렸다. 내공을 싣지 않고 던졌음에도 공기를 가르는 소리를 내면서 엄청난 속도로 남궁가휘를 향해 돌멩이가 날았고, 유심히 사마수동을 살펴보고 있던 남궁가휘는 어렵지 않게 피해내었다.

그렇게 남궁가휘의 반응속도를 기르는 훈련이 시작되었다.

이십 보에서 십 보로 줄고, 때로는 두어 개의 돌이 시간 차를 두고 날아왔다.

퍽!

"멍청한 놈! 보고 피하면 늦다! 느껴!"

또다시 돌이 날았다. 그렇게 피하고 맞으면서 돌의 속도와 갯수는 늘어갔고, 남궁가휘는 점차 익숙해지기 시작했다.

하루가 지나고 이틀이 지나 점차 익숙해질 때쯤 어느새 사마수동은 남궁가휘의 오 보 앞에서 돌을 던졌고, 모든 돌을 피해낼 수 있게 되었다.

그러자 다시 이십 보를 물러선 사마수동은 한백을 불러서 둘이서 돌멩이를 던졌다.

처음에는 돌을 피하지 못하고 온몸에 돌 세례를 받아야 했지만, 시간이 흐를수록 남궁가휘의 반응속도는 빨라졌고, 처음에 사마수동 혼자서 하던 공격을 대원 다섯이 공격해도 피해낼 수 있게 되었다.

마지막으로 한 것은 남궁가휘가 눈을 가리고 다섯 명이 전력으로 던져 대는 돌을 피해내는 훈련이었다.

   *   *   *

 남궁가휘는 최소의 움직임으로 상대의 공격을 피해내고 있었다.

 칼이 휘둘러지는 소리와 방향, 그리고 상대방의 움직임이 그대로 느껴지는 듯했다. 단지 미세한 기세에도 몸이 먼저 반응하면서 움직였다.

 그런 남궁가휘를 바라보는 사마수동의 입가에 작은 미소가 걸렸다.

 "후훗, 꼬맹이 놈. 어쩌면 조만간 나보다 강해질지도 모르겠군."

 사마수동은 나뭇가지에서 몸을 날리면서 남궁가휘를 공격하기 위해 숲에서 대기하고 있던 무인들의 등 뒤로 소리없이 떨어져 내려 무인들의 마혈을 점하면서 남궁가휘가 사라진 방향을 물끄러미 바라보다가 말했다.

 "이로써 환룡단의 천라지망은 뚫은 건가? 일단 집결지로 돌아가서 대주님과 다음 계획을 세워야겠군."

第八章

포달랍궁

戰鬼 전귀

1

서장의 중심 도시인 랍살.

서장 지역은 전체가 고원 지대였다. 가장 낮은 곳이 일천 장 이상에 달하는 거대한 산지로 이루어져 있기 때문에 랍살 역시 거대한 높이의 산맥 위에 존재하는 평평한 땅 위에 세워 진 도시였다.

랍살은 일 년 내내 하늘이 푸르다고 하여 세인들로부터 '일광성(日光省)'이라는 또 하나의 이름으로 불린다.

중원에서는 숭산의 소림사가 불문의 성지이자 무림의 태 두라고 한다면, 랍살에는 태초부터 대승불교의 한 갈래로 맥 을 이어 전해져 온, 밀교의 성지이자 어두운 곳에서 광영을 밝힌다는 바라밀교의 본산이 있는 곳이었고, 그 밀교의 중심인 대소사가 거대한 규모를 자랑하면서 서장무림을 이끌고 있다.

또한 대소사의 중앙 산에 속하는 포달랍산에는 밀교, 혹은 라마교의 수장이자 법왕이며 서장의 모든 이로부터 존경받아 성인으로 추앙받고 있는 달라이 라마가 살고 있는 포달랍궁이 우뚝 서 있었다.

포달랍궁의 심처에는 매우 수수하게 지어진 대전이 하나 존재했다.

자리의 높고 낮음 없이 모두가 평등한 위치에 사람이 앉을 수 있는 방석이 골고루 펴져 있었는데, 그곳이 바로 달라이 라마가 수행하는, 모든 이에게 불진을 설파하고 서장밀교의 모든 것을 결정하는 자리였으며, 또한 라마들이 그들의 스승이자 포달랍궁의 주인인 달라이 라마를 알현하는, 포달랍궁에서 가장 중요한 곳이었다.

지금 그곳에 한 명의 노승과 무인이 모락모락 김이 피어오르는 찻잔을 놓고 마주 앉아 있었다.

누런색의 가사 위에 붉은색 주단을 걸치고 짧게 깎아놓은 머리는 세월의 흐름을 느끼게 하듯이 희끗희끗한 결을 보여주었다. 앙상하게 마른 얼굴에는 고목의 그것처럼 주름이 가득했지만 가볍게 반개한 눈에서는 정광이 흘렀고, 입가에는 인자한 미소가 흐르고 있었다.

그는 매우 인상 좋은 보통의 노승과도 같이 수수한 모습이
었지만, 절대 무시할 수 없는 이름을 가지고 있었다.

겐둔 라마.

현재 서장을 다스리고 있는 절대자이자 활불이라 불리며
만인의 존경을 받는 자였다.
서장의 종파 간의 싸움에서 황모파(黃帽派)의 수장으로서
모든 종파를 밀어내고 포달랍궁을 차지하여 벌써 십수 년째
서장 일대의 절대자로 군림을 하고 있었다.
주름진 노안이 자신의 앞에 앉아 편안하게 차를 마시고 있
는 무사를 보면서 인자한 미소로 물었다.
"서장의 대은(大恩)이시자 근강신의 현신께서 모처럼 노라
마의 얼굴에 웃음을 짓게 하시는구려."
겐둔과 마주 앉은 무사는 노라마의 말에 작게 미소를 지으
면서 고개를 끄덕였다.
"라마께서도 그간 안녕하셨습니까? 몸에 퍼진 불기(佛氣)
를 보아하니 무언가 큰 것을 얻으신 듯합니다."
"허허, 다 부처님의 은덕이 아닐는지요. 자연의 품으로 돌
아가기 전에 석가께서 주신 은혜에 몸 둘 바를 모르겠습니다.
아미타불."
겐둔은 자신의 눈앞에 선 무인을 잘 알고 있었다.

이 남자로 인해서 지금의 자신이 있다고 해도 과언이 아닐
만큼 과거 바라밀교와의 세권 다툼에서 지대한 영향을 받았
기 때문이다.

과거 그로 인해 중원무림과 우호적인 관계를 가지게 되었
고, 지금 자신을 포달랍궁의 궁주이자 서장 밀교의 중심에 서
게 해준 그런 남자였다.

금강신(金剛神) 금대연(金大蓮).

무림의 어둠의 세계에서는 지옥야차(地獄野次)라 불리며,
서장에서는 금강신(金剛神)의 현신으로 불리는 남자.

무림맹 멸마단의 일대주이며, 중원의 모든 부를 지니고 있
다는 만금산장의 둘째.

그는 항상 우람한 구릿빛의 상의를 드러내고 윗옷을 허리
에 걸친 호남형 인상을 가진 사내였다.

과거 멸마단 일대가 포달랍궁의 세권 다툼이 있을 때 미래
의 무림맹과 서장의 관계를 위해 황모파를 지원 차 파견된 적
이 있었다. 그의 무력과 멸마단 일대의 무력은 황모파와 겐둔
라마를 서장의 하늘로 군림할 수 있게 결정적인 도움을 주었
다. 또한 그가 전투에 임할 때 양손에 검은빛이 도는 협봉쌍
검을 들고 상의를 헤치면서 야차처럼 적들을 베어버리는 모
습에 그를 칭송하기 위해 금강역사의 현신이라 불렀다. 그 이

후 금대연은 서장무림에서 가장 강한 무인이자 중원무림의 강자로 알려져 수많은 사람들로부터 흠모를 받았고, 멸마단 일대는 그 그세가 가히 대단하다 하여 '열다섯 명의 지옥금 강' 이라고 불리었다.

"은인께서는 어인 일로 이 먼 곳까지 오셨는지요?"

인자한 표정으로 물어오는 겐둔 라마의 물음에 금대연은 뜨거운 차를 불어가며 한 모금을 마시고 대수롭지 않게 말했다.

"아, 이번에 나곡 쪽에 일이 있어 왔습니다."

겐둔 라마는 금대연의 대답을 듣고 가볍게 고개를 끄덕이면서 찻잔에 손을 가져갔다.

"번뇌의 시기를 겪고 있는 한 남자 떠문인가 봅니다? 그 이야기라면 벌써 듣고 있지요. 살불(殺佛)들이 쫓고 있다는 이야기가 들리더군요."

겐둔 라마는 웃는 얼굴로 말했지만, 금대연의 얼굴은 순간 굳어버렸다.

"살불!"

여타의 세력에게는 잘 알려지지 않았지만, 밀교의 또 다른 얼굴이자 포달랍궁의 무공의 정수만을 익힌 살불.

모든 단체에는 항상 감추어진 이면이 존재했다. 세상의 모든 곳에 밝음과 어두움이 존재하듯이 정의로움을 추구하고 아름다움을 추구하는 곳에서도 그 이면은 존재했다.

아름다운 꽃의 이면에는 항상 그것을 키우기 위한 냄새나는 거름이 있어 그 아름다움이 유지될 수 있도록 돕는다.

황제가 사는 황성의 동창이 그러하였고, 중원무림맹에는 멸마단이 그러하였다. 또한 불문의 가르침을 전하는 소림마저도 금강나한이라 하여 마두를 단죄하는 이들이 있다. 마찬가지로 부처의 도리를 가르치고 고행으로 수행하는 밀교에는 소림의 금강나한승과 비슷한 개념으로 살아가는 자들이 있었는데, 그들이 바로 살불이라 불리는 자들이었다. 감정도 자비도 없는 지옥의 수문장이자 악인을 단죄하는 그들은 승려라기보다는 살인자에 가까웠다.

사실 말이 살불이라고 하여 부처 불(佛) 자를 붙여 쓰지만, 실제로는 라마교의 정적과 밀교에 해를 끼치는 이들 때문에 존재하는 무인일 뿐이었다.

금대연은 살불에 대해 매우 잘 알고 있었다. 치가 떨리도록 잔인하고 인성마저 버린 이들.

과거 그들의 잔인한 모습에 치를 떨었던 금대연이다.

감정도, 의지도 없는, 마치 생강시 같은 인물들. 불도를 걷고 있음에도 지독히도 잔인한 살인자들의 집단.

"그렇군요. 오는 길에 들은 바로는 붉은 가사를 걸친 라마승들이 보인다고 하더니, 바로 그들이었군요."

금대연은 인상을 굳힌 채로 자신의 앞에 놓은 차를 한 모금 마시고는 겐둔 라마를 향해서 눈매를 날카롭게 하면서 물었다.

"노라마, 라마께서도 설마 혈교의 부산물을 노리시는 겁니까?"

그런 금대연의 말에 미소 지으면서 겐둔 라마가 화답했다.

"무슨 말씀을……. 단지 그 저주받은 물건이 간악한 무리의 손에 들지 않기를 바람이지요. 허허허, 금강신께서 오해하신 듯합니다."

가볍게 손사래를 치면서 하는 말이지만 금대연은 알고 있었다. 눈앞의 인물이 어떤 인물인지. 과거 서장에서 임무를 수행할 당시 그의 옆에서 도우면서 그 야망이 얼마나 거대한지도 어렴풋이 알고 있었고, 마치 세상을 초월한 듯한 저 웃음 뒤에 얼마나 추악하고 잔인함이 숨어 있는지도 잘 알고 있었다.

'제기랄, 늙은 너구리. 이번 기회에 혈마자의 장보도를 얻어 중원에 개입할 생각이군.'

지금 겐둔 라마는 서장에서 일어나는 모든 일을 알고 있을 것이다. 아무리 사찰에 앉아 앙상한 손으로 차를 마시고 인자한 웃음으로 그 추악함을 감추고 있지만, 저들은 소림과 달랐다. 자신의 목적을 위해서라면 임신한 어미의 배를 갈라 아기를 죽이는, 겉과 속이 다른 양면성을 가진 수행자들.

아마도 이들은 이무기로 인해 무림이 시끄러운 틈을 타 중원무림에 개입을 시도할지도 모른다.

그들이 항상 불도의 성지이자 무림의 성지로 추앙받는 소림을 질투해 왔고, 중원무림의 위에 서고자 하는 야망을 가지고 있음을 잘 알고 있는 금대연으로서는 겐둔 라마의 웃음조차도 허투루 보이질 않았다.

더구나 살불들이 쫓고 있다면 그 목적은 단지 이무기뿐이 아닐 것이었다. 혈마자의 장보도.

'모두들 이무기란 놈이 가진 것에 대해 안달이군. 지금은 모두가 무림공적이란 의미로 참가하고 있지만, 정파든 사파든 이곳 서장이든 잿밥이 그들의 관심일 뿐이구나. 심지어 무림맹마저도……. 어쩌다 무림이 이 모양이 된 것이지? 언제부터 자신의 세력 키우기에 급급했던가? 썩어버렸군. 정말로… 관심없는 건 독곡과 마교일 뿐인가? 어쨌든 이무기가 절대로 이들의 손에 넘어가선 안 되겠군.'

금대연은 자신의 걱정을 마음속에 묻어둔 채 또다시 찻잔을 입으로 가져가면서 노라마를 향해서 웃었다.

"이만 가보아야 할 것 같습니다. 라마께서도 연로하신대 제가 너무 오래 붙잡고 있는 건 아닌지 모르겠습니다."

"무슨 말씀을. 수행을 하는 자가 어찌 잠시 동안의 고행을 마다하겠습니까? 추후 좋지 않은 일로 만나지 않길 빌 뿐이지요."

웃으면서 하는 말이었지만 그 속에는 은근한 협박이 깃들어져 있었다. 만약 자신들이 이무기의 신병을 확보하는 것에 방해한다면 절대 그냥두지 않겠다는.

금대연은 몸을 일으키면서 합장하면서 말했다.

"그럼 저는 이만 가보도록 하지요, 느라마."

겐둔 라마는 합장하며 고개를 숙인 금대연을 향해서 사람 좋은 미소를 띠었다.

몸을 돌려 대전을 걸어나가던 금대연은 문득 걸음을 멈추고 뒤도 돌아보지 않은 채 겐둔 라마에게 말했다.

"하지만 겐둔 라마, 조심하는 것이 좋을 것이오. 당신이 지금 행하고 노리고 있는 행동과 생각이 내가 짐작하고 있는 것이 맞다면, 우리는 절대 좌시하지 않을 것이오. 지난날 당신들은 우리에게 금강신이라 부르면서 당신들의 목적을 달성했지만, 만약 우리와 싸우게 된다면 당신들 역시 '지옥야차가 벌이는 피의 향연'을 볼 수 있을 것이으."

금대연은 노라마를 향해 더 이상 공경의 뜻을 보이지 않고 겐둔 라마의 이름을 직접적으로 부르던서 나지막하게 협박을 하고는 다시 걸음을 옮겼고, 그런 금대연의 뒷모습을 보면서 겐둔 라마는 말없이 입꼬리를 말아 올리면서 스산하게 웃었다. 그런 그의 얼굴에선 조금 전까지의 인자함은 찾아볼 수도 없었고, 오히려 잔인함만이 느껴졌다.

금대연은 겐둔 라마를 만나고 굳은 표정으로 포달랍궁의

정문을 나섰다.

"대주님, 표정이 좋질 않으시군요. 위선적인 그 늙은 너구리 역시 혈마자의 장보도를 노리는 모양이군요."

걸어나오는 금대연에게 다가오면서 일대의 부대주인 막사용이 묻자 그는 대답 대신 작게 고개를 끄덕이면서 말했다.

"그렇더군. 아마도 개입할 모양이야."

"땡중 녀석들, 역시나 제 버릇 개 주지 못하는군요."

막사용 역시 금대연의 말에 인상을 쓰면서 고개를 흔들었다.

"대주, 이참에 그냥 확 다 쓸어버리고 갈까요?"

그런 그들의 뒤로 거대한 곤봉을 어깨에 걸쳐 멘 장대한 체골의 무인이 입술을 씰룩이면서 큰 목소리로 말했다. 그런 그의 말에 금대연이 피식 웃으면서 말했다.

"하하, 패왕, 놔둬라. 아직 우리에게 직접적인 개입을 한 것은 아니니까."

"대주님, 언제든 말씀하십시오. 저런 땡중 자식들 으깨 버리는 건 파리 잡는 것보다 쉽습니다."

찰싹!

씩씩대면서 호기롭게 말하는 패왕의 거대한 어깨를 누군가 손바닥으로 때리고는 비웃음 섞인 목소리로 말했다.

"멍충아, 무슨 포달랍궁 애들이 동네 꼬만 줄 아니? 네가 쓴다고 쓸릴 것 같아? 하여간 덩치 큰 게 멍청하긴.”

여인의 목소리였다. 백색의 화려한 무늬가 수 놓인 경장을 허벅지까지 잘라내고 허리에는 얇은 은사 가닥을 칭칭 감아 맨 고혹적인 여류 무인.

그녀는 멸마단에서 몇 명 되지 않는 여성 대원이자 일대에 서도 부대주 다음으로 강한 여인이며, 그 무공만큼이나 아름 다운 몸매와 얼굴을 가진 사도휘연이었다.

“뭐얏! 멍청해? 이년이 죽을라고!”

같은 시기에 멸마단 일대에 들어와 지금까지도 항상 티격 태격하는 둘이였다.

그런 그들을 보면서 금대연은 슬쩍 웃음을 띠고는 고개를 돌리면서 말했다.

“일단 내려가지. 여기 있어봐야 크게 도움될 것은 없겠어. 한표, 장 선배는 어디 있다고 했지?”

금대연이 고개를 돌려 말하자 날씬한 몸으로 거대한 도끼 를 땅에 끌면서 뒤따라오던 무인이 대답했다. 그의 마른 몸에 붙어 있는 앙상한 팔과 거대한 도끼는 구척이나 이질적인 느 낌을 주었다.

“이대는 곤륜산 기슭.”

날카로운 인상에서 풍기는 느낌만큼이나 짧은 대답이었지 만, 그런 것에 그다지 신경 쓰지 않는 듯이 금대연은 피식 웃 으면서 고개를 돌렸다.

"그 양반은 그곳에서 또 무얼 하는 거지? 임무 하나 맡았다고 하던데 무사태평이구만. 하여간 자기가 하고 싶은 대로만 하는 사람이라니까. 이럴 때 좀 도와주지. 전귀라는 이름이라면 늙은 너구리도 함부로 말하지 못할 텐데 말이지."

금대연은 무림맹의 웬만한 적들로부터 두려움과 공포의 대상인 이대주 장영을 떠올리면서 표정을 샐쭉하게 한 채로 기분 좋은 미소를 지었다.

그의 푸념 섞인 말에 패왕과 티격태격하고 있던 사도휘연이 눈을 빛내면서 말했다.

"어? 한백 오라비, 장 가가께서 곤륜산에 있대? 대주님, 그럼 내가 가서 불러올까?"

초롱초롱 눈을 빛내면서 대주에게 말하는 사도휘연을 보면서 막사용이 혀를 차면서 머리에 꿀밤을 쥐어박았다.

"쯧! 이놈은 나이 서른에도 아직 철이 없냐! 콱, 그냥! 이대주님 말만 나오면 아주 사족을 못 쓰는구만! 얼른 저리 안 가! 대주님한테 버릇없게시리! 가서 패왕이랑 놀아, 임마."

"아씨! 다 큰 여자 머리를 때리냐! 사용 오라버니는 못됐어, 정말!"

머리를 한 손으로 만지면서 입을 삐죽 내민 사도휘연은 패왕의 곁으로 걸어가 고소해하는 패왕을 보면서 또다시 티격태격하기 시작했다.

그런 사도휘연을 보며 금대연이 싱긋 웃더니 막사용에게

말했다.

"그나저나 일단 이무기란 놈부터 만나봐야겠군. 사용, 가자. 목표는 이무기가 있는 나곡이다."

금대연은 막사용을 향해 짧게 명령하고 포달랍궁의 절벽 아래로 이어져 있는 길을 향해 몸을 날렸다. 그 뒤를 멸마단 일대의 무인들이 차례대로 몸을 날려 뒤따랐다.

2

"응? 왜 이렇게 귀가 가렵지?"

장영은 게슴츠레한 모습으로 한쪽 무릎을 의자에 올려 탁자에 기댄 채로 귀를 후볐다.

멸마단 이대는 남궁가휘가 천라지망을 빠져나갈 수 있게 도운 후에 안다 근처의 산속에 모여 늦은 저녁을 지어 먹으면서 새로운 작전 계획을 토의하고 있었다. 새로운 계획이 대충 세워질 때쯤 회의의 주관자인 장영은 여느 때처럼 듣는 둥 마는 둥하며 졸다가 무척이나 귀가 간지럽다는 생각이 들었다.

"대주님, 팔에 닭살 돋았는데요?"

적환이 장영의 짜증난 목소리에 고개를 돌리다가 그의 팔에 돋아난 소름을 보면서 말했다.

"어? 정말이네? 그러고 보니 갑자기 오한이 드는 것 같다."

“혹, 휘연, 그 녀석이 또 대주님 생각을?”

적환의 옆에 있던 사마수동이 먹고 있던 밥을 입에 문 채로 일대의 사도휘연을 생각하면서 말하자 그의 말을 따라 모여서 밥을 먹고 있던 대원들이 설마하는 표정으로 그를 쳐다보았다.

“맞을 거야. 휘연이 녀석, 대주님을 사랑하잖아. 세상에 남자는 대주님뿐이라고 생각하는 녀석이니까. 큭큭.”

북궁우천이 과거 사도휘연이 죽자 살자 대주를 쫓아다녔던 일들을 떠올리며 말하자 모두들 그때가 생각난 듯 킥킥대었다.

“시끄럽다. 대충 회의는 끝난 것 같으니까 다들 밥이나 먹어.”

장영은 귀를 후벼 파면서 귀찮은 듯이 몸을 일으켜 대원들이 식사를 하고 있던 곳에서 걸어나와 나무 아래에 몸을 누였다. 그런 그의 뒷모습에 대고 남학기가 사마휘연의 목소리를 흉내 내면서 놀리듯이 말했다.

“아잉! 대주님, 그러지 말고 제 마음을 받아주세요. 사랑해용.”

“캬캬캬캬!”

마치 사도휘연처럼 몸을 배배 꼬면서 말하는 남학기의 모습에 밥을 먹고 있던 대원들이 웃음을 터뜨렸다.

“휘익! 대주님, 한번 받아주시지 그러십니까? 그러다가 총

각귀신됩니다.”

“크헤헤헤헤.”

“그것도 안 쓰면 망가진다구요.”

“제가 좋은 정력제 하나 만들어 드릴까요?”

모두들 오랜만의 웃음에 말문이 터진 듯 몸을 기대어 잠을 청하는 장영을 향해 놀림 섞인 말을 한마디씩 던졌다. 그런 대원들을 보면서 이마에 핏줄이 돋아 오른 사마수동이 희미하게 미소를 지으면서 천천히 몸을 일으켜 허리춤으로 손을 옮기더니 ‘정신봉’을 꺼내 들었다.

“재밌지? 대주님 약 올리니까.”

잔인한 웃음을 띠면서 남학기에게 사마수동이 묻자 아직도 사태 파악이 안 된 듯 농담을 건넸다.

“헤헤, 부대주님도 아시잖습니까? 대주님이 아직 숫총각이시…….”

남학기는 말을 끝까지 이어가지 못했다. 사마수동의 이마에 오른 힘줄을 보았기 때문이다. 얼굴은 웃고 있었지만 분명히 화가 난 얼굴이었다.

“그래, 니들 참 많이 컸다. 감히 대주님한테 농담도 하고 말이지. 뭐, 안 쓰면 못 써? 정력제를 만들어서 어쩐다구? 잠깐의 농담으로 아주 대주님하고 친구 먹으려 해? 언제부터 우리 이대의 대원들이 대주님한테 농담까지 할 수 있었지? 요즘 군기가 많이 약해졌다. 그치? 그래, 내가 안일했음이야. 내 책임이 크다. 안 그래도 생각은 하고 있었는데, 니들이 기회를 만들어 바치는구나. 오늘 푸닥거리 좀 하자!"

자신의 밥그릇을 놓고 정신봉을 곧추세우면서 일어선 사마수동의 말에 웃고 있던 대원들은 모두가 그 상태 그대로 굳어버렸다.

"어? 어? 부대주님, 그냥 가벼운 농담인데……."

북궁우천이 사마수동의 얼굴을 보면서 굳어버린 얼굴로 변명하듯 말했다.

"그래, 농담이지. 암! 저기 산 보이지?"

사마수동이 가볍게 왼손을 들어 가리킨 방향으로 모두의 고개가 돌아가며 전방의 야산으로 시선을 옮겼다.

"녀석들, 어딜 보는 거냐? 거기 말고 그 뒤에 안 보여?"

또다시 대원들의 눈이 야산 너머로 시선이 닿았다.

그곳에는 희뿌연 구름에 가려 끝이 보이지 않는 수천 장 높이의 산이 희미하게 보였다.

"예, 보입니다만……."

정석의 말에 사마수동은 고개를 끄덕이면서 웃는 얼굴로 말했다.

"그럼 뭐 하냐? 니들, 얼른 안 뛰냐!"

혼잣말처럼 내뱉은 사마수동의 말에 이대의 대원들은 쥐고 있던 밥그릇과 숟가락을 놓고 어기적어기적 일어났다. 하지만 다음에 이어진 말에 번개같이 움직이면서 자신이 낼 수 있는 최고의 속도로 경공술을 펼치기 시작했다.

"선착순 한 명이다. 늦게 오면… 죽는다."

"이런 씨팔!"

"젠장할!"

"제길! 난 안 웃었는데……."

갑자기 튀어나가는 동작 빠른 동료를 보면서 뒤늦게 뛰기 시작한 정석이 울상을 지었다.

3

거대한 나무를 반으로 갈라 중간에 대를 붙여 만든 반 자나 되는 두께의 문 두 짝이 굳게 닫힌 채 마치 한 장의 그림처럼 그 중앙에 팔괘의 문양이 그려진 웅장한 정문.

그 정문의 기와 아래로 용사비등한 필체로 쓰인 네 자의 글귀.

창궁지혼(蒼穹之魂).

'푸른 하늘의 영혼'이라는 뜻을 가진 멋들어진 현판이 정문을 지나는 사람들을 굽어보듯이 걸려 있었다.

당금 무림에서 '창궁'이라는 글자를 현판에 쓸 수 있는 곳은 단 한 곳밖에 없었다.

검과 용병술로 이름을 드높였으며, 저 먼 옛날 한고조가 새
로운 세상을 연 이후 수많은 전쟁에 참여해 지금의 숭정제(崇
禎帝)의 시대에 이르기까지 무수한 장군을 배출하고, 하늘을
베는 듯한 그 검으로 세상 그 이면에 존재하는 자들의 세계인
무림에서 검으로 몇 손가락 안에 들어가는 거대한 세가인 대
남궁세가.

달마가 세수경과 역근경을 전하면서 발전하기 시작한 무
림이라는 세계에서 역사의 한 갈래를 당당하게 차지할 정도
로 그 힘과 위명을 가지고 있는 곳이었고, 무림에서 칼밥을
먹는 그 어떤 사람도 함부로 남궁세가를 대하지 않는다.

비록 무림을 구성하고 정파의 아홉 기둥이라 불리는 구파
의 아래를 차지한다는 오대세가의 하나였지만, 구파의 장문
인들도, 무림맹의 주인도, 심지어 마교의 교주도 그 역사와
힘을 인정하는 그런 곳이었다.

남궁세가는 안휘성의 남부를 동에서 서로 가로지르듯 흐
르는 양자강의 기슭에 위치한 황산을 뒤로하고 세워져 있었
고, 그곳에서 나는 품질 좋은 차의 매매업과 표국의 운영, 그
리고 무관을 운영하여 상계에서도 이름이 높았다. 그런 부유
한 재산으로 강이 범람하거나 기근이 올 때마다 일반 양민들
에게 온정을 베풀었기 때문에 세인들의 존경을 받았고, 황제
로부터 수많은 상과 기념비까지 하사받기도 했다. 뿐만 아니
라 남궁세가를 구성하고 그 힘의 주축이라는 일백의 검수대

인 창궁검수들은 무림에서도 정의롭고 바른 모습만을 보여 항상 수많은 무인들과 세인들의 존경을 받았다. 또한 일백 검수들이 펼치는 대창궁무애검진은 그 강대함과 위용으로 무림의 일절이라 불려도 손색이 없었다.

현 가주는 멸마단 이대의 찌질이인 남궁가휘의 아버지이자 무림오대검수 중 제이좌를 차지하고 있는 검왕 남궁창천이었다. 물론 그 위로 태상가주인 남궁므가 있었지만, 남궁창천이 가주를 맡은 이후 무림에서도 상계에서도 가장 큰 위세를 떨치고 있는 중이었다.

"허허허, 자네가 중원으로 나왔다는 소식은 내 일찍부터 알고 있었네."

"그래, 오랜만일세. 역시 자네에게 얻어먹는 차 맛은 여전히 일품일세."

대남궁세가의 대전은 오랜만에 찾아온 반가운 손님들로 인해 꽤나 활기를 띠고 있었다.

다음 해 차의 경작을 위해서 차밭에 관련된 업무를 보고 있던 가주의 동생이자 남궁창선은 갑자기 찾아온 젊은 시절의 친구인 북해의 강자 설한철을 알아보고는 반가움에 금세 정문을 열어 맞이하며 요리를 준비하라 시키고, 그사이에 대전에 마주 앉아 차를 마시고 있었다.

"이 사람, 중원에 들어왔으면 바로 이곳으로 오지 않고는."

남궁창선은 얼굴 가득한 웃음을 짓고 자신의 벗인 설한철에게 차를 다시 한 잔 건넸다.

친구가 건네는 차를 받아 드는 설한철 역시 좀처럼 그의 얼굴에서 찾아보기 힘든 화사한 미소를 짓고는 대답했다.

"아! 그게… 골치 아픈 일이 있어서 말이지."

"골치 아픈 일? 아, 그 소문 말인가?"

남궁창선이 요즘 세간에 떠도는 소문이 생각난 듯 무릎을 치며 말하자 설한철은 난색을 띠면서 고개를 끄덕였다.

"흠… 그럼 그게 전부 사실이란 말인가?"

설한철은 남궁창선이 묻는 말에 고개를 살며시 가로저었다.

"그게… 이 녀석이 전부 꾸며낸 것이라네. 아직 철이 없어서 말이야."

설한철은 쓸쓸한 미소를 띠면서 옆에 입이 한 자나 나와서 제법 다소곳하게 앉아 있는 설약벽을 힐끗 쳐다보고는 혀를 차면서 말했다.

"응? 꾸며? 무슨 소린가?"

"아, 그게 말이지, 이거참, 어디서부터 말해야 할지. 이 녀석 약벽아, 가만히 앉아서 무얼 하는 게야! 얼른 인사드리지 않고!"

난색을 표하면서 말을 머뭇거리던 설한철은 아직도 '악적(?) 이무기'를 쫓지 않고 갑자기 무림맹으로 갔다가 안휘성까지 넘어온 자신의 삼촌 때문에 입을 삐죽여 대는 자신의 조카에게 호통을 쳤다.

빙궁의 무사와 자신의 삼촌뿐이라던 당장이라도 땡깡을 부렸을 설약벽이지만, 손님이자 삼촌의 친구가 있는 자리에서까지 버릇없이 행동하도록 여의가 없진 않았기 때문에 설한철의 말에 가볍게 몸을 일으켜 남궁창선에게 곱게 인사를 했다.

"소녀, 북해를 다스리는 설가의 셋째인 설약벽이라 합니다."

무척이나 단아하고 고운 목소리로 여의 바르게 인사를 했다.

"오! 누군가 했더니 무림제일화 빙화 소저인 게로군. 허허허, 소문보다 훨씬 아름답구만 그래. 이거 한 살이라도 젊었다면 질녀에게 반하겠네그려."

"과찬이십니다."

남궁창선의 말에 살짝 볼에 홍조를 띠면서 미소 짓는 설약벽은 마치 하강한 선녀의 모습과 같았다.

"거참, 자태도 고운데 예의도 바르네그려."

남궁창선은 그런 설약벽의 도습에 흡족해하며 거듭 칭찬했다. 하지만 설한철은 그런 조카의 이면을 모두 다 알고 있었기에 속으로 코웃음을 쳤다.

'땡깡쟁이에 고집불통 말괄량이 같으니라구.'

그들이 그렇게 웃고 있을 때 식사가 준비되었다는 연락이
왔고, 남궁창선은 친구에게 식사를 권하면서 일어섰다.

"자자, 일어나시게나. 배고플 텐데 식사가 늦은 건 아닌가
모르겠네. 자, 질녀도 어서 가세. 아마도 자네가 왔다는 소식
에 아버님도 나와 계실 터이네."

"아! 남궁무 어르신 말인가? 젊은 시절 그분을 많이 존경했
었는데… 오랜만에 뵙게 되는군 그래."

"이 사람아, 안 그래도 가끔 북해로 보낸 상행단에 자네 소
식을 묻곤 하신다네. 허허허, 젊을 시절부터 자네를 무척이나
아끼시지 않았는가. 자, 어서 가세."

남궁창선은 속히 걸음을 재촉하면서 식당으로 걸어갔다.

4

"헐헐헐, 어여쁜 아가씨가 어찌 그런 소문을 낸 것인가? 헐
헐, 재미있구만 그래. 온 무림이 아주 젊은 처자의 세 치 혀에
속았구만 그래."

식사 시간이 지나고 술이 나오면서 무림에 퍼진 '북해빙궁
셋째 여식 강간 사건'의 전모가 밝혀지자 모두가 배를 잡고
넘어갔고, 남궁무의 옆에서 술을 따라 주던 설약벽의 얼굴은
붉은 홍시처럼 달아올랐다.

"이리도 어여쁜 아가씨가 어찌 그런 생각을 하였누. 곱기

도 하고 예의 바르기도 하구만. 우리 가휘가 함께 있었다면 중매라도 설 것을 아깝네그려. 헐헐헐.”

“그럼요, 아버님. 가휘 녀석의 배필이라면 무림제일화 빙화 소저 정도는 되어야지요.”

남궁무와 남궁창환이 얼굴이 발갛게 변해 더욱 고와 보이는 설약벽을 보면서 놀리듯이 말했다

바로 옆에서 듣고 있는 설약벽은 몸 둘 바를 몰라 했지만, 남궁창선과 술잔을 기울이고 있던 설한철은 마음속으로 ‘이때다’ 라고 생각하면서 사악한 미소를 지었다.

‘크크크, 잘됐다. 저 말괄량이의 배필을 정해서 얼른 떠넘겨 버려야지.’

“어르신, 무슨 말씀을요. 오히려 우리 약벽이에 비하면 가휘가 아깝지요. 예전에 그 녀석이 어릴 때 검기를 줄줄 뽑아내는 모습에 어찌나 놀랐던지. 가히 천재였지요, 천재. 허허허.”

“암! 우리 가휘가 내 손자라서 하는 말은 아니네만, 좀 멋있긴 하네. 헐헐헐.”

남궁무는 설한철이 손자를 칭찬하자 더욱 기분이 좋아졌다.

자신을 놓고 아직 얼굴도 모르는 남자의 배필로 말들이 많자 설약벽은 조금 기분이 조금 나빠졌지만, 식사 때부터 지금까지 남에 대해 칭찬에 인색한 삼촌이 침이 마르도록 칭찬하

자 은근히 관심이 생기기도 했다. 더구나 어쩌나 잘생겼는지 무림명이 옥면공자라고 했다. 더구나 일곱 살 때 검기를 뽑아 내어 휘두를 정도면 스물이 넘은 지금은 과연 어느 정도의 능력을 가지고 있을지 상상조차 가지 않았다.

"이번에 가휘 녀석이 멸마단 이대에 들어갔다면서요?"

설한철이 마치 떠보듯이 눈치를 보면서 슬쩍 남궁무에게 물었다.

"그렇네. 우리 가휘라면 반드시 멸마단에 들어가야지. 정파의 눈이 썩은 것이지. 무슨 쓰레기네 무어네 하지만, 어디 그들이 그런 존재인가? 무림의 기둥을 받쳐 주는 주춧돌 같은 존재들이 아닌가, 이 말일세."

남궁무가 술이 조금 들어가자 취기에 분개하면서 소리를 쳤다.

"암요. 멸마단이야말로 무림맹의 진정한 힘이라고 할 수 있지요. 더구나 이대주는 무림에 알려지지 않았다 뿐이지 그를 제대로 아는 자라면 함부로 경시하지 못하지요. 더구나 그 교주와도 한판 붙었구요."

설한철은 남궁무의 기분을 맞춰주기 위해서 동조했다.

"그렇지. 예전에 노호광창이니 뭐니 하면서 존경하더니만… 몹쓸 놈들 같으니. 허허, 갑자기 그가 생각나는구만. 그가 아니었으면 나도 지금껏 살지 못했을 것이네."

남궁무는 고개를 끄덕이면서 과거 전귀 장영이 자신을 도와주었던 일이 생각나는지 두 눈을 잠시 감았다가 떴다.

"하여간 가휘 녀석을 장 대주에게 보내두었으니 아마도 배우는 것이 많을 게야. 암."

남궁무는 짐짓 확신에 찬 음성으로 말했다.

설한철은 지난번에 만났던 '악적(?)' 이 남궁가의 적자이자 멸마 이대의 신입 무인인 남궁가휘임을 거의 확신했다. 더구나 벌써 자신의 조카이자 처녀인 설약벽의 알몸을 본데다가 남궁세가라면 설약벽의 혼처로도 손색이 없었다. 결국 은근히 마음속으로 다짐을 한 설한철은 술을 한 잔 따라 들고 남궁무에게 말했다.

"안 그래도 우리 약벽이가 과련한 나이가 되어 혼처를 찾고 있었는데, 어떠십니까? 추후에 가휘 녀석이 돌아오면……?"

'둘이 혼례를 치르는 것이 좋지 않겠습니까?' 라는 말을 생략하면서 남궁무의 의사를 물었다.

"응? 혼인 말인가?"

처음 들었을 때는 조금 의아한 생각이 들었지만 남궁무는 설한철이 따라 준 술잔을 들고 입가로 가져가면서 잠시 동안 머릿속으로 고민을 시작했다.

'응? 설약벽이랑? 그럼 북해의 힘과 연결되는 것인가? 북해의 힘이라면 마교에 필적하는 힘. 더구나 설한빙, 그 사람이라면 딸을 함부로 가르치지는 않았을 터. 외간 남자에게 몸을 보인 것이 좀 맘에 걸리긴 하지만 사고였지 않는가? 아니지. 북해의 힘을 얻을 수 있다면 그 까짓것 정도야.'

거기에 생각이 미치자 남궁무는 남궁창천을 돌아보았다.

"이보게, 가주, 어떤가? 괜찮지 않겠는가?"

남궁창천 역시 같은 생각을 하고 있었던 듯 만면에 웃음을 띠고 고개를 끄덕였다.

"암요, 아버님. 저런 고운 처자가 며느리로 들어온다면 당연히 맞아들여야 도리지요."

설한철은 일이 자신의 뜻대로 돌아가자 기분이 좋아졌다.

무림맹이나 남궁세가에서는 잘 모르는 듯했지만 지금은 모습을 바꿔 무언가 임무를 수행하고 있는 듯했고, 무림의 전 이목이 집중되어 무척이나 위험해 보였지만, 자신이 아는 한 전귀가 자신의 수하를 위험하게 놔둘 리는 없었다.

더구나 얼마 전에 보았던 그의 무공은 거의 자신보다 조금 모자라거나 혹은 필적할 만한 수준의 것이었다. 그 나이 또래에 그 정도라면 앞으로의 발전 가능성은 무궁무진한 무인.

거기다가 상계와 중원에서 그 입지가 견고한 남궁세가의 적자이자 다음 대의 가주가 될 사람이었고, 전귀에게 진격공보를 배웠다면 그의 수하 정도가 아니라 제자라고 봐도 무방할 터였다. 그렇다면 형님인 빙궁의 주인마저도 인정한 강자의 힘을 더불어 얻게 될 가능성도 있었다. 조카 역시도 그런 이야기에 관심을 보이면서 귀를 기울이는 것이 싫지 않은 듯했다.

설한철은 다시 술을 따르면서 권했다.

"하하하, 이거 참, 오랜만에 중원에 나와 남궁가와 더욱 견고한 인연을 맺게 되어 웃음이 그치질 않습니다. 자, 한잔 드시지요."

"어허, 이 사람, 이것이 인연뿐인가? 이젠 가족일세, 가족!"

남궁창천은 설한철의 말에 더욱 웃으면서 말했다.

"그나저나 당사자나 자네 형님의 허락을 얻는 것이 순서가 아닌가?"

남궁무가 갑자기 생각난 듯이 술잔을 들이키고 설한철에게 묻자 설한철이 웃으면서 대답했다.

"어르신도 참, 가휘의 영명함이야 북해에도 유명한 것을 무얼 걱정하십니까? 아마 형님도 흡족해하실 겁니다. 제가 장담하지요. 더욱이 남녀 간의 사랑이라는 것이 원래 살면서 돈독해지는 것이지요. 하하!"

술자리는 더욱 깊어가고 웃음소리는 더욱 커져 갔다.

정작 당사자인 남궁가휘의 의사와는 전혀 상관없이 혼례에 대한 중요한 약속이 오갔고, 옆에 앉아 있던 설약벽도 어느새 '악적'에 대한 생각은 사라지고 남궁가휘에 대해 상상하기 시작했다. 물론 자신의 알몸을 본 '악적'이 자신의 상상과 동일 인물이 될 것이라고는 생각도 못했다.

第九章

살승, 그리고 분노

戰鬼
전귀

1

허기가 지고 피로가 온몸에 쌓였다.

늘어진 눈매의 아래는 시커멓게 변해 귀기마저 풍겨내고 있다.

이무기로 변한 남궁가휘는 벌써 며칠째 밥도 못 먹고 쫓겨 다니는 고생을 하다가 가까스로 포위망을 탈출해 인적이 드문 산기슭에 닿았다. 하지만 어둠 속의 숲을 헤치면서 달렸기 때문에 그곳이 어딘지조차 확인이 불가능했다.

"헤엑! 헤엑!"

입에서는 단내가 났다.

남궁가휘의 행동은 무척이나 조심스러웠다. 한 발 한 발을 소리가 나지 않게 신경 써서 움직이면서 어두운 곳에 몸을 은신했다. 한 번도 익혀보지 않은 귀식대법이나 은신술을 본능적으로 체득하기 시작한 듯했다.

이미 포위망을 돌파해 무인들과의 격전이 없은 지도 벌써 한나절은 되었는데, 몇 날을 굶어 정신이 혼미한 상태였기 때문일까? 또다시 공격해 올지도 모른다는 생각이 머리를 지배했고, 그런 생각 때문인지 온몸의 세포들이 작은 소리와 움직임에도 반응했다.

조심스레 발을 옮기면서 도착한 곳은 사람이 찾지 않는 작은 마을이었다.

짚으로 얼기설기 묶어서 만든 허름한 초옥 두세 채가 원을 이루며 모여 있었다.

문 옆으로 만들어진 창에서는 호롱불의 미세한 불빛이 새어 나오고 있었고, 간간이 웃음소리와 사람들의 말소리가 들렸다.

“이보게, 행신 아비, 행신이 글은 안 가르칠 거여?”

늙은 노인의 음성.

“아부지, 글은 무슨 글입니꺼? 입에 풀칠하는 것도 힘든데. 하하, 그냥 우리 행신이는 산하고 들이랑 벗 삼아서 살게 놔둘라요.”

“응. 나 그냥 할배랑 아배랑 여서 살래. 글 배우는 거 싫어.”

늙은 노인의 음성에 이어 중년의 농부와 꼬맹이의 말소리가 들렸고, 식사를 하는 듯 숟가락이 그릇을 긁어대는 소리가 들려왔다.

"이놈아, 그래도 사내자슥이 글은 좀 알아야 하는겨."

행신이라 불린 아이의 어미인 양 투덜대는 아낙의 목소리도 들렸다.

"거참, 여편네하고는. 글은 배워 어다 쓰누? 어차피 땅 파묵는 게 업인디. 흰소리 말고 밥이나 더 퍼!"

행신 아비는 행신 어미에게 타박을 주면서 그릇을 내밀었다.

남궁가휘는 초옥의 담벽에 기척을 지운 채 붙어서 퀭하게 귀광이 흐르는 두 눈으로 사방을 훑었다. 자신의 감각에는 대화를 나누는 초옥 안의 가족들 이외에 다른 인원은 잡히지 않았다.

그렇게 주위를 살피던 남궁가휘의 코를 자극하는 냄새.

"응?"

무언가 타고 있는 듯한 냄새와 함께 섞여 자신의 코를 자극하는 향기에 남궁가휘의 얼굴이 굳었다. 향기에 목울대를 타고 본능적으로 침이 넘어갔다.

꿀꺽!

"이… 이 냄새는?"

향기가 나는 방향으로 남궁가휘의 고개가 급격하게 돌아

갔다. 항상 소중함을 모르고 지내오던 그 향기. 어릴 때는 먹지 않는다고 투정을 부린 적도 있었고, 싫어하는 것이 나올 때면 편식을 하기도 했던 그런 소중한 향기였다.

"밥이닷!"

남궁가휘가 도주를 하면서 지금껏 유지해 온 이성의 끈이 끊어졌다. 그의 머리와 감정은 식욕의 본능만이 지배했다.

마치 먹이를 덮쳐 가는 한 마리 호랑이의 움직임처럼 전광석화와 같은 속도로 향기가 흐르는 방향으로 몸을 날리는 남궁가휘. 그곳엔 자신의 주린 배를 채워줄 진수성찬이 마련되어 있었다. 자신이 먹기 편하게 좀 낡은 듯한 그릇에 국물과 밥을 말아서 놓았고, 막 꺼내놓은 듯 김이 모락모락 피어오르고 있었다.

벌써 열흘 가까이 굶은 남궁가휘는 짐승과도 같은 눈빛으로 밥이 담긴 그릇을 탐닉하기 시작했다. 숟가락이 없었지만 그건 중요하지 않았다. 단지 지금 남궁가휘에겐 한 끼의 식사가 무엇보다도 중요했다.

2

행신이가 기르고 있던 황구는 때 아닌 적을 만나 밥을 빼앗기는 초유의 사태를 경험하고 말았다. 누가 말했던가. '밥 먹을 때는 개도 안 건드린다'고. 하지만 지금 이 순간만큼은 다 거짓말이라고 짖고(?) 싶은 황구였다.

주인이 언제 가져다 놓았는지 국밥을 자신이 늘 먹던 밥그릇에 담아 집 앞에 가져다 놓은 것을 자다 일어난 눈으로 보고 기분이 좋아져서 먹으려던 찰나였다. 자신의 동물적 감각(?)을 후벼 파듯이 자극하는 살기에 온몸에 털이 곤두선 황구는 깜짝 놀랐다. 무언가 자신을 향해 다가온다는 느낌이 들었다. 이 느낌은 분명 얼마 전 마을로 내려온 한 마리 호랑이나 고구마 밭을 헤집던 멧돼지 따위의 느낌과는 사뭇 다른 공포를 느끼게 했다.

잔뜩 긴장해서 몸을 움츠리면서 이제껏 한 번도 해보지 않은 뒤로 걷기를 시도해 집으로 기어들어 가 숨어 지켜보는데 나타난 것은 사람이었다. 아니, 사람 같은 짐승이었다. 생긴 것은 사람 형상인데 느낌은 짐승과도 같았고, 야밤을 돌아다니던 발 없는 귀신 같기도 했다.

황구의 황당함은 도를 넘어서고 있었다. 정말 어이가 없는 황구였다.

감히 개밥을 뺏어먹다니……. 자신이 살아온 십이 년간의 축생 동안 처음 경험하는 일이었다.

황구는 우렁차게 목청을 돋우어 짖고자 했으나 갑자기 자신을 노려보는 지옥 야차와도 같은 눈빛에 몸이 뻣뻣하게 굳어버렸다.

마치 '이놈의 개새끼! 어디 짖기만 해봐. 너도 먹어버릴 테다' 라고 강렬하게 말하는 듯한 눈빛이 자신의 몸에 와 닿자 소름이 돋았다. 이놈은 위험하다. 개보다 더한 놈.

결국 황구는 오늘 저녁을 별 개 같은 놈에게 빼앗겨 버렸고, 생애 처음으로 억울함에 눈물이 나왔다.

'제길, 내 밥인데……'

혀로 깨끗하게 그릇을 핥으면서 모처럼 만의 포만감을 느낀 남궁가휘는 불러오는 배를 보면서 기분 좋은 미소를 지었다. 지난 열흘간 너무도 힘들었지만, 지금 이 순간의 밥맛은 정말로 꿀맛 같았다.

그리고는 한 번에 몰려오는 피로에 눈이 감겨왔다.

흐릿하게 세상이 보인다고 느껴지자 남궁가휘는 본능적으로 쉴 곳을 찾았다. 그런데 그곳에 마치 자신을 위해 준비 한 듯이 십일월의 겨울 초입에 대비해 짐승 털로 만든 이불을 깔아놓은 작은 공간이 보였다.

"저기가 따뜻하겠다."

몽롱해져 가는 정신으로 짐승 털을 손가에 잡으며 말아 당기고는 이내 몰려오는 피로에 곯아떨어진 남궁가휘였다.

3

막 장영의 명령을 받고 남궁가휘가 있는 곳에 도착한 북궁우천은 앞쪽에서 일어나는 상황에 어이가 없어서 그저 입을 벌리고 바라볼 수밖에 없었다.

분명히 남궁가휘를 몰래 따르다가 자신과 교대한 이경이 이쯤이라고 말한 것 같은데 그는 남궁가휘의 모습을 찾을 수가 없었다. 뿐만 아니라 남궁의 기세도 느껴지지 않았다. 애송이라고만 생각했던 꼬맹이가 벌써 자신의 감각에서 벗어날 수 있는 은신 능력을 지녔다는 생각에 감탄이 절로 나왔다.

그에게 들키지 않기 위해 초옥 근처의 술이 많은 나무에 숨어 이곳저곳을 살피던 중 갑자기 남궁가휘가 번개 같은 움직임으로 뛰쳐나오는 것이 아닌가? 깜짝 놀랐다. 방금 자신이 지켜보다가 발견하지 못한 곳이었기 때문이다. 너무나 놀라서 심장이 튀어나오는 줄 알았다.

그런데…….

갑자기 튀어나온 남궁가휘가 최고 수준의 격공보를 펼쳐한 짓은 지금의 자신이 짓고 있는 표정을 자아내게 하는 데 일조했음은 물론 앞으로 두고두고 꼬맹이를 약 올릴 수 있는 사건을 마련해 주었다.

밥을 먹으려고 나온 개조차도 어이가 없는 표정을 짓는 듯했다.

개밥 그릇에 한참 동안이나 얼굴을 묻고 마지막에는 깨끗하게 핥아가면서 먹어대는 남궁가휘의 모습에 할 말을 잃었다.

더구나 다 먹고 나서 저렇게 기분 좋은 얼굴이라니……. 트림까지 한다.

그리고 이제는 개집에 들어가더니 개를 끌어안고 잠을 청했다.

어째서 남궁가휘의 눈에는 개집 바로 앞에 있는 초옥은 보이지 않는 것일까? 더구나 그들도 밥을 먹고 있었는데……. 멀리 있는 자신에게도 들린 소리였는데 말이다.

그런 남궁가휘를 보면서 북궁우천은 황당함에 고개를 절레절레 저었다.

"이건… 버릴까?"

북궁우천은 자신의 손에 들린 보자기를 바라보다가 다시 남궁가휘를 바라보자 피식 웃음이 나왔다. 왠지 측은해지는 느낌이었다.

"저 녀석, 처음엔 그렇지 않았는데 꽤나 힘들었던 모양이네. 일단 아직 포위망이 펼쳐진 나곡에서 벗어나질 못했으니 잠시 쉬어두는 것도 좋겠지."

사실 북궁우천이 이경과 교대해서 남궁가휘를 찾아온 것은 장영의 명령 때문이었다.

"야, 우천아, 지금쯤 꼬맹이 배고픔에 쓰러질 것 같을 거야. 더구나 지난번에 당한 게 있어서 사냥도 안 할 거고, 긴장감 때문에 조심스러울 거야. 네가 가서 밥 먹이고 와라."

그런데 남궁가휘는 알아서 잘(?)해 나가고 있었다.
멸마단의 누구보다도 생존에 대한 능력이 뛰어나 보였다.

4

서장 정천현의 이름 모를 산자락에 살고 있는 행신이네 집.
행신 아비는 그다지 별 볼일 없이 산에서 나는 약초와 사냥
을 해서 근근이 생활비를 벌어 가족을 부양했고, 마을에 사는
사람들과 공동으로 화전을 일구며 살았다.
원래 중원의 해안가에서 어부를 하면서 살았지만, 언제부
턴가 해적들로 인해서 고기를 잡을 수가 없게 되었고, 탐관오
리들이 말도 안 되는 세금을 붙여대면서 괴롭히는 통에 고향
을 떠나 떠돌아다니다가 서장에서 한 여인을 만나 이곳 화전
민촌에 정착을 했다.
그후 행신이를 낳고 처의 부모를 부양하면서 행복하게 살
고 있었던 것이다.

"황구야! 밥 먹어!"
행신이는 오늘도 황구의 아침밥을 준비해서 활짝 웃는 얼
굴로 황구의 집 앞으로 걸어갔다. 황구의 집은 행신이가 아버

지가 해다 준 싸리나무를 얼기설기 엮어서 만들어준 것이었
는데, 어른 하나가 들어가고도 남을 크기였다. 아무리 개라도
큰집에 살고 싶어할 거라면서 고집을 피워 만든 것이었기에
여느 개집과는 달리 제법 컸다.

"황구야! 밥 먹으라니까!"

행신이는 황구가 밥 먹으라고 불러도 나오질 않자 표정을
샐쭉하게 만들면서 귀엽게 인상을 찡그리고는 재차 말했다.
그래도 황구가 대답이 없자 약간 걱정이 되기도 했다. 그러고
보니 조금 이상한 기분이 들었다. 평소라면 벌써 집 앞에 나
와서 밥 달라고 고래고래 짖어댈 놈이 오늘은 무슨 바람이 불
었는지 낌새조차 없다.

"황구야?"

행신이는 이상한 생각이 들자 황구의 집 입구에 고개를 들
이밀고 불렀다.

그곳에는 황구가 웬 알 수 없는 거지 같은 몰골의 남자에게
잡혀 울상을 짓고 있었다.

분명히 개였지만 울상을 지으며 목이 메이는지 짖지도 못
하고 큰 눈에 눈물 비슷한 습막이 어리는 것을 행신은 보았
다.

괴인은 한참을 감지 않은 듯 헝클어진 머리가 얼굴을 가려
식별이 힘들었고, 다 해진 백의(白衣)는 어디서 주워 입기라
도 한듯 더럽고 역한 냄새가 났다. 어떻게 저런 걸 입고 있는

지 의문이 드는 행신이었다.

"어?"

행신은 궁금증이 일었다. 분명히 사람이 들었다면 평소 강한 척해대는 황구가 짖지 않았을 리 없는데 꽉 껴안겨서 움직이지도 못하면서 숨소리도 조심스럽게 내고 있다는 사실이 의아스러웠다.

"으으음."

호기심에 살금살금 괴인의 곁으로 다가가던 행신이는 갑자기 괴인이 뒤척여 대자 화들짝 놀라서 황구의 집을 빠져나와 초옥으로 뛰어가면서 어미를 불렀다.

"어메! 어메!"

행신은 어찌나 놀랐는지 행신의 외침에 부엌문을 열고 뛰쳐나온 어미의 품에 순식간에 파고들면서 황구의 집을 향해 손가락질을 했다.

"저기! 저기!"

"이눔아, 뭘 말이여? 뭔 소리여?"

행신 어미는 경기를 일으키는 행신을 안고 행신이 가리킨 손가락을 따라 바라보았지만, 황구의 집 말고는 아무것도 없자 놀라서 말을 더듬고 있는 행신의 얼굴을 보면서 물었다.

"이눔아, 차근차근 말해봐. 뭣에 놀란 겨?"

행신 어미는 아들을 가슴께에서 떼어놓고 무릎을 꿇고 앉아 물었다.

"저기! 저짝에 황구가 잡혀 있어! 황구가 잡혀 있다니까!"

행신이는 눈물마저 글썽대면서 어미에게 이르기 시작했다.

"이놈아, 멀쩡한 황구가 어째 잡혀 있다는 거여?"

행신 어미는 행신의 글썽이는 눈물을 먼지가 가득히 묻은 엄지손가락으로 닦아내고는 훌쩍거리는 행신의 코를 잡아 풀게 했다.

그리고는 치맛자락을 잡고 뒤에 숨은 행신을 데리고 황구의 집으로 걸어갔다.

"이놈의 개새끼가 어째 우리… 에?"

행신 어미는 황구가 놀래킨 것이라고 생각하고는 혼내줄 요량으로 허리를 숙여 황구의 집의 들여다보고는 이내 할 말을 잃었다.

그곳에는 행신이가 본 것처럼 거지 꼴을 한 웬 남자가 누워서 황구의 털을 부여잡고 자고 있었다.

5

이무기의 모습인 남궁가휘는 행신 어미가 준 밥을 숟가락으로 떠먹으면서 연신 자신을 바라보고 있는 가족들을 살펴대고 있었다.

밥을 먹고 있는 남궁가휘의 주위로 무엇이 그리 신기한지 행신 아비를 비롯해 행신의 할아버지와 행신 어미가 초롱초롱 눈을 빛내면서 그의 얼굴을 바라보고 있었고, 행신이는 여전히 남궁가휘의 몰골이 무서운 듯이 어미의 뒤편에 붙어서 경계의 눈빛을 띠었다.

그런 행신이네 가족을 조심조심 살피면서도 남궁가휘의 손과 입은 쉴 새 없이 움직이면서 상 위에 차려진 밥과 나물을 비워내고 있었다.

"자, 물도 마셔."

환한 미소를 띠면서 행신의 할아버지가 대접에 물을 가득 담아서 내밀었다.

벌컥벌컥!

남궁가휘는 이내 밥을 다 비우고는 행신의 할아버지가 준 물 대접을 받아 마셨다.

"원 사람도. 한 며칠 굶은 모양이구만. 쯧쯧, 불쌍하기도 하지."

행신 아비의 말이었다.

행신의 아비는 자신이 과거에 탐관오리의 수탈에 화가 나 죄를 짓고 쫓기던 그때의 모습이 떠오른 모양인지 측은한 표정으로 남궁가휘를 바라보았다.

"휴우!"

물 한 대접을 금세 비우고는 긴 숨을 몰아 내쉬면서 그제야 자신을 둘러싼 사람들의 얼굴을 똑바로 본 남궁가휘는 그들이 순박한 양민들에 불과함을 알게 되었고, 이내 눈에서 경계를 풀어버렸다.

"감사합니다, 어르신."

남궁가휘는 자신에게 한 끼의 식사를 대접해 준 노인과 그의 가족에게 너무도 고마운 마음이 들었다. 지금 자신이 처한 상황만 아니라면 뭐라도 주어 은혜를 갚고 싶은 심정이었다.

"아니여. 뭐가 감사한가. 어려운 사람끼리 다 돕고 살아야제. 암만."

행신의 할아버지는 거듭 감사하다며 고개를 숙여 인사하는 남궁가휘를 보면서 손사래를 쳤다.

"에고, 젊은 사람이 안됐구만. 어째 쫓기는 듯하니 말이여."

행신 아비가 그의 몰골을 보고는 남궁가휘가 자신처럼 죄를 짓고 쫓겨 지낸 것이라고 생각했다. 사실 쫓겨 다닌 것은 맞지만, 그의 상황과는 완전히 다른 이유 때문이었다.

"아, 그게… 하하!"

남궁가휘는 멋쩍게 웃음을 흘렸다.

"이보게, 행신 어멈, 이 사람 옷이라도 좀 빨아두게."

행신 아비는 안타까움에 혀를 차면서 행신의 어미에게 빨래를 해줄 것을 권했다.

"내 정신 좀 보게. 이리 들어오게. 내 옷이 맞을지 모르겠지만."

행신 아비는 남궁가휘의 손을 잡아끌면서 방 안으로 들어 갔다.

"아니… 그게… 그러지 않으셔도……."

"괜찮네. 나도 그럴 때가 있어 잘 아네. 어여 들어오시게."

한 시진 정도가 지나고 남궁가휘는 어느새 그동안 씻지 못했던 몸이며 머리카락을 씻어내고 촌부의 옷으로 갈아입어 말끔한(?) 모습을 하고 방 안에 앉아 행신의 할아버지와 대화를 나누고 있었다.

'무슨 사람이 이래도 신기하게 생겼누.'

꾀죄죄할 때는 몰랐는데 땟국물을 씻어내고 나자 무척이나 웃긴 얼굴을 하고 있음에 행신의 가족들은 웃음이 났다.

"크흠."

터져 나오는 웃음을 삼키면서 행신의 할아버지가 헛기침을 했고, 행신의 아비와 어미는 웃음을 참느라 벌게진 얼굴을 돌렸다.

"푸풋!"

허벅지를 꼬집어가면서 참고 있던 행신 어미는 도저히 터져 나오는 웃음을 참지 못하겠는지 부리나케 방문을 열고 나가 버렸다. 방음이 안 되는 초옥이었기에 마당에서는 미친 듯이 웃어젖히는 행신 어미의 소리가 고스란히 들렸다.

그런 행신 가족의 모습에 남궁가휘는 이마에 힘줄이 돋으면서 가까스로 부끄러움을 삭였다.

"크흠! 쯧쯧, 여편네하고는. 사람 앞에서 예의 없게."

자신도 웃었으면서 행신의 아비는 부인을 타박했다.

"괘, 괜찮습니다. 제가 봐도 웃긴 걸요."

남궁가휘는 자신에게 한 끼의 식사와 따뜻함을 전해주는 고마운 사람들에게 차마 화를 낼 수가 없었기에 울상을 지으면서도 괜찮다고 해대었다.

그때 행신이가 말했다.

"크헤헤헤, 이 아저씨, 진짜 못생겼다."

빠직!

또다시 남궁가휘의 이마에 힘줄이 돋아났다.

"이놈아, 아무리 못생겼다고 사람 앞에서……. 험험! 철없는 아이의 말이니 괘념치 마시게."

다시 한 번 상처 입은 남궁가휘의 마음에 왕소금을 뿌려대면서 행신의 아비가 위로 아닌 위로를 해왔다.

'제길, 이게 다 그 계집애 때문이야.'

화도 내지 못하는 남궁가휘는 울고 싶은 심정이었고, 결국 옥면공자 남궁가휘에게 시집올 꿈을 꾸고 있는 설약벽이 괜스레 미워졌다.

6

“이 길로 들어선 게 맞는가?”

야비한 인상에 붉은 가사를 입은 승려가 땅에서 흔적을 찾아가면서 길을 안내하는 무인에게 물었다.

“예, 확실합니다. 놈의 종적이 이곳으로 이어졌습니다. 남아 있는 흔적이 지난밤쯤이고, 그 후의 흔적이 없는 것으로 보아 아마도 이 근처에 있는 듯합니다.”

“흠… 그럼 이곳이겠군. 십이살, 이 일대를 샅샅이 뒤져라!”

“……..”

야비한 인상을 가진 승려의 명령에 뒤에 있던 한 승려가 말없이 합장을 하며 몸을 날렸고, 스무 명 정도의 승려가 그 뒤를 따랐다.

한 시진여가 흐른 후 십이살이라 불린 승려가 수하들과 인근을 수색한 뒤 돌아와 자신에게 명령했던 일살승에게 보고했다.

“일살승님, 놈의 종적은 더 이상 발견되지 않았습니다만, 이 근처에 작은 마을이 있습니다. 그곳을 뒤져 보는 것이 좋을 듯합니다.”

길게 눈을 찢으면서 야비한 미소를 띤 일살승은 살며시 고개를 끄덕이더니 앞장서서 걸었다.

"좋아, 가보도록 하지. 크크크."

일살승은 승려라고 하기에는 너무도 잔인한 웃음을 흘리면서 행신이네가 살고 있는 마을을 향해서 걸어갔고, 얼마 가지 않아 일살승의 일행은 마을 입구에 도착했다.

마을 근처에는 산을 개간해서 만든 화전을 장정과 노인이 함께 뒤섞여 일구고 있었고, 몇 명 되지 않는 아낙들이 나물을 캐고 있었다.

승려들이 짐짓 인자한 표정으로 다가가자 땅을 일구고 있던 사람들이 환한 미소를 지으면서 합장을 해왔고, 일살승과 그의 일행은 마주 합장을 해주었다.

"고생이 많으십니다."

방금 전의 잔인한 표정과는 정반대의 표정을 지으며 웃는 일살승은 무척이나 사람 좋아 보이는 미소를 띠면서 노인에게 합장했다.

"아이고, 스님, 웬 말씀을요. 그저 이리 사는 것도 부처님 은덕이지요. 헐헐."

이름 없는 촌부에게 합장을 하며 고개를 숙이는 승려의 모습에 노인은 무척이나 황송한 표정을 지으면서 이빨 없는 입으로 웃으면서 연신 고개를 숙였다.

일살승은 그런 노인에게 여전히 환한 미소를 지으면서 말했다.

"어르신, 제가 묻고 싶은 것이 있어서 그러는데, 사람들을 좀 모아주시겠습니까?"

"예?"

갑자기 사람을 모아달라는 말에 의아해하면서 일살승을 바라본 노인은 인자한 미소를 지으면서 웃고 있는 그 모습에 별 생각 없이 웃으면서 사람들을 불러 모았다.

"아, 예. 잠시만 기다리소. 여보게들, 잠시 이쪽으로 모여보게나!"

노인의 부름에 일하고 있던 대여섯 명의 사람이 어기적어기적 걸어와 모였다.

"혹여… 이곳에 어제 웬 사내가 오지 않았는지요?"

"예?"

모두가 일살승의 얼굴을 바라보았다.

"아!"

모인 사람 중 누군가가 짧은 감탄성을 내뱉으면서 오늘 아침 행신이네로 와서 행신 아비를 따라 뒷산 너머로 사냥을 간 한 젊은이를 생각해 낸 듯 말하려고 했다. 순간 일살승의 눈에 기광이 스쳤다.

맨 처음 일살승과 대화를 나누었던 노인은 갑자기 일살승의 눈을 흐른 기광을 오랜 기간 살아온 삶의 느낌으로 무언가 좋지 않다는 생각이 들어 말하려던 젊은이의 말을 끊으면서 말했다.

"없습니다만, 어째서 그러시는지?"

일살승은 말을 끊어버린 듯한 느낌의 노인의 말에 살짝 짜증이 일었고, 그것이 그의 표정에 언뜻 드러나는 듯했다. 그의 그런 표정을 놓치지 않고 본 노인은 자신의 생각이 틀리지 않았음을 본능적으로 알았다.

'이 사람들, 좋은 뜻으로 그를 찾는 게 아니구나.'

"아, 그렇습니까? 그렇군요. 전 또 이쪽으로 온 것으로 알았습니다."

일살승은 이내 얼굴에서 짜증을 지우고는 미소를 띠면서 합장을 했다.

"무슨 말을요. 이 쪼만 한 동네, 사람 하나 든 것을 내 어찌 모르겠습니까? 헐헐."

노인의 말이 별로 신뢰가 되지 않았지만, 일살승은 게슴츠레한 눈으로 노인의 웃음 띤 얼굴을 잠시 노려보더니 그다지 특별함이 느껴지지 않자 빙긋이 웃으면서 합장하고 몸을 돌렸다.

"이곳에 없는 듯하군요. 돌아가지."

그때였다. 동네 어귀에 살고 있는 춘삼이가 소피를 보러 갔다가 동네 사람들과 승려들이 대화를 나누는 장면을 보고는 의아하다는 표정으로 웃으면서 말했다.

"얼레? 또 외지인이네? 거참, 어제부터 외지인이……."

순간 분위기가 이상함을 느낀 춘삼은 마을 어른이자 촌장인 왕곡 노인이 자신을 째려본다고 느끼면서 뒷말을 흐렸다.

"왜요? 지가 못할 말이라두?"

몇 발을 걸어가던 일살승의 몸이 멈추어 섰다.

잔인한 웃음을 흘리는 그의 얼굴은 마치 지옥 나찰처럼 일그러지면서 왕곡 노인을 향해 고개를 돌렸다.

"크크크크크."

일살승의 몸에서 스산한 기운이 퍼져 나갔고, 그의 기세에 왕곡 노인과 동네 사람들은 몸에 소름이 돋아 올랐다. 가만히 있는데도 이빨이 부딪쳐 왔다. 눈에 살기를 피워 올리면서 몸을 돌린 일살승은 왕곡 노인을 향해 비웃음을 흘렸다.

"천한 늙은 놈이 나를 속이려 했구나. 크크크크."

그의 얼굴은 방금 전의 인자하던 표정이 아니라 흉신악살과도 같은 모습으로 변해 있었다.

"감히… 이 나를 상대로……"

일살승의 손에서 검은색 기운이 일렁이더니 무언가 손 안에 모인다는 느낌이 나는가 싶더니 왕곡 노인의 몸이 서서히 무너져 내렸다. 얼굴의 반쪽이 날아가 버린 채로.

"으헉!"

"꺄악!"

쓰러지는 왕곡 노인을 보면서 영문을 몰라 하던 동네 사람들은 머리의 반쪽이 마치 칼로 베어낸 듯이 반듯하게 잘려 나가면서 쏟아지는 뇌수와 핏물을 보고는 비명을 질러대기 시작했다. 아낙들은 눈을 가리며 주저앉았고, 장정들은 두려움에 온몸을 떨며 무릎을 꿇고 빌어대기 시작했다.

"아이고, 살려주십시오! 제발! 저희는 행신이네가 재워준 걸 본 죄밖에 없습니다요!"

와중에 심장이 약한 이가 오줌을 싼 듯 지린내가 사방으로 퍼졌다.

한 수에 왕곡 노인의 명을 따버린 일살승이 인상을 찡그렸다.

"천한 놈들. 하는 짓마저 천하구나."

마치 징그러운 벌레라도 본 듯이 자신의 바짓가랑이를 부여잡고 빌어대는 한 장정의 머리를 일말의 감정 기복조차 없이 밟아 터뜨려 버린 일살승은 수하들에게 명을 내렸다.

"이살, 놈을 찾아라! 나머지는 지우도록 하지. 또한 오랜만에 육보시를 해도 좋다."

승려라고 하기에는 너무도 잔인한 말이었다.

동네 사람 전부를 죽이겠다는 의미를 가진 명령이었고, 아낙들을 욕보여도 좋다는 말이었다.

"크크크크, 알겠습니다."

이살이라 불린 승려는 마치 뱀처럼 혀를 날름거리면서 모여 있던 동네 사람들을 향해 다가갔다. 그 뒤로 역시나 비슷한 느낌의 웃음을 띠면서 나머지 승려들 역시 벌벌 떨고 있는 아낙들에게로 걸어갔다.

동네 장정들은 너무도 잔인한 그들의 표정과 행동에 다리가 풀린 듯 엉금엉금 기어서라도 도망가기 위해 애를 썼고, 아낙들은 어느새 승려들에게 머리채가 잡혀 끌려갔다.

이살은 마치 작은 잠자리를 잡아 날개와 다리를 뜯어가면서 희열을 느끼는 악동처럼 기어서 도망가는 장정들의 팔을 산 채로 뜯어내었다.

"끄아악!"

"제발… 살려줘! 제발!"

한쪽 팔이 뜯어져 나가 핏물을 쏟아내면서도 남아 있는 손으로 어떻게든 빌어보려는 듯 애처로은 모습의 장정이 마음대로 움직여지지 않자 눈물을 흘렸다. 뜯어져 나간 한쪽 팔의 아픔보다 공포가 더 큰 듯 어떻게든지 살아남고자 했다.

"크크크, 벌레 같은 놈들. 거짓을 고하는 그 입, 부처께서 용서치 않을 터."

빠각!

승려의 발이 남은 한쪽 팔로 기어가는 사내의 입을 깨부수었다. 핏물이 튀면서 턱 언저리가 빠지고 이빨이 튀어 나갔다.

"크어어어어."

입을 맞은 장정은 엄청난 아픔에 말도 못한 채 짐승의 울음과도 같은 비명성을 토해내었다. 이살은 마치 그것을 즐기듯이 히죽이면서 또 한 발 다가갔다.

"그동안 살면서 온갖 욕설과 좋지 않은 것들을 들어온 그귀 또한 부처께서 용서치 않을 것!"

찌이익!

이살의 손에 의해 사내의 귀가 뜯겨져 나갔다.

사내는 이미 정신을 잃어버린 듯했지만, 생존에 대한 본능은 남아 있는 듯 계속해서 한 팔로 땅을 긁어내듯이 짚어가며 도망치려 했다.

"이생에서의 수많은 죄업들, 모두 용서되지 않음이니 그만 죽어라. 크크크크."

잔인하게 사내를 괴롭히던 이살의 손가락이 사내의 심장 부근을 파고들었고, 갈비뼈를 부러뜨리면서 그대로 뜯어내어 버렸다.

펄떡! 펄떡!

이살은 사내의 가슴에서 뜯겨져 나와 펄떡이는 뜨거운 심장을 손에 쥐고는 히죽이면서 웃더니 자신의 입가로 가져갔다. 스님으로서 할 수 없는, 사람으로 해서는 안 되는 천인공노할 짓을 저지르고 있었다.

이살이 그렇게 한 명 한 명 사내들을 마치 벌레를 괴롭히듯이 죽여가고 있을 때, 다른 승려들에게 끌려간 아낙들은 이미 온몸의 옷이 벗겨진 채로 윤간을 당하고 있었다.

반항하다가 맞아 죽은 채로 욕보이고, 한 사람, 한 사람이 여러 명에 의해 윤간을 당했다. 그런 풍경을 바라보는 일살승은 무엇이 그리도 기분이 좋은지 만면에 웃음을 가득히 띠고 합장을 했다.

"크크크, 이제 그놈을 재워준 행신이네를 찾아야겠군."

붉은 가사를 펄럭이면서 그는 천천히 행신이네가 있는 마을 안쪽으로 걸어 들어갔고, 그 뒤로는 이미 고혼이 되어버린 마을 사람들이 대지에 핏물을 쏟아내면서 누워 있었다.

7

행신 어미는 해가 중천에 가까워 오자 점심을 준비하기 위해 솥에 물을 붓고 있었고, 행신이는 황구와 함께 장난을 치면서 무료한 시간을 보내고 있었다. 그런 그들을 바라보면서 행신의 할아버지는 즐거운 미소를 띠었다.

행신 어미는 솥에 물을 부어두고 밥할 쌀을 가져오기 위해 마당에 나갔다가 놀고 있는 행신을 바라보다가 문득 누군가 자신의 집으로 다가오는 인기척이 느껴지자 사립문을 바라보았다.

사립문께로 다가오는 사람들은 평소에 잘 볼 수 없었던 스님 일행이었다. 처음에는 탁발을 하러 온 스님인가 했는데, 점차 많은 일행이 눈에 보이자 행신 어미는 무슨 일인가 싶어 궁금증에 사립문께로 다가갔다.

"악!"

행신 어미는 누군가가 자신의 머리채를 껍질째 잡아 뜯어

살승, 그리고 분노 241

버릴 듯 잡아채자 외마디 비명을 질렀다.

"일살님, 이년은 제가… 크크크."

방금 전까지 마치 사람 목숨을 장난처럼 가지고 놀던 이살이 행신 어미의 머리채를 잡은 채 회가 동한 듯 연신 헛바닥으로 자신의 입술을 쓸면서 일살에게 말했다.

"크크, 좋도록 해. 어차피 극락왕생할 촌부가 아닌가."

너무도 태연하게 사람의 목숨을 한낱 미물처럼 생각하는 말이었다.

일살은 잠시 생각하더니 재미있다는 표정을 지으면서 행신이를 보고 말했다.

"이살, 어떤가? 저 어린놈에게 제 어미가 능욕당하는 꼴을 보게 하는 것은?"

"크크크, 재미있을 듯하군요. 처음 해보는 것이지만 제법 흥이 날 듯합니다."

이살은 일살승의 말에 무언가 심오함이라도 담겨 있는 듯 고개를 끄덕이고는 행신 어미의 머리채를 잡고 행신이네 마루로 끌고 갔다.

"뭐야! 울 엄마한테 그러지 마! 놓으란 말이야!"

행신은 어미의 고통에 겨워 찡그린 인상을 보면서 악다구니를 쓰며 이살에게 달려들었고, 행신의 할아버지는 그런 행신을 말리기 위해서 맨발로 뛰어나왔다.

꽉!

이살이 손쓸 틈도 없이 행신은 어미의 머리채를 잡고 있는 이살의 손등을 물었다.

"아얏!"

꽤 강하게 물었음이었을까, 아니면 어린 꼬마의 치기쯤으로 생각하고 방심했음일까? 무공을 수십 년 익혀온 이살은 자신의 손등이 행신에게 깨물리자 순간 아픔을 토로하듯 작게 비명을 지르면서 머리채를 잡고 있던 손을 놓아버렸다. 그런 이살의 모습을 보고 무척이나 우습다는 듯 일살승의 옆에서 아무 말 없이 있던 승려가 이살을 비웃었다.

"크크크, 이살, 어린놈에게 된통 당했구나. 일반 혈살승들도 있는데 말이지. 크크크."

이살은 그런 승려를 슬쩍 흘겨보다가 자신의 손을 보았다. 손등에는 행신이의 이빨 자국이 선명하게 남아 있었다. 갑자기 화가 났다.

"이런 천하디천한 놈이 감히!"

퍼억!

화가 난 이살은 화난 모습 그대로 어미 앞을 지키고 서서 자신을 노려보는 행신의 뺨을 날렸다. 행신의 어리고 여린 몸으로는 무공을 수련한 이살의 힘을 이기지 못했음인지 고개가 돌아가면서 땅에 곤두박질치듯이 처박혔다. 행신의 할아버지는 그런 행신을 보더니 기겁하면서 뛰쳐나와 안고는 눈물을 흘리면서 빌었다.

"아이고, 스님! 이 어린것이 세상물정을 몰라서⋯⋯. 용서
하십시오! 산에서, 들에서만 자란 놈이라 철이 없습니다! 제
발⋯ 저희들이 무얼 잘못했다면 제발 용서하십시요!"

행신의 할아버지는 노쇠한 목이 터져라 울먹이면서 이살
에게 빌고 또 빌었다.

그런 노소를 바라보면서 이살은 더욱 화가 났다.

"이런 개 버러지 같은 천한 것들이 감히!"

화를 내면서 다가가려던 이살은 문득 자신의 가사 자락을
부여잡은 행신 어미 때문에 잠시 멈추어 섰다.

"이보, 스님! 무슨 일이든지 시키는 대로 할 터이니 제발 우
리 행신이만은 살려주오! 제발!"

"이런 썅! 이것들이 무슨 경극 찍는 줄 아나!"

퍼퍽!

화를 내면서 가사의 소매 자락을 부여잡은 행신 어미를 발
로 차버리고는 그래도 화가 삭지 않는지 몸이 튕겨 나가는 행
신 어미의 머리채를 부여잡고 질질 끌면서 쓰러진 행신과 행
신 할아버지의 곁으로 걸어갔다.

"좋아, 노인네. 지금부터 아이를 깨우라고. 알았지?"

행신의 할아버지는 공포에 질려 이살의 말에 쉴 새 없이 고
개를 끄덕이고는 부리나케 행신을 깨웠다.

"행신아! 행신아! 어여 일어나 보그라!"

행신이 발갛게 부어오른 얼굴로 실눈을 뜨고 억지로 깨어

나면서 아픈 듯이 인상을 찡그렸다. 행신의 턱은 맞았을 때 이미 빠져 버린 듯 덜렁거리고 있었다.

"잘 봐라, 꼬맹아. 네가 한 행동이 어떤 결과를 초래하는지 말이지."

이살은 실눈을 뜨고 자신을 바라보는 행신의 앞으로 그 어미의 머리를 들이밀고는 손가락을 세워 두 눈을 찔러 버렸다.

"끄아아아악!"

행신은 말도 나오지 않았다. 지금 자신의 눈앞에서 자신의 어미가 이름 모를 쓰레기 같은 놈에게 눈이 찔려 비명성을 질러대고 있다. 눈물이 흘렀으나 말은 나오질 않았다. 목울대를 지나 차마 뱉어내지 못한 말은 목 언저리 아래를 맴돌면서 공허한 울음만 흘렀다.

"크크크, 눈뜨고 잘 봐라. 이제부터 네 어미가 어찌 죽는지."

너무도 잔인한 표정으로 행신의 머리채를 잡아 올려 자신의 눈을 들이밀고 말한 후 행신 어미의 옷을 순식간에 찢어내 버리고는 자신의 하의를 풀어가는 이살의 모습에 행신은 소리조차 내지 못했고, 억울하고 분함이 어린 눈에서 피눈물이 흘러내리기 시작했다.

행신의 할아버지는 두려움에 오줌을 지리고 있었고, 두려움에 떠느라 행신의 눈을 가릴 수가 없었다. 죽고만 싶었다. 늙은 몸이 죽어서라도 행신과 그의 어미를 살릴 수 있다면 그리하고 싶었다.

행신의 눈앞에서 그의 어미가 능욕을 당했다. 이살의 손가락에 의해 깊이 파여진 눈에서 눈물인지 핏물인지 모를 물기를 흘려내면서 연신 자신의 아들을 걱정하는 행신의 어미는 죽어가고 있었다.

"제발… 제발 우리 행신이만은… 부탁이요. 나는 어찌 돼도 좋으니 제발 우리 행신이만은…….''

자식 앞에서 수치스럽게 능욕당하며 죽어가면서도 끝내 아들을 걱정하는 행신 어미를 보면서 행신 할아버지와 행신은 아무런 말도 하지 못했다.

이윽고 자신의 욕정을 풀어낸 듯 이살의 움직임이 끝나고, 그는 바지춤을 추켜올리면서 일어섰다. 그런데 무엇이 그리 기분 나쁜지 찡그린 인상으로 말했다.

"젠장할, 이런 버러지 같은 년!"

퍼억!

인간으로서 해서는 안 될 짓을 버젓이 하고 난 이살은 일말의 양심의 가책도 없이 행신 어미의 벌거벗은 몸을 발로 차버렸다.

행신이 피눈물을 흘리면서 일어나 이살의 발길질에 처마에 머리를 박고 죽은 어미를 향해 천천히 걸어갔다.

"어… 어… 어…….''

행신은 목을 타고 차마 나오지 못하는 말을 끝끝내 내뱉으려 하면서 아직 따뜻한 어미의 시체를 끌어안았다.

"어… 으아아아앙!"

이윽고 어미의 시체를 끌어안은 채로 울음을 터뜨린 행신은 자신이 힘이 없음이 분했고, 끝까지 자신의 목숨을 지켜내려던 어미가 불쌍해 쉬지 않고 눈물을 흘렸다.

어느 순간 눈물을 흘리던 행신은 억울함과 분노가 극도에 달해 그만 혼절해 버렸다.

그런 모습을 보고 있던 행신의 할아버지는 무력한 자신에게 화가 치밀어 칠십이 넘은 노쇠한 몸으로 이살에게 덤볐다.

"이런 개 호로자식 같은 놈들아! 개돼지만도 못한 놈들!"

하지만 일개 촌부가 가진 힘으로 무공의 고수를 이길 수는 없었다. 이살이 가볍게 내지른 손에 복부가 찢어지면서 내장이 쏟아져 나왔다.

"끄어어억! 이런… 개잡놈들! 부처님께서 절대… 네… 네 놈들을 용서치…….."

행신의 어미와 할아버지는 정신을 잃은 행신을 두고 그렇게 목숨을 잃었다.

일살승은 그런 행신의 가족을 보던서 이내 흥미를 잃은 듯이 태연하게 말했다.

"저 꼬마 놈의 아비가 있을 터, 다마도 그놈과 함께 있겠지. 삼살!"

방금 전까지 행신에게 손이 물린 이살을 비웃던 승려가 일 살승의 부름에 답했다.

"옛!"

"동네 초옥에 불을 질러라. 연기가 피어오르면 멀리서라도 보고 뛰어오겠지. 우린 여기서 놈을 기다린다."

"존명!"

삼살은 일살승의 명령이 떨어지자 가볍게 합장하고는 자신을 따르던 승려들에게 무언가 명령했고, 승려들은 행신네 집 부엌에서 밥을 짓기 위해 아궁이에 피워둔 장작을 집어 들고 짚으로 만들어진 초옥 지붕에 던져 올렸다.

순박하게만 살아가던 행신의 동네는 그렇게 불타올랐다.

8

"저… 아저씨, 제가 사정이 있어서……."

남궁가휘는 자신을 사냥에 끌고 가는 행신 아비에게 수차례 '밥을 주신 건 고마운데 이만 가보아야겠습니다'라고 말하고 있었다.

"쉿!"

행신 아비는 그런 남궁가휘의 말을 들은 체도 않고 조용히 하라는 듯 입가에 손가락 하나를 세워서 가져갔다. 행신 아비는 남궁가휘의 사정이야 어찌 됐든 지금 이 순간만큼은 눈앞

에 자신의 가족을 먹여살려 줄 멧돼지 한 마리를 잡는 것이
중요했다.

"조용히 하게. 흐흐흐, 저놈 보라구. 살이 투실투실 오른
것이 오늘 저녁엔 우리 동네 사람들 포식하겠구만 그래. 우리
행신이 놈도 오랜만에 고기를 원없이 뜯겠어. 흐흐흐."

행신 아비는 저놈을 잡아먹으며 기뻐할 동네 사람들과 아
들의 얼굴이 상상되는 듯 함박웃음을 지으면서 남궁가휘에게
조용히 소곤거렸다.

'휴, 이거 참, 언제 또 놈들이 나타날지 모르는데……'

남궁가휘는 혹여 자신을 쫓는 무리가 나타날까 하여 날카
로운 눈빛으로 사방을 훑어보았다. 다행히도 그곳에는 자신
과 행신 아비밖에 없는 듯했다.

행신 아비는 자신의 등에 메여진 작은 활을 꺼내 들고 품에
서 작은 약병을 꺼내더니 화살촉을 담갔다. 사방을 살피다가
그런 행신 아비의 행동에 남궁가휘가 구슨 약일까 궁금해하
며 물끄러미 행신 아비의 행동을 지켜보자, 행신 아비는 히죽
거리면서 말했다.

"이것 봐, 이게 바로 우리 동네에서 단든 마비약이구만. 왕
곡 어른이 언젠가 발견한 약초 잎을 갈아서 즙을 낸 것인데
효과가 아주 좋지. 자네도 오늘 내가 사냥하는 걸 배워두게.
차후에 쓸 일이 있을 것이여."

사실 행신 아비가 보여주는 마비약 따위는 없어도 멧돼지

같은 동물 정도는 순식간에 주먹으로 때려잡을 수 있는 남궁
가휘였다. 하지만 자신이 무림인인 줄 모르는 순박한 행신 아
비의 따뜻한 마음이 느껴져서 미소를 지으면서 고개를 끄덕
였다.

"아… 예. 좋겠군요."

"암만. 이거 한 방이면 호랭이 녀석도 맥을 못 춘다니께.
물론 그게 다 내 활 솜씨가 좋으니께 가능한 거지만 말이여.
동네서 내가 제일 잘 쏜다네. 흐흐흐, 우리 행신이 녀석한테
도 언능 가르쳐 주어야지. 그 녀석, 똑똑해서 금세 날 뛰어넘
을 것이여."

행신 아비는 마비약을 묻힌 화살을 활에 재면서 자기 자랑
에 아들 자랑을 했다. 하지만 남궁가휘는 그런 행신 아비의
모습이 밉지 않았다.

"그럼요. 분명 그럴 겁니다."

남궁가휘가 맞장구를 치면서 소곤대자 행신 아비는 기분
이 좋아졌다.

역시 자신의 눈이 틀리지 않은 듯했다. 생긴 것은 좀 웃기
게 생겼고, 언뜻 보면 조금 야비해 보인다는 생각도 들었지
만, 그의 행동거지가 예의 바르고 마음씨가 착해 보이는 것이
아마도 예전의 자신처럼 억울하게 쫓겨 다니는 것이 분명하
다는 생각을 굳혔다.

행신 아비는 남궁가휘의 얼굴을 함박웃음을 지은 채 잠시

바라보다가 활을 들어 십오 장 정도 떨어진 위치에서 나무뿌리를 캐느라 정신이 팔려 있는 송아지만 한 멧돼지를 겨누었다.

핑!

화살이 활대의 탄성을 이용해 포물선을 그리면서 쏘아져 나갔다.

터억!

꾸에에엑! 꾸에엑! 꾸에엑!

멧돼지는 나무뿌리를 캐고 있다가 갑자기 날아온 화살에 엉덩이가 꿰이자 분노가 치밀어 올랐다. 씩씩대는 기세로 몸을 돌려 자신에게 감히 공격을 감행한 두 인영을 노려보았다.

꾸에에에에에에!

'이리 와. 니들 죽었어!' 라그 말하는 듯 괴성을 지르면서 땅을 박차더니 갑자기 행신 아비와 남궁가휘를 향해서 질주해 오기 시작했다.

두두두두두두두!

고개를 살짝 내려 그 둘을 핏발이 선 눈으로 노려보면서 달려오는 멧돼지를 보고 멍하니 서 있던 행신 아비는 냅다 뛰기 시작했다. 남궁가휘는 갑자기 뛰는 행신 아비의 행동에 영문을 몰라 어리둥절한 채 가만히 서 있었다.

"이 사람아! 뛰엇!"

“에?”

벌써 멧돼지는 남궁가휘의 지척까지 다가오고 있었고, 그제야 남궁가휘는 ‘이런 제길!’ 이라는 짧은 당혹성을 내뱉으며 뛰기 시작했다. 평소라면 경공이라도 펼쳐 금세 벗어났겠지만, 행신 아비의 행동에 정신이 팔려 있던 남궁가휘는 오로지 두 다리의 힘만으로 뛰었다.

멧돼지는 거침이 없었다. 자신의 몸을 가로막는 작은 나무나 넝쿨 따위는 무시한 채 남궁가휘의 꽁지를 좇아 달려왔다.

한참을 뛰어 남궁가휘가 숨이 턱에 차오를 때쯤 갑자기 달려오던 멧돼지의 속도가 점차 느려지기 시작하더니 잠시 후 마치 걷듯이 움직이더니 눈을 뜬 채로 옆으로 쓰러졌다.

터엉!

제법 육중한 몸이라 털썩이면서 쓰러진 곳에선 먼지가 자욱하게 피어올랐다.

“헥헥헥! 콜록콜록!”

남궁가휘는 갑자기 뛴 터라 차오른 숨을 몰아쉬면서 먼지 때문에 기침을 했다. 잠시 숨이 돌아오자 고개를 들어 땀이 흘러 찡그려진 눈으로 이곳저곳을 둘러보며 행신 아비를 찾았다.

“어? 어디까지 가신 거지?”

남궁가휘가 행신 아비가 보이지 않자 소리를 질러 그를 부르려던 찰나, 자신의 머리 위쪽에서 들려오는 소리에 고개를 들었다.

"이보게! 헛헛, 잡았구만 그래."

행신 아비는 언제 올라갔는지 나무 위에 올라가서 웃음을 지으면서 엉거주춤하게 나무줄기를 잡고 내려오고 있었다. 남궁가휘는 그런 행신 아비를 브면서 미리 말해주지 않은 것에 대해 조금 섭섭한 감정이 들었다.

'이 아저씨, 생각보다 동작이 빠르시네. 에구, 조금은 고수가 된 줄 알았더니 멧돼지 따위에게 쫓기다니. 하하!'

남궁가휘는 멍하니 서 있던 자신이 굿났다 생각되어 빙긋이 웃고는 내려오는 행신 아비를 받아주려다가 행신 아비의 한마디에 몸이 굳어버렸다.

"허허, 비실비실하게 생겨먹은 못난이인 줄로만 알았더니, 자네 제법 몸이 날래구만."

빠직!

'이 아저씨가 진짜! 확 그냥!'

남궁가휘는 아무 생각 없이 웃으면서 쓰러진 멧돼지의 멱을 따는 행신 아비를 보며 주먹을 부르트 떨었다.

그렇게 멧돼지를 잡아 함께 먹을 생각을 하니 즐거워진 행신 아비는 콧노래를 흥얼거리면서 서둘러 등에 둘러메고는 마을로 발걸음을 옮겼다. 꽤나 큰 덩치의 멧돼지였지만, 행신 아비는 전혀 무겁지 않은 듯했다.

그런 행신의 아비를 따라서 마을 어귀의 산자락에 도착한 남궁가휘의 눈에 들어온 것은 마을 쪽에서 피어오르는 검은 연기였다.

큰불이 난 듯 타고 오르는 불길이 멀리서도 선명하게 보였다.

"이… 이건……?"

남궁가휘가 갑자기 놀란 듯 경악성을 내뱉자 등에 멘 멧돼지 때문에 고개를 숙여 땅을 보고 있던 행신 아비가 그를 돌아봤고, 무언가 심상치 않은 표정에 남궁가휘의 시선을 따라 천천히 고개를 돌렸다.

그곳엔 붉은 화마가 넘실대면서 자신의 마을을 집어삼키고 있었다.

"허헉! 불이! 불… 행신아! 행신아이!"

행신 아비는 불이 난 것을 보고 서서히 표정이 경악으로 변하며 눈이 동그랗게 커지더니 이내 메고 있던 멧돼지를 던져버리고는 부리나케 마을을 향해 뛰어내려 가기 시작했다. 약간 높은 듯한 턱에서 몸이 굴렀지만 전혀 개의치 않고 오뚝이처럼 일어나 몸을 내달렸다.

"아이고! 행신아!"

남궁가휘는 불타오르는 마을과 정신없이 뛰쳐나가는 행신 아비의 모습에 왠지 모를 불안감이 느껴졌다.

"서, 설마 무림맹이?"

자신을 쫓던 무림맹이 설마 이런 외진 곳의 양민들이 사는 순박한 마을을 공격했을 리가 없었다. 이들은 아무것도 모르는 무지렁이에 불과할 뿐이었다. 근지 땅을 파먹으면서 자연과 벗 삼아 순응하면서 살고 있는 그런 사람들. 그런데, 그런데 만약 무인들이 이 같은 짓을 저질렀다면 절대 하늘이 용서하지 않을 것이다. 더구나 멸마단에 들어와서 봐온 무림맹의 추악하기만 한 이면. 설마 아무리 추악한 면을 가지고 있고, 자신들의 목적을 위해 수단과 방벽을 가리지 않는다고는 하지만.

남궁가휘는 마음을 짓누르는 불안감을 느끼면서 행신 아비를 따라 몸을 날렸다.

자신이 낼 수 있는 최대의 속도로 몸을 날리던 남궁가휘는 마을 어귀에 도착해서 몸을 멈출 수밖에 없었다.

몇 안 되는 시체였지만 너무도 잔인하게 죽어 있는 사람들.

팔과 다리는 어디로 갔는지 보이지도 않고, 머리가 터진 채 꾸역꾸역 피를 뿜고 있는 모습. 쓰러진 시체들은 벌써 마을의 화전을 혈전으로 바꾸어놓았다. 야비한 까마귀 떼는 시체들의 눈을 쪼아 먹으며 남궁가휘가 몸을 떨며 다가와도 길만 비켜설 뿐 도망갈 생각도 하지 않았다.

고개를 이리저리 돌리며 바라본 풍경은 지옥의 한 모습과 같았다. 자신을 보면서 신기하게 생겼다고 웃어대던 아낙들은 윤간을 당했는지 허벅지께로 피를 흘렸고, 행신 아비와 함께 사냥을 갈 때 잘 다녀오라면서 웃어주던 왕곡 노인은 머리가 반밖에 남아 있질 않았다.

남궁가휘는 어떠한 설움이나 슬픔이 느껴지지 않았는데도 눈물이 올라왔고, 갑자기 속에서 토악질이 넘어왔다.

"우웩! 우웨에엑!"

한참이나 토악질을 하고 난 남궁가휘에게서 흘러내린 눈물은 서서히 분노가 되었다. 마치 모든 것이 자신 때문에 생긴 일 같았다.

자신이 이곳에 나타나지 않았다면, 그냥 다른 곳에서 노숙을 했더라면 행복하게만 살았을 그런 사람들이었는데…….

분노가 치밀어 올랐다. 이런 일이 일어나게 한 자신에게. 그리고 이런 계획을 세운 멸마단에게, 그리고 금사촌 혈사를 일으킨 혈교에게로 이어졌다.

"행신이 아버지, 행신아, 설마! 이런 개새끼들!"

진한 욕설을 내뱉은 남궁가휘는 볼을 타고 흐르는 눈물을 닦아내지도 않은 채 행신이네로 몸을 날렸다. 엄청난 광기가 남궁가휘의 몸을 지배했다. 그리고 마치 그것을 표출하기라도 하듯이 격공보가 펼쳐지면서 순식간에 수십여 장의 공간을 도약했다.

꽝!

사람의 피와 살로 이루어진 주먹과 머리가 부딪쳐 생겨난 소리라고는 생각할 수 없는 굉음이 울렸다. 행신 아비의 목을 부여잡았던 승려는 갑작스레 생겨난 기운에 의해 좌측 두개골이 함몰되면서 절명하며 주덕에 부딪친 충격에 휩쓸려 튕겨 나갔다.

"응?"

일살승은 갑자기 생겨난 폭음과도 같은 소리에 고개를 돌렸다.

무언가 튕겨 나가는 듯하더니 행신이라는 꼬마의 아비를 잔인하게 괴롭혀 대던 한 승려가 비명 한 번 못 지르고 얼굴이 문드러진 채 절명해 버렸다.

그리고 마치 처음부터 그곳에 있은 듯한 모습으로 나타난 한 남자가 쓰러지는 행신 아비를 안아 들고 있었다.

"아저씨! 아저씨! 정신 차리세요!"

남궁가휘는 자꾸만 눈물이 흘러내렸다.

이미 명을 다한 듯 꾸역꾸역 피를 토해내면서도 행신 아비는 자신을 안고 있는 남궁가휘를 보면서 걱정스럽게 말했다.

"아, 자네… 어여 도망가시게……. 여기 있으면 안 되네. 우린 걱정 말고… 어여……."

죽어가면서도 따뜻한 눈으로 자신을 걱정하는 행신 아비를 보면서 남궁가휘는 화가 났다. '너 때문이야. 너 때문에 우리 가족이… 우리 행신이가! 너만 없었어도…….' 라고 말하면서 자신을 욕해도 좋으련만 입으로 피를 토해내며 죽어가는 순간에도 자신을 걱정하는 바보 같은 모습을 보이고 있었다. 만난 지도 얼마 안 된 자신을 걱정하다니……. 남궁가휘는 미안했다. 가슴이 미어지고 목이 메어 울음조차 토해내지 못할 정도로 미안했다.

"아저씨… 죄송합니다. 죄송합니다, 정말로… 죄송합니다……. 흑흑."

남궁가휘는 눈물을 흘리면서도 어떻게든 살려내 보려고 행신 아비의 입을 막고 몸에 생긴 상처의 피를 손으로 막았지만 역부족이었다. 막은 손을 타고 피가 울컥 솟아올랐다. 눈물이 났다.

"어여… 도망가……."

결국 행신 아비는 남궁가휘의 품에서 마지막까지 걱정하는 말을 남기고는 이내 고개를 떨구었다.

남궁가휘는 아무것도 못해주는 자신에게 화가 났다. 자신은 잠시 들러 폐만 끼쳤는데……. 뜨거운 밥을 퍼주던 행신 어미는 윤간을 당하고 머리가 깨져 죽었고, 자신을 못생겼다고 약 올리던 행신은 짓밟힌 채로 심장이 터져 버렸다. 따듯한 웃음을 지으면서 자신의 목이 막힐까 해서 대접에 물을 권한 행신의 할아버지는 사람 같지도 않은 땡중들에게 괴롭힘을 당하다가 온몸이 찢어져 죽었다. 그리고 이런저런 사냥법을 친절하게 가르쳐 주고, 자식 자랑을 해대던 행신 아비는 자신을 걱정하면서 그 품에서 숨을 거두었다.

순박하기만 한 그들을 잔인하게 괴롭히고도 일말의 죄책감조차 느끼지 않는 표정으로 서서 비웃듯 자신을 바라보는 붉은 가사의 승려들에게 참을 수 없는 분노가 치밀었다. 피가 끓어올랐고, 온몸에 잠자고 있던 공력이 폭주하듯이 몸을 헤집었다.

남궁가휘가 알지 못하는 사이에 마교주가 뚫어놓은 세맥과 단전을 타고 무시무시한 기세의 기운이 그의 몸 주위로 유형화되어 휘감아 올랐다.

몸을 치밀어 오르는 분노를 씹어 삼키면서 일어선 남궁가휘는 그들에게 묻고 싶었다. 왜 그랬는지, 어째서 이들에게 이런 잔인한 짓을 저질렀는지……. 그냥 물어봐도 되었을 것을 어째서 그들의 행복마저 앗아간 건지 묻고 싶었다.

"왜 그랬지?"

남궁가휘는 행신 아비의 몸을 조심스럽게 바닥에 내려놓고 두 손을 포개 가지런하게 해놓고는 뒤도 돌아보지 않고 물었다. 그의 목소리는 분노한 감정이 그대로 드러나는 듯 심하게 떨리고 있었다. 그런 남궁가휘의 물음에 가소롭다는 듯 웃으면서 삼살이 말했다.

"크크크, 애송이 놈이 말이 짧구나. 벌레를 죽이는 데 이유가 필요한가? 크크크."

슈아악!

"컥! 커컥!"

분명 뒤돌아 있었다. 그리고 자신과의 거리는 이 장이 넘었다. 그런데 언제 움직였는지 자신의 목울대가 남궁가휘의 손에 잡혔다. 엄청난 아귀힘에 숨이 막혔다.

"벌레? 감히 벌레라고 했나? 재미있군."

푸하학!

남궁가휘는 스산한 웃음을 지으면서 그대로 목울대를 뜯어내 버렸다. 삼살은 미처 방비도 못하고 목울대에서 흘러나오는 피를 한 손으로 부여잡은 채 믿을 수 없다는 눈빛으로 서서히 무너져 내렸다. 서장의 하늘로 군림한 포달랍궁을 지배하는 황모파의 어둠의 세력이자 공포의 대명사였던 살승 중 서열 삼위를 차지하고 있던 삼살은 반항 한 번 해보지 못하고 목숨을 잃었다.

"다시 물어보지. 어째서 그랬나?"

이미 흘러내리던 눈물은 말라 버렸고, 치켜뜬 두 눈에서는 새파란 귀기가 일렁였다. 그의 눈에는 오로지 붉은 가사를 입은 살승들만 보였고, 피가 거꾸로 치솟아 살심만이 머리를 지배했다.

일살승은 남궁가휘의 모습에 소름이 돋았다.

황모파의 살승으로 이십여 년을 살아왔다. 이제껏 수많은 강자를 만났고, 죽음의 위기를 헤쳐 온 그였다. 마교의 교주와도 만났고, 수많은 살귀들과 함께해 왔다. 그런데 지금 남궁가휘가 풍겨내는 위험한 살기는 자신이 알지도, 느끼지도 못했던 새로운 느낌과 작은 긴장감을 주었다.

"공간을 지배한 건가? 귀기로?"

일살승은 자신의 피부를 따끔거리기 하는 기분 나쁜 기운에 인상을 찡그렸다.

순간적으로 도약하면서 삼살의 목숨을 앗아간 남궁가휘의 움직임이 보이질 않았다. 하지만 마교의 독보적인 존재가 마교주 독고진악이며, 무림맹의 숨겨진 강자가 전귀라면 서장의 어두운 하늘을 지배하는 자는 바로 살승들이었고, 그들 중 가장 강한 자가 바로 자신, 일살승이었다.

그런 자신이 느낄 정도로 엄청난 귀기를 풍겨내면서 공간을 지배하려 한다는 사실에 일살승은 무척이나 즐거웠다.

"점점 재미있어지는 놈이군. 색욕에 찬 놈이 이 정도라?"

자신을 향해 묻듯이 말하면서 천천히 걸음을 옮기는 남궁가휘의 눈에서는 새파란 안광이 흘러나왔다.

마치 지옥을 탈출한 한 마리의 악귀처럼 공간을 서서히 지배하면서 걸어나오기 시작했다.

"어째서 죽였냐고 묻고 있다."

분노한 남궁가휘의 음성이 떨리며 흘러나왔다.

멈칫!

누군가의 발이 뒷걸음질쳤다. 살승 중 한 명이 남궁가휘가 뿜어대는 살기에 반응하면서 한 걸음 물러선 것이었다.

순간 남궁가휘를 바라보던 일살승은 무언가 기분이 나빠진 듯 이마에 내천 자를 그리면서 오른손을 들어 올려 쥐었다.

퍼억!

뒷걸음질쳤던 살승의 머리가 수박 터지듯이 터져 나가며 쓰러졌다.

"살승에겐 감정이 없다. 저따위 애송이에게 당한 삼살 녀석이나 너 같은 놈은 살아 있을 필요가 없다."

사람의 생명을 한 수에 앗아가면서도 담담하기 짝이 없는 말이었다.

"어째서였냐고 물었나, 애송이?"

일살승은 자신들을 향해 살기를 피워올리면서 천천히 한 걸음씩 다가오는 남궁가휘의 모습에 피식 웃음을 지었다.

"네놈을 찾기 위해서였지."

"그런데…… 어째서 양민들을 저리도… 저리도 잔인하게 죽인 거냐?"

남궁가휘는 분노가 끓어올라 혈관이 터져 버릴 것만 같았다. 히죽이면서 태연하게 말하는 일살승의 말에 더욱더 화가 치밀었다.

"웃기는 녀석이군. 그따위 양민들보다 지금의 너 자신을 걱정하는 것이 좋을 텐데……."

그따위 양민들이라고 표현하는 일살승과 저렇듯 쉽게 사람의 생명을 죽이고도 아무렇지도 않게 자신을 비웃고 있는 다른 살승들의 얼굴을 보면서 남궁가휘의 분노는 극에 달하기 시작했고, 눈동자에는 서서히 핏기가 어리기 시작했다.

"고작… 고작 존재하지도 않는 장보도 때문이었나? 그따위 것 때문에 죄없는 사람들의 목숨을 이리도 하찮게 죽인 것이었나?"

치밀어 오른 화가 서서히 남궁가휘의 정신을 지배하기 시작하면서 온몸의 피가 역류했다. 온몸의 세맥을 타고 흐르던 공력이 갑자기 폭주하듯이 혈관을 휘젓기 시작했다. 엄청난 내기가 폭풍처럼 단전에서 시작하여 온몸을 내달렸다.

"이따위 것이 무슨 승려고 무인들이야! 그따위 양민? 그렇다면 내가 부숴주마! 너희들 따위!"

끓어오른 내기는 남궁가휘의 전신 세맥을 돌아 넘치기 시작했고, 표출되지 못하자 성이 난 듯 남궁가휘의 몸을 압박해가기 시작했다. 분노를 삼키면서 몸 안쪽에서 시작된 엄청난 압박에 남궁가휘의 몸에서 혈관이 돋아 오르기 시작하더니 자신도 모르게 그 힘이 표출되어 나갔다.

"끄아아아압!"

콰콰콰쾅!

몸에서 엄청난 기운이 치솟아 오르더니 원형을 이루듯이 퍼져 나와 무시무시한 기세를 품은 강기가 남궁가휘의 삼만 팔천 모공으로 뿜어져 사방으로 퍼져 나갔다. 특정한 누군가를 노리거나 어떤 장소에 대해서 발산된 기운이 아니라 남궁가휘를 중심으로 사방을 휘감으면서 터뜨려졌고, 마치 거대한 운석이라도 떨어진 듯 자욱한 먼지가 강기의 바람을 타고 사방을 둘러쌌다.

살승들은 소용돌이치듯 퍼진 강기의 조각들을 후려치면서 물러났다.

"흐음, 강기… 인가?"

일살승은 갑자기 남궁가휘가 호신강기라고 해도 좋을 만큼의 엄청난 위력의 강기를 시전하자 자신의 손을 타고 느껴지는 강기의 흔적에 인상을 찡그렸다.

무림을 통틀어 강기를 쓰는 자가 몇이나 된단 말인가? 일만의 무사가 있다고 한다면 그중 천여 명이 검기니 도기 같은 것을 쓸 수 있었고, 그중 한 명 정도나 쓸까 말까 한 것이 강기다. 더구나 지금의 무림엔 세외를 합하더라도 강기를 사용할 수 있는 무인이 채 백을 넘지 않을 것인데, 더구나 일순간에 몸 전체에서 강기를 뿜어내는 것은 손꼽히는 무인이나 가능한 수준이었다.

"재미있군. 삼살을 죽인 움직임하며 이번엔 강기까지?"

태연하게 말하고는 있었지만 일살승은 조금 놀란 상태였다. 강기의 조각을 막아낸 손에서 느껴지는 엄청난 압력에 손아귀가 저려왔다.

화가 났다. 고작 애송이라고 생각했던 이무기가 강기를 사용할 정도의 무인이라는 것이 화가 났고, 포달랍궁의 최강자라 불리는 자신의 손이 애송이의 공격에 저려왔다는 사실이 화가 났다.

더구나 남궁가휘의 눈동자가 연한 핏빛을 띠는 것을 보니 자신의 분에 이기지 못해 몸 안의 공력이 폭주하는 듯했다.

"멍청한 놈. 양민 따위의 죽음에 주화입마라……. 재미있는 녀석이라 생각했는데 역시나 애송이였나?"

일살승은 정신을 잃어버린 듯한 남궁가휘의 모습에 비웃음을 흘리면서 자신의 가슴께로 합장하듯이 손을 모았다가 내밀었다. 단순한 동작이었지만 노도와도 같은 기운이 거대한 손바닥처럼 공기를 밀어내면서 남궁가휘를 향해 쏘아져 나갔다.

쿠카카카카카!

일살승이 펼친 밀종대수인의 기운이 남궁가휘를 향해 쏘아져 나갔고, 남궁가휘의 주먹에 어린 권기와 부딪치며 폭발했다. 하나 일살승은 포달랍궁의 대표하는 절정의 고수였다.

그는 수많은 전투를 경험한 경력이 있었고, 쉽게 물러서지 않을 힘을 가진 무인이었다.

밀종대수인이 남궁가휘의 혈폭권과 함께 소멸하자 재차 일장을 뻗어내면서 남궁가휘의 몸을 쇄도해 갔고, 주위에 있던 살승들도 자신들의 금강저를 뽑아 들고 공격을 퍼붓기 시작했다.

밀종대수인이 그의 몸을 짓이기려 할 때, 남궁가휘는 격공보를 시전해 대수인의 공세를 벗어남과 동시에 살승들을 향해 맞부딪쳐 갔다.

"크아아앙!"

거대한 울음을 터뜨리면서 남궁가휘의 몸이 빛살처럼 쏘아져 나가며 순간적으로 수십 개로 나뉘었다.

슈가각! 펑! 콰쾅!

엄청난 굉음을 뿌리며 권강이 수십 개로 화하면서 살승들의 공세와 부딪쳤고, 이내 수십 초의 격돌이 일었다. 눈으로 종적을 찾기 힘든 공방이 시작되었다.

분노에 가득 찬 남궁가휘는 살이 찢어져 나가고 입가로 무리하게 일으킨 공력에 의해 핏줄기를 흘리면서도 사방으로 공력을 뿌리기 시작했고, 살승들은 효율적인 움직임으로 피하고 막으면서 공격했다.

파카카캉!

금강저에서 불꽃이 튀어 오르고, 육장이 하늘을 가르듯 날아올랐다.

일 대 수십의 싸움.

엄청난 공력이 사방팔방으로 뻗어 나가면서 주위의 나무며 남아 있던 초옥들까지 휩쓸어갔다. 마치 수십 개의 폭약을 한 군데서 터뜨린 듯한 굉음과 흔적을 낳겼다.

귀기 어린 눈으로 살승들의 틈을 헤집고 다니던 남궁가휘는 이미 정신을 잃은 듯했다. 그의 몸은 단지 분노의 노예가 되어 자신의 모든 것을 쏟아 붓고 있었다.

무인들에게 있어 금기시되는 진원지기마저도 사용하고 있었다. 아직 강기를 조절할 정도로 뛰어난 경지를 이루고 있지 못했음에도 분노가 극에 달해 자신도 모르게 끌어낸 기운이 강기화되어 살승들을 휩쓸어갔다.

콰콰콰쾅!

남궁가휘의 주먹에서 뻗어져 나온 거대한 기운이 지면을 때리면서 폭발했고, 폭발의 범위에 휩쓸린 건물의 잔해들과 대지가 갈기갈기 찢겨져 나갔다.

"허억… 허억……!"

엄청난 강기를 퍼부어낸 남궁가휘의 공격이 잠시 멈추어졌다. 이미 그의 몸은 만신창이와도 같이 변해 버렸다. 입고 있던 백의는 걸레가 되어버렸고, 몸에서 배어 나온 핏줄기에 의해 적색으로 물들었다. 입가에는 핏물이 울컥대면서 토해져 나왔다.

‘대단한 놈이군. 정신을 잃고도 이 정도나 버티다니…….’

남궁가휘를 우습게 생각했던 일살승의 몸에도 자잘한 상처가 수없이 생겼다. 엄청난 격전이었다. 남궁가휘는 일살승이 자신이 알고 있는 누군가와 무척이나 닮아 있다는 생각이 들었다. 한 마리의 짐승과도 같은 모습으로 전장을 누비는 악귀의 모습.

“일살님, 저… 저놈! 피가!”

“응?”

한 살승의 외침에 일살승이 남궁가휘를 쳐다보았다.

언제부턴가 남궁가휘의 몸에서 흐르던 피가 마치 수증기처럼 기화되고 있었다.

“피가 타올라?”

그랬다. 마치 솥에서 물을 끓이듯 피가 타오르며 붉은 기체가 일고 있었다.

“놈! 진원지기를 사용했구나!”

분노가 극에 달해 아직 성취하지 못한 기를 쓰는 바람에 남궁가휘의 몸은 끓어 넘치는 공력으로 인해 엄청난 양기를 발산했고, 그 결과 내기가 육체를 망치기 시작했다. 보통 무인들의 상처나 피로는 몸 안에 마지막까지 남아 있는 진원지기에 의해 빠른 회복을 할 수 있었지만, 남궁가휘는 그마저도 사용해 버린 것이다.

뜨겁게 타오르는 기가 몸 안의 피마저도 기화시켜 버리고

있었다. 만약 이대로 내버려 둔다면 아마도 남궁가휘는 자신
의 공력을 모두 발산해 버리고 산화할지도 몰랐다.

처음 '혈마자의 장보도를 가진 색마' 정도로 생각하고 그
를 뒤쫓았고, 무림맹의 천라지망을 벗어났다는 소문을 들었
을 때도 '칠칠맞은 무림맹 놈들'이라고 생각했다. 그런데 방
금 전 남궁가휘가 보여준 무공은 자신이 전력을 다하진 않았
지만, 수십의 공격을 비등하게 받아넘길 정도의 능력이었다.
더구나 일살승과 남궁가휘가 격돌하면서 생겨난 강기의 소용
돌이에 휘말려 살승 중 서넛이 목숨을 잃었다.

일살승은 그런 남궁가휘를 살짝 떨어져서 쳐다보면서 비
웃었다.

"재미있군. 이제는 아예 스스로 목숨을 버리는 건가? 하지
만……."

몸이 바스러질 듯이 공력을 짜내고 있는 남궁가휘를 바라
보면서 일살승이 몸을 날렸다.

"너의 머릿속에 들어 있는 이야기를 달라이께서 듣고 싶어
하신다."

퍼억!

일살승의 주먹이 복부에 박히며 남궁가휘의 몸이 튕겨지
듯이 지면을 굴렀다.

지독한 위력의 주먹이었음에도 남궁가휘는 피를 토해내면
서 천천히 몸을 일으켰다.

“와… 라……. 내 피가 완전히 말라 버릴 때까지……. 한 놈이라도 더 죽여주마……. 헉헉.”

남궁가휘는 초점없이 흐릿해져 가는 눈으로 살승들을 쳐다보면서 으르렁거렸다. 그의 목소리에서는 엄청난 분노가 담겨 있었다.

“놈, 아직도 정신이 남아 있나?”

일살승은 놀랍다는 표정으로 남궁가휘를 바라보았다.

남궁가휘는 한 걸음, 또 한 걸음 힘겹게 걸음을 옮기면서 살승들을 향해 천천히 움직이기 시작했고, 그런 남궁가휘의 걸음에 살승들이 몸을 움찔거리면서 경계했다.

털썩!

이윽고 몇 걸음 걸어간 남궁가휘의 몸이 천천히 기울면서 쓰러졌고, 잠시 동안 정적이 흘렀다. 어느 누구도 말을 하지 못했고, 움직이지 못했다.

“놈! 마지막 진원지기까지 끌어올리다가 결국 몸이 버티질 못했구나. 애송이 놈.”

일살승은 그런 남궁가휘를 잠시 실눈을 뜨며 쳐다보고 있더니 말했다.

“이살, 생사를 확인해라.”

이살은 일살승의 명령에 쓰러진 남궁가휘에게 다가갔다.

슈가가가각!

이살이 남궁가휘의 쓰러진 몸에 다가가는 순간 대기를 찢

어발기는 듯한 엄청난 소리가 들리더니 무언가가 이살의 발
걸음을 물리면서 남궁가휘와 이살 사이의 대지를 뚫고 박혔
다.

第十章
격돌(二), 전귀와 살승

1

촘촘하게 사방을 꽉 메운 숲의 나뭇가지를 밟아 이 장에서 삼 장여를 도약하며 앞으로 나아가는 절정의 경공으로 일단의 무리가 달려가고 있었다.

무척이나 비대한 몸을 가진 자들이 섞여 있는데도 달리는 동안 밟았던 나뭇가지 중 어느 하나도 부러지지 않았으며, 지치지도 않는 듯 엄청난 속도로 달려나갔다.

그들은 지옥야차라 불리는 금대연이 이끌고 있는 멸마단 일대의 무사들이었다.

부대주 막사용은 자신의 거대한 곤을 둘러멘 채로 달리는 속도 그대로 금대연의 옆으로 다가와서 물었다.

"대주님, 설마 그가 정천현까지 갔을까요?"

막사용의 의구심 어린 말에 금대연의 고개가 끄덕여졌다.

"아니. 하지만 포달랍궁의 살승들이 그곳으로 일부 이동했다고 한다. 아마도 우리보다 좀 더 조사한 녀석들이니 아무 생각 없이 움직이진 않았겠지. 어쨌든 살승들이 나곡을 떠난 것이 하루 전이다. 지금의 속도로는 어쩌면 따라잡을 수 없을지도 모른다. 그리고 최악의 경우, 그들이 이미 이무기를 확보했을지도."

안색을 찌푸리면서 금대연이 조금 더 속도를 올렸다. 주위의 나무들이 그들을 곁으로 순식간에 지나갈 정도로 빠른 속도였는데도 달리면서 숨 한 번 차지 않는 듯 이야기를 주고받았다.

"대주 오라버니, 만약 살승들이 먼저 그 색마 놈을 얻었다면 어쩔 거죠?"

"음."

날렵하게 달려나가던 사도휘연이 금대연을 향해 묻자 그는 살짝 눈살을 찌푸렸다.

"그렇다면… 살승과의 싸움을 준비해야지. 듣기로 이무기란 녀석이 마교주와 동수를 이룰 정도의 강자라고 하더군. 조금 허황된 말이지만 그것을 믿어볼 수밖에."

사도휘연이 말도 안 된다는 투로 새침해져 말했다.

"에이, 그 정도면 우리가 떼거리로 몰려가도 상대가 안 되

잖아. 마교주가 어디 그냥 초강자예요?'

금대연이 조금 더 안색을 찌푸리자 패왕이 자신하듯이 가슴을 치면서 말했다.

"대주! 나한테 맡기슈! 내가 그놈 돈을 따버릴 테니까! 마교주든 그 교주 할아비든 말만 하슈!"

"멍청하기는, 네가 상대나 되냐? 곰같이 덩치만 커가지고 생각이 없어요, 생각이!"

앞뒤 안 가리고 나서는 패왕을 놀리듯 말하는 사도휘연이 말도 안 된다는 듯이 코웃음을 쳤다.

"이게 진짜 죽으려고! 야, 인마! 이게 진짜 사내새끼 같은 게! 그러니 이대주가 안 만나주지!"

패왕의 말에 사도휘연이 갑자기 눈을 치켜뜨면서 음산하게 웃었다.

"뭐라고? 다시 한 번 말해봐!"

패왕은 차가운 느낌으로 변하면서 손톱을 세워 올리는 사도휘연의 모습에 한기가 드는 듯 놀라서 엄청난 속도로 일행보다 더 빨리 질주하기 시작했다. 그런 패왕을 따라 사악하게 웃으면서 사도휘연이 몸을 날렸다.

"이 자식! 곰탱이! 거기 안 서? 넌 잡히면 죽었어!"

금세 자신들의 시야에서 사라져 버리는 둘을 보면서 막사용이 고개를 저었다.

"으이구, 저것들은 나이가 몇 살인데 아직도 철이 없어,

철이.”

막사용의 한탄을 들으면서 금대연이 살짝 미소를 지었다.

“놔둬라. 너무 긴장하는 것도 그다지 좋은 건 아니니까. 어쨌든 속도를 좀 올리자.”

좀 전의 속도에 배가된 듯 금대연이 쏘아지듯 뛰쳐나가자 나머지의 대원들도 금대연을 따라 신형을 폭사하면서 그 뒤를 따랐다.

2

“누, 누구냐?”

남궁가휘를 향해 다가서던 이살은 자신의 걸음을 멈추게 한 그 무언가에 놀라 훌쩍 뛰어 뒤로 물러섰다.

자신의 앞에 날아온 것은 한 자루의 창이었다.

온통 검은색 일색으로 특이점이 없는 창이 마치 ‘어디 올 테면 다가와 봐라’ 라는 듯이 남궁가휘가 쓰러진 바로 앞쪽에 날아와 비스듬히 꽂혀 일살승을 비롯한 나머지 승려들을 노려보고 있었다. 일살승은 이살의 놀란 모습에 살짝 눈을 찌푸리면서 창을 날린 인영을 찾고 있는 그때,

“우우우우우우!”

거대한 장소성이 산자락을 울리면서 누군가의 신형이 그의 앞으로 떨어져 내렸다.

치렁치렁한 머리카락을 묶지도 않고 풀어헤쳐서 얼굴을 가리고, 낡은 흑색 무복이 땅에 끌리도록 구부정하게 내려선 인영.

"음, 조금 늦었나?"

듣는 사람으로 하여금 무척이나 기분 나쁘게 하는 목소리가 그의 입에서 흘러나왔다. 그리곤 천천히 몸을 세우고 자신의 창을 뽑아 오연히 서서 일살승과 그의 일행을 내리깔 듯이 쳐다보았다.

"설… 설마, 네놈은?"

이제껏 얼굴에 아무런 표정도 띠지 않던 일살승의 얼굴에 놀람이라는 표정이 눈에 띄게 생겨났다.

일살승이 일어선 그의 모습을 보고 꽤나 놀라는 사이, 낡은 흑색 무복을 입은 이의 뒤로 한 무리의 무인들이 차례로 내려서더니 남궁가휘의 맥을 잡아 생사를 확인했다.

"진기가 고갈됐습니다. 아무래도 시급하게 치료를 해야 할 것 같습니다."

을지마로였다. 멸마단 이대에서 독술과 의술을 담당하고 있고, 멸마단에 속하지 않고 두림을 종횡했더라면 유명한 의원으로 소문날 만한 실력을 가진 무인

그리고 창을 뽑아 든 인영은 바로 남궁가휘의 상관이자 멸마단의 이대주이며, 그 강함이 마교주에 미칠 정도의 강자인 장영이었다.

“주화입마인가?”

“아닙니다. 아직 주화입마까지는 아닙니다. 시급히 치료하면 살릴 수 있습니다. 단지 진원지기를 조금 손상한 듯합니다.”

장영은 매우 기분이 나쁜 듯이 인상을 찌푸리면서 을지마로에게 명했다.

“마로, 대원들이 있는 곳으로 꼬맹이를 옮겨라. 그리고 수동, 흔적을 지운 후에 명을 기다려라. 장소는 삼차 집결지로 한다.”

장영은 불쾌한 말투로 을지마로와 사마수동에게 명했고, 그의 명령에 대답조차 하지 않고 장영의 뒤를 지키던 멸마 이 대원들이 신형을 날렸다.

“이런 개자식들이! 감히 우리가 누구라고!”

긴장으로 눈가가 파르르 떨리고 있는 일살승의 뒤에서 한 살승이 호통을 치면서 일살승이 말릴 새도 없이 을지마로의 신형을 쫓았다.

“안 돼! 기다렷!”

피융! 퍽!

일살승이 갑자기 움직이는 자신의 수하를 막으려 소리를 친 순간 비릿하게 웃은 장영의 신형이 사라졌고, 동시에 을지마로의 뒤를 쫓던 살승은 장영의 창에 이승과 하직을 고했다.

“크크크크, 서장의 땡중들이 많이 컸군!”

달려가던 모습 그대로 죽음을 맞이한 살승에게서 창대를 뽑아내면서 장영이 비릿하게 웃었다. 그리고는 일살승을 향해서 천천히 걸어갔다.

"겐둔 땡중이 미쳤나 보군. 감히 불도를 닦는다는 놈들마저 혈마자의 장보도를 노리는 건가?"

스산한 목소리로 말하는 장영의 몸에서 천천히 특유의 살기가 뿜어져 나오더니 서서히 공간을 잠식해 나가기 시작했다. 마주한 이의 피를 끓게 만드는 이상한 살기. 비등한 실력의 고수가 아니라면 공포로 오금이 저리게 하는 그런 살기였다.

일살승의 몸에 처음으로 긴장감이 돌기 시작했다. 그는 알고 있었다. 눈앞의 인물이 어떤 인물이며, 어느 정도의 실력자인지를. 서장을 지배하고 있는 최고수이자 포달랍궁의 궁주인 겐둔 라마마저도 마교주 다음으로 두려워하는 인물이었다.

"저, 전귀!"

일살승이 목소리를 약간 떨며 내뱉은 말에 그의 뒤에 있던 살승들은 순간 피가 식어감을 느꼈다. 그들이 살승이 되어 선배들로부터 수도 없이 들었던 경호. 실제로 본 것은 처음이지만 '전귀'라는 사람이 어떤 인물인지는 무척이나 잘 알고 있었다.

일부는 거짓이라며 비웃었고, 일부는 들은 사실만으로도

두려워했던 강자. 저 중원의 멍청이들은 알지 못하지만, 중원을 시시때때로 노리는 수많은 정파의 적들은 알고 있었다. 그가 왜 전귀라 불리는지, 그리고 그가 어째서 두려움의 대상인지를 말이다.

모두의 생각은 달랐지만 지금 느끼고 있는 것은 오직 한 가지였다. 지금 전귀라 불리는 인물이 사방의 대기를 점하면서 뿜어낸 기운이 무척이나 위험하고 살이 떨려올 정도의 공포를 불러일으키고 있다는 사실을.

"어째서… 네놈이 우리를 방해하는 거지?"

일살승이 떨리는 목소리로 물었다. 좀 전에 남궁가휘가 강기를 무리하게 쓰다가 제풀에 쓰러졌다면 지금 눈앞에 있는 전귀는 강기의 경지마저 뛰어넘는 무인이었고, 자신보다 강할 수도 있다고 생각되는 자였다. 전투에 있어서만큼 그는 너무도 잔인했다.

"크크크크, 어째서냐? 어째서일까?"

살승들을 비웃듯이 고개를 갸웃거리면서 가늘게 뜬 눈으로 쳐다보며 묻는 장영은 창을 천천히 비껴들어 창극을 지면을 향하게 하고는 몸을 곧추세웠다. 단지 구부정하던 몸을 세웠을 뿐인데도 살승들은 거대한 절벽이 자신들의 앞을 막아섰다는 느낌이 들었다. 풍겨내는 기세만으로 자신들의 앞에 놓인 공간을 지배하고 있는 것이었다.

"돌아가 겐둔에게 전해라. 오늘 일에 대해서는 죄를 묻지 않겠다고. 하지만 더 이상 이런 일에 접근하면 절대 용서치 않는다고.”

장영은 오만한 눈빛으로 내리깔듯 일살승을 쳐다보면서 나직하게 말했다.

아무리 강한 무인이지만 서장을 지배하는 절대의 문파 중의 하나인 포달랍궁을 무시하고, 그곳의 최강자인 자신의 궁주인 겐둔 라마까지 우습게 여기는 장영의 말에 일살승의 얼굴이 울그락푸르락하게 변했다.

“이… 이… 감히! 무림맹주라도 함부로 못하거늘!”

장영의 오만한 말에 일살승의 얼굴이 분노로 푸들푸들 떨렸다. 그런 일살승을 감흥 없이 쳐다보던 장영이 피식 웃었다.

“훗, 그래서?”

웃고 있던 그의 입꼬리가 말려 올라가며 음산함을 풍기는가 싶더니 절벽처럼 막아서기만 하던 그의 기세가 한순간 사이하게 변하면서 무시무시한 기의 폭풍이 몰아쳤다.

“다 찢어줄까? 크크크크.”

가늘게 뜬 눈으로 사악하게 살승들을 바라보며 웃는 장영이 다시 허리를 구부정하게 하고는 금세라도 뛰쳐나갈 듯한 자세를 취하자 살승들과 장영의 사이에 있던 공간의 대기가 일렁이며 살기로 가득 찼다.

스슥!

“응?”

문득 일살승의 곁에 서 있던 이살은 자신의 뺨을 무언가가 스치고 지나갔다는 느낌에 무의식중에 손을 들어 뺨을 만져보니 어느새 가는 상처가 생겨 피가 배어 나왔다.

‘헉! 기의 칼날! 그렇다면? 대기가!’

지금 이 순간 장영의 기세가 미치고 있는 범위 안의 모든 공기가 그의 지배하에 있는 듯했다. 장영의 살기에 대기가 칼날 같은 기세로 변했다.

일살승은 매섭게 장영을 노려보았고, 분노에 어금니를 꽉 다물었다. 하지만 그 외에 더 이상 아무런 말도, 행동도 하지 못했다.

“전귀, 감히 나를 두고 오만함이 하늘을 찌르는구나.”

일살승이 가늘게 전신을 떨고 있었다.

‘설마 일살승님께서… 두려워하고 계신 건가?’

처음이었다. 지금까지 함께해 온 시간 동안 일살승이 적 앞에서 이렇듯 긴장하는 모습은 본 적이 없었다. 눈앞의 전귀라는 인물. 살업을 하면서 수없이 전해 들은 인물이었다.

몇 해 전 포달랍궁의 사신으로 마교를 방문해 최강자라고 불리는 독고진악을 만났을 때도 이렇듯 긴장하지는 않은 듯했는데 지금의 일살승은 무척이나 긴장되어 보였다.

3

"저기… 부대주님, 수가 많은게… 대주님 혼자만으로……."

문득 남궁가휘를 등에 업고 가던 을지마로가 물었다.

"그렇습니다. 아무리 대주님이지만 상대는 포달랍궁의 암살자인 살승들입니다. 지금이라도 몇 명쯤 돌려보내는 것이……. 꼬맹이야 마로가 치료하면 되는 것이고……."

인상을 굳힌 채 사마수동의 뒤를 따라 나뭇가지를 밟으며 달리던 이경이 걱정스럽게 말했다.

"맘대로 생각하지 마. 살승 다위가 대주님을 해친다고? 말도 안 되는 소리지. 대주는 삼차 집결지로 이동하라고 말했다. 명령을 받았으면 서둘러 이행하면 되는 거야. 지금은 꼬맹이의 생명이 우선이다."

사마수동은 당치도 않다는 듯이 나직하게 이경에게 말했다.

"하지만 대주님 혼자서는……. 아무리 강하다고 하지만 상대는 열 명이 넘습니다. 이경의 말대르 마교의 수라대도 한 수 접어준다는 살승들이구요. 더구나 일살이라는 땡중도 있는데……."

무리의 뒤쪽에서 따르던 북궁우천이 사마수동에게 재차 권고했다.

"시끄럿! 대주님을 믿어라!"

"그, 그야 저희도 믿긴 하지만… 그래도……."

　북궁우천은 사마수동의 단호한 말에도 걱정이 되는 듯 말 끝을 흐렸다.

　"멍청한 놈, 대주님이 누구라고 생각하나? 평소의 게으른 장영이 아니다. 멸마단의 이대주이자 정파의 어둠에서 가장 강한 자. 지금 살승들이 상대하려 하는 자는 바로 우리 대주님이다. 전장을 공포로 물들이는 전귀가 바로 그다. 그는 강하다. 단지 상상하는 것만으로도 소름이 돋을 정도로……. 십 년 전 그날 사천성의 혈사 때부터 그와 함께했다. 어째서 제멋대로인 대주를 그 말 많고 명분 따지기 좋아하는 무림맹이 그의 행보에 토달지 않는지, 그리고 그의 위명이 어째서 북해나 마교, 독곡, 심지어 흑룡성에까지 퍼져 있는지 너희들은 모른다. 눈알이 먹통인 정파 놈들 따위는 아무도 알지 못하지만, 그를 당해낼 수 있는 무인은 마교주가 유일할 것이다. 어쩌면 비등할지도……. 그는… 그에겐… 괴물이 살고 있으니까. 만약 그 괴물이 해방된다면… 저곳에서 죽는 것은 살승들일 것이다. 그리고 만약 남아 있었다면 우리도……."

　갑자기 무언가가 생각나 오한이 난 듯 사마수동이 치를 떨었으나 아무도 그 의미를 알지 못했다.

　"속도를 올린다. 최대한 빨리 꼬맹이를 회복시켜야 하는 게 우리의 임무다. 가자!"

4

뻐어억!

무려 서른여섯 번의 휘두름.

검은 창이 일으킨 소용돌이는 마치 폭풍처럼 휘둘러지면서 바람을 집어삼켰고, 창이 일으킨 바람은 숲을 뒤흔들었다.

빛살처럼 뻗어진 창의 궤적을 따라 셀 수 없이 많은 창기가 대지에 내리꽂혔다.

유성우가 쏟아져 내리듯 창에서 시작된 기가 지면과 부딪치면서 폭발하듯이 터져 나갔고, 흙덩이가 하늘로 비산했다.

"후우우우우."

내뱉은 날숨에 섞여 살기가 피어올랐다.

폭풍의 중심에서 검은 창을 비껴들그 주위를 오만하게 둘러보는 장영의 두 눈에는 새로운 먹잇감을 노리는 짐승의 그것처럼 새파란 안광을 토해내었다.

"크으윽! 괴… 괴물!"

일살승은 핏덩이와 함께 경악성을 나뱉었다.

온몸에 가는 혈선이 거미줄처럼 생겨나 핏줄기를 흘렸고, 당연히 있어야 될 한쪽 팔이 팔꿈치 아래로 잘려 나가 핏물을 쏟아내었다.

전귀는 강했다. 자신들이 제대로 된 공격 한 번 못 펼쳐 볼 정도로 강했다.

불과 반 식경도 되지 않은 시간이었다.

초식도, 투로도 없이 휘두르고 찌른 창에 자존심 강한 서장의 최고수라 불리는 살승 열둘이 무너져 내렸다.

대기는 장영을 중심으로 휘몰아치면서 공간을 지배하는 듯했다.

장영이 내쉬는 숨조차 살기가 배어 나왔고, 그의 주위로 흐르는 공기는 날카로운 칼날이 되어 살승들의 몸을 잘라 버렸다.

살승들은 어째서 그가 전귀라 불리는지 몸소 체험할 수 있었다. 그는 마치 살육에 미친 한 마리 야수와도 같았다.

그의 창은 마치 거대한 발톱처럼 자신들을 갈라왔고, 그가 뿜어대는 살기는 마치 거미줄처럼 옥죄어오는 듯한 공포를 느끼게 해주었다.

무림의 최강자라 불리는 독고진악이 극강함으로 상대에게 공포를 심어준다면, 전귀는 그와의 싸움을 통해 전율이 일게 했다. 그의 독특한 살기는 상대로 하여금 싸우게끔 만드는 어떤 호기를 일으키게 했다. 불타 죽을 것을 알지만 불을 향해 달려드는 부나방처럼 그를 공격하게 만들었다. 무서웠다. 그의 두 눈이 무서웠고, 그의 움직임에 섞여 퍼지는 짙은 살기가 두려웠다.

털썩!

마지막까지 의식의 끈을 놓지 않고 있던 일살승은 검은 창에 목줄기가 꿰뚫리면서 쓰러졌다.

　장영은 쓰러진 일살승의 머리를 밟아 터뜨리고도 한참 동안이나 자신의 창으로 그의 몸을 꿰뚫었다.

　"크크크크! 크카카카카!"

　핏빛 기운을 머금은 두 눈으로 하늘을 바라보면서 장영이 포효하듯이 웃음을 터뜨렸다.

　장영은 살기 어린 미소로 주위를 돌아보면서 자신이 만들어낸 풍경에 만족스러운 웃음을 지었다.

　바스락!

　순간, 나뭇가지가 무언가에 부스러뜨려지면서 미세한 소리를 만들었다.

　"크르륵?"

　순간 장영의 고개가 돌아가는가 싶더니 어느새 지면을 박차고 날아올랐다.

　슈가가각!

　장영의 신형이 순식간에 지면을 박차고 공간을 도약하면서 그의 검은 창을 내질렀다.

　"어? 이런 씨팔! 엿됐다!"

　문득 장영과 살승들이 싸우던 현장으로 열댓 명의 무인이 다가서다가 거의 오 장여의 거리를 뚜어넘어 자신들의 눈앞으로 날아온 장영을 보고 경악성을 내뱉었다. 그의 창에는 엄청난 강기의 회오리가 몰려 있었다.

　"제기랄! 튀엇!"

선두에 선 인영이 장영의 살기등등한 얼굴에 떫은 감을 씹은 듯한 표정을 지으면서 외쳤고, 무인들은 순식간에 엄청난 속도로 사방으로 몸을 날렸다.

쫘드드득!

검은 창이 무인들이 나타났던 공간에 쑤셔 박히면서 엄청난 폭발이 일어나며 반구형으로 지면이 파여 들어갔다.

강기의 폭발로 인해 울창한 수풀이 사라져 버리고 작은 분지가 만들어졌다.

"크르르르르르."

장영은 순간적으로 사방으로 몸을 날린 무인들 하나하나를 시선으로 쫓았다.

장영의 공격을 피해 몸을 날린 상의를 벗은 근육질의 무인이 폭발에 튕겨 날아오는 나뭇가지들을 양팔로 쳐내면서 몸을 세웠다.

"제기랄! 무지막지하구만. 저 양반은 또 왜 저런 거야?"

그는 바로 멸마단 일대주인 금대연이었다.

포달랍궁의 살승들을 뒤쫓아오는 길에 자신들의 감각을 자극하는 살기를 느끼고 막 전투 현장으로 들어온 길이었다.

미처 상황 파악을 하기도 전에 자신들을 향해 공격하는 장영의 모습을 보았고, 대경실색하면서 몸을 피했다.

"일대, 조심해라! 잘못하면 죽는다! 절대 부딪치지 말고 적의를 품지 마라! 알아서 잘 피해 다녀!"

　금대연은 공력을 실어 장영의 주위로 피해 있는 대원들에게 경각심을 가질 수 있게 외쳤다. 다행히도 방금 전의 공격에 휩쓸린 대원은 없는 듯했다.

　‘망할 형님 같으니라고……’

　지금의 장영은 야수, 그 자체였다. 왜 전투에만 나서면 저런 모습이 되는지 알 수는 없었지만, 그가 저런 모습일 때 얼마나 무서운지는 잘 알고 있었다.

　멸마단에 처음 대주가 되어 입단했을 때 도무지 무인으로서 전혀 자각이 없어 보이는 이 대주인 장영에게 시비를 건 적이 있었다.

　자고 있는 장영에게 시비를 걸었다가 한 방에 무인으로서 영원히 세상과 이별할 뻔하지 않았는가. 그때 받은 충격으로 거의 삼 개월 동안 절대 안정을 취하면서 정양을 해야 했던 적이 기억의 저편에 분명하게 각인되어 있었다.

　처음에는 조금만 노력해서 한 번 더 싸워보려고 이를 갈았지만, 삼 년 전인가 임무 수행을 위해 이대와 함께한 적이 있었고, 그때 본 것이 바로 지금의 모습이었다.

　마치 야수와도 같이 적들을 쓸어버린 그의 위용에 전의 그 자체가 사라져 버렸던 것이다. 그때부터 그가 ‘전귀’라는 이름으로 불린다는 것을 알게 되었고, 어째서 정파의 적들이 그를 두려워하는지 몸소 체득하게 되었다. 그는 정파무림에서 어쩌면 가장 강할지도 몰랐다.

대충 상황을 보아하니 자신들이 꽤나 고전해야 될 거라고 생각했던 살승 열너댓 명이 거의 짓이겨지듯이 시체가 되어 있는 모습이었다.

아마도 장영과 크게 한판 하게 되었고, 평소의 장영으로는 좀 힘들었던 모양이다.

"제기랄, 살승 놈들, 괜히 형님 화를 돋워놔 가지고."

금대연은 애꿎은 살승들에게 투덜대며 장영의 움직임을 살폈다.

장영은 혈광을 내뿜으면서 스산한 미소를 지었다. 그의 시선이 천천히 돌아 금대연을 향했다. 아마도 본능적으로 가장 강한 우두머리를 찾아내는 듯했다.

문득 금대연은 장영이 새하얀 이를 드러내면서 웃는 표정을 보았다고 생각했고, 그의 신형이 꺼지듯이 시야에서 사라지며 엄청난 위압감이 자신의 앞을 향해 다가온다고 느꼈다.

"이런 젠장! 왜 하필 나야?!"

금대연은 경악성을 내뱉으면서 자신의 협봉쌍검을 뽑아 교차시켰다.

꾸아아아아앙!

거대한 강기가 협봉상검에 작렬하면서 금대연의 몸이 튕겨지듯이 날아가 처박히듯 지면을 굴렀다. 처박힌 충격에 검을 잡은 손아귀와 등 어림에 엄청난 고통이 느껴져 왔지만,

숨 돌릴 새도 없이 장영의 신형이 자신의 좌측에 생겨났다.

슈아악! 콰콱!

장영은 일말의 망설임도 없이 자신의 창을 금대연을 향해 꽂았다.

'이런 제기랄! 망할! 죽일 셈이야?'

가까스로 뇌려타곤으로 몸을 굴려 창의 범위에서 벗어났지만, 오른쪽 어깨가 창극에 베어지면서 핏무리가 뿜어져 나왔다.

금대연은 튕기듯이 일어나면서 장영의 곁에서 벗어났다.

'제기랄 놈들, 대주가 당하고 있는게 벌써 수십 장은 도망갔나 보구만!'

금대연은 대원들이 아무도 도와주질 않자 목숨이 경각에 달한 상황에서도 대원들을 갈구어댈 결심을 했다.

"야! 이 멍청한 형님아! 동생도 못 알아보냐!"

자신을 향해 엄청난 살기를 뿌리는 장영을 향해 금대연이 악을 쓰면서 외쳤다.

"크르르르르."

장영의 인상이 찡그려지면서 허리를 굽혔다. 아마도 역효과를 불러온 듯했다. 장영이 천천히 자신을 노려보면서 구부정하게 몸을 구부리고는 한 손으로 창을 비껴 잡으면서 튀어나갈 듯한 자세를 취했다.

"허헉! 형님! 그게 아니라……. 젠장할, 일점혈이잖아! 이러면 나도 이판사판이야!"

장영의 자세에 금대연은 어금니를 으드득 깨물면서 자신의 최대 기예를 펼칠 준비를 했다. 서서히 은은한 기세가 금대연의 전신을 휘몰아치듯이 피어올랐다.

"금강살법(金剛殺法), 일인살(一人殺)."

금대연의 쌍검이 하늘과 땅을 가리켰고, 엄청난 공력이 몰려 대기와 부딪치면서 불꽃을 튕겼다.

금강살법 최종 기예.

금대연이 임무 수행 중 이름 모를 살수를 통해 알게 된 무공이었다.

아직까지 다수와의 전투에서는 수없이 사용해 보았지만, 최종 기예이면서 무공을 만든 과거의 인물도 익히지 못한 일인살인술의 절대 기예였다. 금대연도 익히긴 했지만 어떤 위력을 발휘할지는 몰랐고, 자신이 아무리 최고의 힘을 끌어올려 공격해도 죽지 않을 장영임을 잘 알고 있었다. 오히려 장영의 일점혈을 막아낼 수 있을지조차도 의문이었다.

장영의 발에 엄청난 양의 기가 모여들면서 회오리가 이는 순간 그의 기도, 모습도 사라져 버렸고, 뒤늦게 장영의 속도에 반응한 먼지가 피어올랐다.

"절삭(切削)!"

금대연의 검이 흡사 사라지는 듯 보이면서 교차되더니 무형의 기가 뻗어 나갔다.
쿠아아아앙!

5

"젠장! 지금 장난합니까? 죽을 뻔했다구요!"
금대연은 사도휘연이 적셔준 수건을 머리에 올려두고 누워 극도의 짜증을 내면서 장영에게 소리를 질렀다.
"뭐, 그래도 안 죽었잖아."
장영은 어느새 평소처럼 게으른 눈으로 돌아와 있었다. 만사가 귀찮아 보이는 표정을 한 채로 나뭇등걸에 기댄 채 앉아 금대연을 향해 씨익 웃어주었다.
자신이 끌어낼 수 있는 최대한의 공력으로 최종 기예를 펼쳤지만 장영의 일점혈은 그것을 순식간에 깨부숴 버렸다. 처음 펼친 초식이라 실수로 발이 꼬여 자세가 기우뚱해지는 바람에 장영의 창이 가까스로 가슴께를 스쳐 지나갔다. 일점혈에 막대한 공력을 쏟아 부은 터라 잠시 정신을 차린 장영이었기에 망정이지, 그냥 그대로 대적했다면 정말로 죽었을지도 몰랐다.

"나참, 진짜 환장하겠네. 의동생을 죽일 뻔해놓고는… 말하는 거하고는."

무덤덤하게 말하며 웃어주는 장영의 얼굴에 맥이 빠져 버린 금대연은 허탈한 듯이 어깨를 축 늘어뜨리고는 고개를 절레절레 흔들었다.

"그나저나 살승들과는 어째 한판 한 거요?"

"아, 그놈들? 그냥 시비가 붙었다."

"그냥 시비요?"

포달랍궁의 주요 세력 중의 하나이며 어쩌면 무림맹의 멸마단과도 같은 역할을 수행하는 살승들 열둘을 죽여놓고도 태연한 장영이었다.

"지금 장난하는 거요? 저놈들이 누군지는 형님이 저보다 잘 알잖아요. 겐둔 그 꼬장꼬장한 땡중이 가만있지 않을 텐데……."

금대연은 심히 걱정된다는 표정으로 말했다.

"뭐, 그건 그때 생각하지."

"으이구, 진짜 할 말이 없네, 할 말이."

금대연은 대답하는 것조차 귀찮아하면서 손사래를 쳐대는 장영의 모습에 더욱 허탈해졌다.

장영과 금대연이 말을 나누는 동안 사도휘연이 패왕을 타박했다.

"이 멍충아, 다 너 때문이야. 하여간 넌 언제 인간이 될 거냐?"

장영과 살승들이 싸우고 있는 곳에 나타났을 때, 패왕이 조심성 없게 나뭇가지를 밟은 것에 대해서 말하는 모양이었다. 만약 그때 들키지 않고 기다렸다면 분명히 장영은 원래의 모습으로 돌아왔을 것임을 잘 알고 있었기 때문이다.

평소라면 사도휘연의 타박에 반박했을 패왕이었지만, 어쩐지 멀뚱멀뚱하게 아무 말도 못하고 긴장한 채로 정자세를 취하고 있는 패왕이었다.

사도휘연의 나무라는 말에 게슴츠레한 눈으로 패왕과 사도휘연을 보면서 장영이 미소 지으면서 말했다.

"패왕, 휘연, 오랜만이구나."

"예? 옛! 감사합니다."

무척이나 당황한 듯한 패왕이 차렷 자세를 취하면서 큰 목소리로 말했다.

"멍충아, 무슨 감사합니다냐? 바보냐? 긴장하기는."

사도휘연이 자신의 앞쪽에서 장영을 가리면서 뻘쭘하게 서 있는 패왕을 또다시 타박했다.

"헤헤, 장 가가, 저도 오랜만이에요. 보고 싶었어용."

최대한 교태를 발하면서 애교를 떠는 사도휘연이 장영의 곁으로 와 앉아 게슴츠레한 장영의 표정을 보면서 무엇이 그리 즐거운지 생글생글 웃었다.

평소에 볼 수 없었던 패왕의 모습에 어리둥절하여 바라본 일대의 무사인 무등이 한표를 향해 물었다.

"한표, 저 녀석은 왜 저러는 거냐? 왜 저리 바싹 쫄아 있는 거야? 아까 나무 밟은 거 때문에 그래?"

무등은 정말 궁금했고, 한표는 별거 아니라는 듯이 짧게 말했다.

"저놈… 이대주를 무서워하니까."

"뭐? 저 패왕 놈이?"

무등이 의아한 모습으로 패왕을 바라보았다. 무림맹주 앞에서도 당당하기만 한 놈이 장영의 앞에 서서 눈을 껌벅이면서 옴짝달싹도 하지 않은 채 식은땀을 흘리고 있었다.

"그렇구나. 근데 부대주님은 왜 저렇게 멀리 가 있지? 경계라도 서나?"

무등은 패왕의 모습에 고개를 끄덕이면서 멀찍이 떨어져 다른 곳을 바라보고 있는 막사용을 보면서 다시 물었다. 그 말에 한표는 씨익 웃으면서 말했다.

"크크크, 부대주가 가장 무서워하니까."

第十一章
한 성격하는 무림맹주

戰鬼
전귀

1

"뭐라? 종적이 사라졌다고? 뭐가 어찌 된 일인가?"

무림맹에서는 지금 때 아닌 난리가 났다.

무려 한 달 동안이나 고생하면서 쫓은 '색마 이무기'라는 놈이 사라져 버린 것이다. 그것도 유려 없이 '지급의 천라지망'을 펼쳐 거의 잡았다 싶은 순간에 놓쳐 버렸다. 더욱이 그를 잡기 위해 투입된 인원수에 유지 비용이 만만치 않았을뿐더러, 비밀 임무를 수행하고 있던 두 개의 멸마단까지 파견했는데 그의 종적 자체가 묘연해져 버린 것이다.

만약 최악의 경우 혈교와 만났다면 문제는 걷잡을 수 없이 커지게 된다. 지급의 천라지망을 뚫고 사라져 버릴 정도의 실력이라면 또 하나의 절대자가 혈교라는 사악한 단체를 이끌고 어떠한 일을 벌일지 아무도 상상할 수 없었다.

결국 이번 천라지망의 계획을 맡은 환룡단은 자신들의 치밀한 계획이 어디서부터 잘못되었는지를 파악하기 위해 며칠 동안 야근을 하기 시작했다. 이번 작전의 실패로 인해서 환룡단주는 맹주에게 벌써 두 번이나 '원인 분석 보고'를 해야 했고, 돌아오는 건 분노한 맹주의 욕설이었다.

비웅단은 또 비웅단 나름대로 이제껏 그가 남긴 사상자들의 상처를 토대로 그의 무공 실력을 재파악함과 동시에 무림 전역에서부터 이무기에 대한 정보 수집을 다시 시작했다. 최초에 밝혀졌던 그의 무공으로는 분명 지급 천라지망이라면 잡고도 남을 정도였다. 그런데 그런 천라지망을 우습게 뚫어 버리고, 혹설에는 '마교주와 동급'이라는 평가를 받고 있는 지금 그가 무공을 숨기고 있었다고밖에 생각할 수가 없었다.

물론 그를 잡기 위해 천라지망에 편성되었다가 정신을 잃은 백귀단, 철혈기마대, 천룡단은 상급자들에 의해 망신을 당했다면서 계획에도 없던 '빡신 훈련'이 시작되었다.

"도대체 어찌 된 건가, 환룡단주? 고작 한 놈을 잡지 못했단 말인가?"

맹주의 노기 어린 음성에 환룡단주의 고개가 힘을 잃고 숙여졌다.

"천룡단주, 도대체 천룡단을 어떻게 훈련시키는 게요? 전무림에 망신거리가 됐지 않았소!"

모용단천의 얼굴이 똥 씹은 듯이 변했다.

"비응단은 도대체 무얼 한 게요. 지나가는 개나 잡고 있었나?"

살짝 비꼬는 듯한 말이었지만 소취가 역시 입이 열 개라도 할 말이 없었다.

"답답하구만! 도대체 이게 뭐요? 요즘 강호 사람들이 맹을 보고 뭐라고 하는지 아시오? 눈뜬 봉사라고 하더구만, 눈뜬 봉사! 돈만 축내는 몹쓸 집단!"

맹주의 분개한 호통에 군사인 제갈선우가 슬며시 끼어들었다.

"맹주님, 그건… 좀… 지나친 비약이십니다. 어찌 맹주님이 무림맹을 비하하는 말에 휘둘리시는 겁니……."

제갈선우는 화무군이 화가 나서 마그 지껄여대는 말에 잠시 제동을 걸기 위해 좀 자제하라는 뜻으로 말했지만, 머리끝까지 화가 나 있는 화무군에게 먹혀들 리 만무했다. 좋을 때는 잘 웃고, 잘 이해해 주고, 잘 챙겨주고, 아랫사람에게도 예의를 다하는 화무군이었지만, 그도 무림에서 칼밥을 먹은 것이 벌써 일 갑자하고도 십 년이었다. 더구나 임기 말년에 별거지 같은 사건이 큰 것으로만 두 건이 터졌고, 이렇다 할 성과 없이 임기를 마치게 된다면 이후어 작성될 '무림맹주실록’에 최악의 맹주로 쓰여질지도 몰랐다.

그렇게 된다면 자신을 배출해 낸 무당파의 얼굴에 똥칠을 하는 것은 물론 자신의 은퇴 생활에도 크나큰 짐이 될 것 같았다.

“뭐라고? 비약? 휘둘려?”

화무군의 고개가 제갈선우를 향해 휙 돌아가더니 두 눈에 쌍심지를 켜고 제갈선우를 노려보았다. 서서히 그의 볼이 경련을 일으키고 멋들어지게 내려온 수염이 푸들푸들 떨리기 시작하더니 결국 화가 폭발해 버렸다.

“야! 이 병신아! 내가 이런 걸 군사라고! 귀가 있으면 밖에 나가서 들어봐라! 지금 동네 꼬마들이 뭐라고 해대는지! 제갈세가에서 어째 이런 멍청한 게! 야, 네 삼촌인 제갈환, 그놈이 그리 가르치던? 앙?”

제갈선우는 괜히 맹주를 말리려고 끼어들었다가 불호령을 맞았다.

사실 화무군이 평소 선해서 그렇지, 지금 이 자리에 모여 있는 자들에게는 전부 사숙뻘이 되는 배분의 무인이었다. 더구나 군사인 제갈선우의 삼촌이자 제갈세가의 현 태상가주인 제갈환의 절친한 친구였고, 각 문파의 대장로 급을 상회하는 자들과 비슷한 배분의 맹주였다. 평소라면 태을검선이라는 고명한 무림명으로 덕망을 칭송받을 테지만, 지금은 연이은 실패로 인해서 화가 머리끝까지 나 있는 상태였다.

'저 보십시오. 괜히 한마디 했다가는 불호령 맞는다고 했죠?'

'하여간 제갈 씨는 나서길 너무 좋아한다니까.'

'괜히 군사 때문에 맹주님 화만 돋웠구만 그래.'

'저런 걸 긁어 부스럼이라고 하는 게지요. 쯧쯧.'

나머지 장로들과 각 무력 단체의 수장들은 화가 나서 꼭지가 돌아버린 화무군과 그 결정적인 원인을 제공한 제갈선우를 보면서 수군댔다.

"이런 썅! 내가 좀 웃어줬더니 아주 이것들이 눈에 뵈는 게 없구만! 무슨 맹주 알기를 개똥으로 알어! 앙? 야! 곡현! 니가 한번 말해봐! 내가 우습냐? 앙?"

화무군은 맹주가 되기 한참 이전의 모습으로 서서히 돌아가고 있었다. 도인으로서 일반 낭인보다도 더 입이 걸고, 성격이 개차반이던 젊은 시절의 그 모습으로.

'에이 씨, 괜히 건드려 놔가지고.'

곡현의 표정이 울상이 되었다. 예전에 자신이 어린 시절 해남파의 소년 무사로 있을, 약 삼십 년도 더 된 때였다. 지금은 '검의 신선, 덕있는 맹주'로 불리고 있는 그지만, 해남파에 방문한 화무군은 철없던 곡현의 버릇을 고친다는 명목하에 정신 교육을 위장한 구타를 한 적이 있었다. 곡현은 화무군이 돌아간 뒤 그 후유증으로 일 년이나 병상에 있었고, 이번에 무림맹 장로 인선에 뽑힐 때 자신한테 했던 말이 아직도 기억에 남아 있었다.

"잘해라. 너 때문에 내가 맹주 짓 제대로 못하면 알지?"

선하게 변한 모습 때문에 과거에 화무군이 어떤 인간이었
는지 다들 잊어버리고 있었지만 곡현은 매우 잘 알고 있었다.
그가 보여준 선함은 맹주로서 신뢰를 얻기 위한 가식이며 연
기일 뿐이라는 것을 말이다.
여기서 괜히 말을 잘못 꺼냈다가는 불똥이 튀는 게 아니라
아예 불벼락을 맞을지도 몰랐다.
"헤헤헤, 사숙, 어찌 제가 감히 드높은 영예를 가지신 무림
맹주님을 우습게 생각합니까? 절대 아닙니다. 선우 저놈이
잠시 미친 겁니다. 암요!"
곡현은 자신이 할 수 있는 최대한의 아양을 떨며 침울한 표
정이 된 제갈선우를 타박했다.
'저런 썩을 놈! 친구를 또 한 번 죽이는구나!'
제갈선우는 자신의 친우이자 해남파의 대표인 곡현이 자
기가 살기 위해 나이 생각도 하지 않고 헤실대는 모습으로 안
그래도 맹주에게 찍혀 있는 자신을 걸고 넘어지자 이가 갈렸
다.
"그렇습니다. 군사, 맹주님께 말이 심하지 않소! 지금 안 그
래도 상황이 좋지 않아 고심하시는 분께… 말이 지나칩니다!"

'미안하오, 군사. 우리도 살고 싶소이다. 이번만 어째 잘 넘어갑시다.'

강유홍 장로였다. 맹주의 성질을 더 건드렸다가는 자신들 모두가 눈에 시퍼런 멍이 든 채로 내일 아침 수하들을 만나야 할지도 몰랐다. 그렇기에 결국 제갈선우에게 모든 걸 떠넘겨 버렸다.

'허억! 강 장로님까지. 이 사람들이!'

제갈선우는 평소 불의를 참지 못하는 성격의 강유홍 장로 까지 나서서 자신에게 뒤집어씌우자 눈물이 날 듯했다. 그동 안 함께해 온 정이 있는데 우기의 순간에 자신을 버리다 니……. 역시 그들이 헤실대면서 부탁할 때 쉽게 들어주는 게 아니었는데…….

"이봐라! 이 군사라는 자식아! 너 빼고 나머진 다 나랑 같 은 생각이다! 으이구, 이 자식아! 생각 좀 하고 살아라, 생각 좀! 내가 네 삼촌한테 잘 말해주리? 너 형편없다고? 다시 교육 시켜 보내라고?"

맹주는 조금 화가 누그러진 듯 배신감에 울상을 짓고 있는 제갈선우의 머리를 쥐어박으면서 혀를 찼다. 제갈선우는 자 존심이 많이 상했지만, 혹여 자신의 가문에 알려져 제갈환으 로부터 불려갈 경우 겪어야 할 고초보다 지금 이렇게 맹주에 게 잠시 야단을 맞는 것이 더 이익이라고 계산이 서자 아무런 말도 하지 못하고 고개만 숙이고 주변의 장로들과 무력 단체의 수장들을 노려보면서 이를 갈았다.

'두고 봅시다. 전부!'

연배가 조금 높은 장로들은 그런 제갈선우의 눈빛에 고개를 돌려 외면했고, 군사 직위보다 낮은 직위의 무인들과 사제 뻘의 무인들은 고개를 푹 숙였다.

탕!

화무군이 좌중을 정리하듯이 탁자를 손바닥으로 내려친 채로 기대어 목에 핏대를 세워 올리면서 말했다.

"하여간 지금은 이무기라는 놈을 놓친 것도 중대한 실수지만 정천현의 혈교의 발호를 막는 것이 더 중요하다! 최악의 경우 혈교에 이무기라는 색마가 함께하고 있을지 모른다! 공격대에 더 많은 인원을 편성하도록 하고, 조금 더 치밀하게 공격 계획을 보완해! 무조건 막아야 해! 무조건이야!"

『전귀』 3권에 계속…

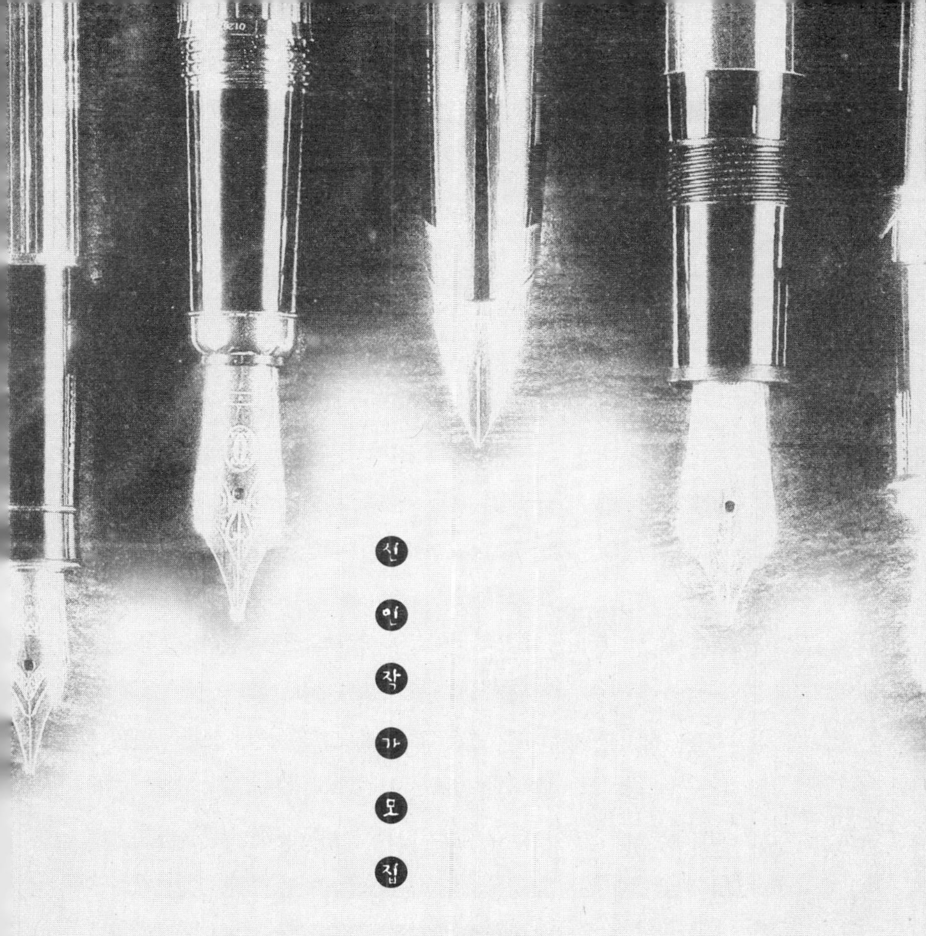
신
인
작
가
모
집

시작이 반이라고 했습니다.
작가의 길에 대한 보이지 않는 벽을 과감히 깨뜨리십시오!
청어람은 작가 지망생 여러분들의
멋진 방향타가 되어드리겠습니다.

저희 도서출판 청어람에서는
소설 신인 작가분들을 모집합니다.
판타지와 무협을 사랑하시는 분들의 많은 참여를 바랍니다.
소정의 원고(A4용지 150매)를 메일이나 우편으로 보내주시면
검토 후 출판 여부를 알려드리겠습니다.

주소:경기도 부천시 원미구 심곡1동 350-1 남성B/D 3F 우편번호420-011
TEL:032-656-4452 · FAX:032-656-4453
http://www.chungeoram.com
e-mail:chungeoram@chungeoram.com

허담 新무협 판타지 소설
FANTASTIC ORIENTAL HEROES

두 사형제가 난세(亂世)를 헤치며 만들어 나가는
기이막측(奇異莫測)한 강호(江湖) 이야기!!

천하가 사패(四霸)의 대립으로 혼란스러운 시기,
세상이 혼탁해지자 강호(江湖)에는 온갖 은원(恩怨)이 넘쳐난다.
그러자 금전을 받고 은원을 해결해주는 돈벌레[黃金蟲]가 나타난다.
그런데… 비천한 황금충(黃金蟲) 무리 가운데 천하팔대고수(天下八大高手)가
나타나니…

천검(天劍) 능운백(陵雲白)!
천하팔대고수이자 강호제일 청부사의 이름이다.

그리고… 그가 두 제자를 들이니, 고검(孤劍)과 추산(秋山)이 그들이었다.
훗날 강호제일의 해결사가 되어 무림을 진동시킬 이들이었다.

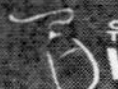

입소문을 통해 아는 분은 다 알고 계십니다!
올 한해 공인중개사 최고의 화제작!

1~2권 합본 | 이용훈 지음
3~4권 합본 | 이용훈 지음
5~6권 합본 | 이용훈 지음
용어 해설 | 이용훈 지음

수험생 기본 필독서
만화 공인중개사

제목 : 만화공인중개사 쓰신 분에게 감사드립니다.

학원을 두 달 다녔어요. 근데 과연 그 숫자 외우기 그런 게 몇 문제나 나올까 생각을 했어요.
아니라는 생각이 드네요. 학원강의를 뒤로하고 서점을 갔어요. 내 머리에 가장 이해될 수 있는
책이 없나 하구요. 거기서 만화를 발견했어요. 무조건 세 번 봤어요. 3개월 걸렸어요. 문제집을 보라고
했는데 그건 시행을 못했어요. 근데 합격을 했네요.
어떻게 감사의 말을 해야 될지……
도서관에서 만화책 들고 다니니까 사람들이 비웃더라구요. 만화책으로 공인중개사를 공부한다고
미친 사람처럼 보더라구요. 근데 그거 다 감수하고 했던 내가 자랑스럽습니다.
어떻게 감사의 말을 해야 할지… 정말 감사합니다.
부디 행복하세요. 제 나이 41살에 좋은 스승을 만난 것 같습니다.
엎드려 감사드립니다.

－본사 홈페이지에 독자분이 올린 메일 中 에서 발췌－